SALIM GÜLER

ELKE

1. Auflage März 2018

Autor: Salim Güler

Lektorat: Christiane Saathoff, www.lektorat-saathoff.de

Covergestaltung: Dennis Eid

Erstveröffentlichung: 2018 als E-Book

Copyright © 2018 by Salim Güler

Das Buch

Die Entführung der Kriminalpolizistin Elke Henschel versetzt die Lübecker Polizei um den Ermittler Arndt Schumacher in höchste Alarmbereitschaft. Sie müssen mit dem Schlimmsten rechnen. Eine vielversprechende Spur führt auch nach Köln - ein Fall für das Team um Lasse Brandt, der die Ermittlungen aufnimmt.

Noch ahnen sie nicht, dass der Entführer ein perverses Spiel mit ihnen spielt, in dem das Schicksal von Elke längst besiegelt ist.

Kann die Lübecker Polizei mit Unterstützung der Kölner Kollegen Elke doch noch retten oder kommt jede Hilfe zu spät?

Der Autor

Salim Güler, aufgewachsen in Norddeutschland, studierte in Köln Wirtschaftswissenschaften und promovierte an der TU-Chemnitz.

Schon als Schüler begann er mit dem Schreiben von selbsterfundenen Geschichten und diese Leidenschaft ließ ihn bis heute nicht los.

In seinen Romanen finden sich immer wieder gesellschaftlich aktuelle Themen, die er geschickt in eine fiktive und hoch spannende Geschichte einzubetten versteht.

Seine Bücher landen regelmäßig in den Bestsellerlisten der Amazon und Bild Verkaufs-Charts.

Güler ist sehr am Austausch mit seinen Leserinnen und Lesern interessiert und freut sich daher über jeden Kontakt, entweder über Facebook oder über seine Homepage.

www.salim-gueler.de
https://www.facebook.com/salim.gueler.autor

Kapitel 1

22. Januar 2018

Heftige, stechende Kopfschmerzen weckten sie auf. Sie öffnete die Augen, schloss sie aber sofort wieder, da ihr grelles Licht entgegen schien. Sie brauchte eine Weile, bis sie sich an die Helligkeit gewöhnt hatte. Unsicher blinzelte sie. Was machte sie hier?
Sie lag in einem Bett, so viel war sicher. Vorsichtig tastete sie nach der Stelle am Kopf, wo der stechende Schmerz herkam. Sie fühlte sich klebrig an. Hastig zog sie die Hand weg und schaute auf ihre Finger: Blut! Jemand musste ihr auf den Kopf geschlagen haben, aber warum?
Ein Kampf? So richtig konnte sie sich das alles nicht zusammenreimen, dazu fühlte sie sich zu benommen. Immerhin hatte sie noch ihre Kleidung an, nur: Warum lag sie dann in einem Bett?
Erinnerungsfetzen schossen durch ihren Kopf. Sie war joggen gegangen, genau! Es war dunkel gewesen, doch sie kannte die Strecke, sie lief sie mehrmals die Woche. Es war kalt, sehr kalt gewesen, hatte aber nicht geregnet. Und dann hatte sie dieses eigenartige Gefühl beschlichen. Ein Gefühl, das ihr sagte, dass etwas nicht stimmte. Sie hatte sich umgeschaut, doch niemand war ihr gefolgt, also war sie weitergelaufen.
Ende der Erinnerung.
„Was ist nur passiert?", murmelte sie und hob den Kopf. Im selben Moment war ihr, als würde jemand ihren Kopf durchschütteln wie einen Milchshake.

Schnell ließ sie sich wieder zurücksinken. Der Schwindel ließ allmählich nach, aber etwas, was sie viel mehr beunruhigte, blieb: das Gefühl, das sie schon beim Joggen gespürt hatte und das sie nicht hatte einordnen können.
Gefahr!
Was war los mit ihr? Wieso fühlte sie sich so schlapp und konnte sich kaum an etwas erinnern? Reglos starrte sie an die Decke. Sie war grau und hässlich, eine lange Neonlampe erhellte den Raum. An den Wänden war die gleiche hässliche graue Farbe wie an der Decke. Das konnte unmöglich ihr Zuhause sein. Wer wohnte, geschweige denn schlief schon in so einem furchtbaren Raum?

„Irgendetwas stimmt hier nicht", flüsterte sie. Wie eine Ohrfeige trafen sie weitere Erinnerungsfetzen. Sie sah sich weiterjoggen, das merkwürdige Gefühl ignorierend, und dann stolperte sie. Ein Ast. Als sie wieder aufstehen wollte, spürte sie einen Schlag gegen den Kopf und dann noch einen. Sie fiel zu Boden und registrierte einen letzten Schlag, bevor sie das Bewusstsein verlor.

Ich wurde entführt! Die Erkenntnis schoss ihr mitten ins Herz. Erschrocken fasste sie sich an den Mund.

Sie musste schlucken. Entführt. Das war die einzige logische Erklärung für das Zimmer, die Schmerzen und den Gedächtnisverlust. Jemand musste sie beim Joggen überwältigt und dann hierher verschleppt haben.

Sie versuchte noch einmal aufzustehen, ganz langsam, damit der Schwindel sie nicht niederzwang. Es gelang ihr nicht. Alles drehte sich, allerdings nicht so heftig wie beim ersten Mal, sie konnte es unter Kontrolle halten.

Vorsichtig richtete sie sich auf und wartete, bis sich der Schwindel legte. Dann schaute sie sich um.
Wie sie bereits befürchtet hatte, befand sie sich in einem Raum, einem Kellerraum. Es gab kein Fenster. In der Mitte stand das Bett, in einer Ecke war ein Eimer, sonst nichts.
Jetzt gab es keinen Zweifel mehr, sie war entführt worden. Verbissen versuchte sie gegen die Tränen anzukämpfen, sie wollte keine Schwäche zeigen, doch es gelang ihr nicht. Vor ihren Augen verschwamm alles und sie begann zu weinen.
Du musst stark sein, ermahnte sie sich, aber die Tränen flossen weiter, sie vermehrten sich unaufhörlich. Mit einer raschen Geste wischte sie sich über die Augen. *Du darfst nicht weinen. Hörst du! Wer auch immer dir das angetan hat, darf dich nicht weinen sehen!* Sie zog die Nase hoch und stand langsam auf, damit der Schwindel sie nicht wieder übermannte. Leise trat sie an die Tür und versuchte, sie zu öffnen.
Natürlich war sie verschlossen, so viel Glück konnte man kaum haben.
Sie hatte auch nichts bei sich, womit sie das Schloss hätte knacken können, also schaute sie sich weiter in dem Raum um. Da entdeckte sie etwas, was sie zuvor übersehen hatte: Auf dem Boden stand ein Tablett mit einer kleinen Flasche Wasser und zwei Schnittchen.
Jetzt erst bemerkte sie, dass sie hungrig war.
„Wie lange habe ich wohl geschlafen?", murmelte sie, woran sich folgerichtig die nächste Frage anschloss: Wie lange bin ich schon hier? Sie wollte die Antwort gar nicht wissen.

Sie bückte sich, hob das Tablett auf und setzte sich aufs Bett. Dann öffnete sie die Plastikflasche und wollte gerade zum Trinken ansetzen, als ein ängstlicher Gedanke sie durchzuckte. „Was, wenn es vergiftet ist?" *Quatsch. Er will dich am Leben halten, er will dich nicht töten, sonst hätte er das schon im Wald getan.* Sie trank aus der Flasche und spürte, wie durstig sie gewesen war. Anschließend nahm sie eines der Schnittchen und biss davon ab. Es war ein Salamibrot mit Tomate und Butter. Sie aß auch das zweite und trank den Inhalt der kleinen Flasche leer.

Ihren Hunger konnte sie damit etwas im Zaum halten, dafür drängte sich jetzt immer mehr die Frage in ihr Bewusstsein, was der Entführer von ihr wollte, wenn er sie nicht töten wollte?

Einige der Möglichkeiten, die ihr durch den Kopf schwirrten, machten ihr Angst.

„Du darfst keine Angst haben und sie auch nicht zeigen. Denn genau das will er. Du musst herausfinden, warum er dich entführt hat. Du musst ihm zeigen, dass du ein Mensch aus Fleisch und Blut bist", ermahnte sie sich.

Was, wenn du ein zufälliges Opfer bist?, überlegte sie. Das war durchaus möglich. Erst vor Kurzem war eine 27-jährige Joggerin aus Freiburg überwältigt, vergewaltigt und ermordet worden. Im Gegensatz zu ihr lebte sie aber noch. Sie wurde „nur" in einem Keller gefangen gehalten. Sie gab ein bitteres Schnauben von sich.

„Mach dich nicht verrückt. Er darf sich dir nicht überlegen fühlen", sprach sie sich Mut zu und stand wieder auf. Sie suchte den ganzen Raum ab, aber da war nichts, was ihr hätte helfen können. Selbst das Bett war nicht als Waffe zu gebrauchen. Es war nur ein großes Stück Holz, auf dem eine Matratze lag. Mit einem Kissen und einer Bettdecke.

Sie schaute sich den Eimer an und ihr wurde übel bei dem Gedanken, wofür er vorgesehen war. Hatte er vor, sie längere Zeit gefangen zu halten? Was sonst sollte der Eimer bedeuten?

Das hieß allerdings auch, dass sie wahrscheinlich nicht in ganz so großer Gefahr schwebte, wie befürchtet. Dass ihr Tod nicht besiegelt war, solange sie das tun würde, was er von ihr verlangte. Alles andere ergab einfach keinen Sinn. Die Wahrheit kannte sie natürlich nicht, doch sie war überzeugt davon, dass sich ihr Entführer sehr bald zeigen würde.

Immer wieder kreiste ihr die eine Frage durch den Kopf: Was will er von mir? Sie musste an andere Entführungen denken wie die von Natascha Kampusch. Konnte es sein, dass sie es mit einem einsamen, labilen Psychopathen zu tun hatte, der sie als Geliebte gefangen halten wollte, weil er unfähig war, im echten Leben eine Frau kennenzulernen?

Der Gedanke gefiel ihr gar nicht und ihre mutige innere Stimme flüsterte ihr zu, dass sie dem Dreckskerl bei der ersten Begegnung in die Eier treten und dann weglaufen solle.

„Du musst ihm Sympathien vorheucheln, so schwer es dir fällt", sagte sie zu sich. Wenn er in ihr eine Lebenspartnerin sehen wollte, würde sie diese Illusion aufrecht erhalten und warten müssen, bis sie eine Chance bekäme, zu flüchten. Die würde kommen, bestimmt, doch bis dahin würde sie stark sein und Geduld haben müssen.

Sie seufzte. Der Plan erschien ihr gut und vernünftig, allerdings blieb die große Unbekannte nach wie vor der Täter und ob er sich so verhalten würde, wie sie es sich eben vorgestellt hatte.

Was, wenn er eine Frau ist?, fragte sie sich, verwarf diesen Gedanken jedoch sofort wieder, das ergab keinen Sinn. Warum sollte eine Frau sie in einem Keller gefangen halten?

Sie wühlte in den Taschen ihrer Jogginghose. Leer.

„Er hat dein Handy", sagte sie zu sich. Bei dieser Erkenntnis überkamen sie Hoffnung und Enttäuschung gleichermaßen. Wenn der Entführer das Handy noch bei sich hatte, würde die Polizei es orten können, somit wäre es nur eine Frage der Zeit, bis eine ganze Hundertschaft vor der Tür stehen würde, um sie zu befreien.

Wenn nicht, sitzt du nach wie vor in der Falle.

Erst jetzt fiel ihr auf, dass ihre Sportjacke fehlte. In der Winterzeit trug sie immer eine leichte Jacke zum Joggen, aber sie war nicht mehr da. Das konnte nur bedeuten, dass der Entführer sie hatte. In der Jacke war auch ihr Wohnungsschlüssel.

„Wieso denkst du ausgerechnet jetzt an diesen verdammten Wohnungsschlüssel?", fragte sie sich kopfschüttelnd.

Die beängstigende Ruhe, die der kleine karge Raum vermittelte, beunruhigte sie zutiefst und sie fürchtete, bald zu explodieren oder einen Schreianfall zu bekommen, wenn sich nichts weiter tat. So gut es ging, kämpfte sie dagegen an. Um sich von ihrem

Gedankenkarussell nicht komplett verunsichern zu lassen, stellte sie das Tablett auf dem Boden ab und legte sich ins Bett, wobei sie leicht aufgerichtet blieb, da sie nicht einschlafen wollte. Der Entführer sollte sie nicht im Schlaf überraschen und Dinge mit ihr anstellen, die sie um jeden Preis verhindern wollte. *Wenn er dich vergewaltigen will, wird er es so oder so tun. Das weißt du besser als jede andere Geisel.* Sie atmete hörbar aus.

Mit einem Mal glaubte sie, Schritte zu hören. Sie stand auf, weil die Schritte näher kamen. Kurz überlegte sie, ob sie sich einfach hinter der Tür verstecken sollte, um den Täter zu überraschen und zu überwältigen. Allerdings hatte sie Angst vor dem, was ihr blühen würde, wenn es schieflief. Nein, sie musste den Täter auf andere Weise unschädlich machen und dafür brauchte sie Geduld.

In diesem Moment wurde die Tür aufgeschlossen und vorsichtig geöffnet, als fürchtete ihr Entführer, dass sie Dummheiten machen könnte. Aber sie stand nur da und wartete.

Der Mann trat ein und sagte: „Hallo, Elke."
Elke erstarrte. Sie kannte den Mann.

Kapitel 2

„Und, was macht der kleine Racker?", fragte Willy, als Arndt Schumacher die Küche im Lübecker Polizeipräsidium betrat, um sich einen Kaffee zu holen.

„Der kleine Racker ist schon neun Jahre alt", antwortete Arndt und ihm wurde bewusst, wie sehr er seinen Sohn vermisste, obwohl er gerade erst eine ganze Woche mit ihm verbracht hatte.

„Ich hoffe, ihr hattet eine schöne Zeit. Genieß es. Irgendwann werden sie älter und dann ist der Papa schnell nicht mehr so cool."

„Bestimmt nicht. Papa wird immer cool bleiben." Arndt grinste und nahm sich einen Becher aus dem Schrank. „Möchtest du auch?"

„Deswegen bin ich hier. Wie geht es deiner Frau?"

„Du meinst wohl Ex-Frau", korrigierte Arndt. Es war der Grund, warum er seinen Sohn Sebastian so selten sah. Hauke wohnte mit ihrem neuen Lebensgefährten inzwischen in Mannheim und Sebastian war bei ihr. Natürlich hätte er ihn gerne bei sich in Lübeck gehabt, aber als Polizist hatte er nun mal sehr unregelmäßige Arbeitszeiten und das wollte er seinem Sohn nicht antun.

In seiner Freizeit holte er ihn jedoch so oft es ging zu sich.

„Das ist ja dein Problem. Wann suchst du dir endlich eine gescheite Frau? Als ewiger Single verrohst du so langsam."

„Tu ich gar nicht. Es muss nur die Richtige kommen und mich auch wollen."

„Die Richtige? Da fiele mir eine ein. Aber du bist ja zu blöd, das mal in die Wege zu leiten." Willy schüttelte den Kopf und nahm den Kaffeebecher entgegen.

Willy Klausen war der Chef der Mordkommission und Arndt wusste genau, was er ihm durch die Blume sagen wollte. Es ging um Elke Henschel, seine Kollegin bei der Lübecker Kriminalpolizei, zu der er ein enges, freundschaftliches Verhältnis hatte.

„Na, was tuschelt ihr zwei Hübschen", wurden sie von einer lauten Stimme unterbrochen. Sie gehörte Ole, dem Leiter der Spurensicherung. Seine kräftige tiefe Stimme kündigte ihn meist schon von Weitem an. Er war so groß wie Arndt, aber deutlich fülliger und trug eine Glatze.

„Kannst du auch einfach mal nur ein freundliches Hallo von dir geben?", fragte Willy.

„Das wäre ja langweilig", sagte Ole grinsend, nahm sich einen Becher und schenkte sich Kaffee ein. „Und, was denkt ihr: Schafft es Holstein Kiel in die Erste Bundesliga?"

„Wird schwer, aber sie haben es in der Hand."

„Das schaffen wir, ihr werdet sehen. Wie geil wäre das bitte, eine Mannschaft aus Schleswig-Holstein in der Ersten Bundesliga! Das ist längst überfällig. Und dann kicken wir die arroganten Hamburger aus der Ersten Liga", antwortete Ole und nahm einen Schluck aus seinem Becher.

„Sei dir da nicht zu sicher. Den HSV kickt so schnell keiner raus", entgegnete Willy.

„Die sind fällig, glaub mir. Aber genug geschwatzt. Wir sehen uns in der Besprechung heute Nachmittag." Kaum hatte er das ausgesprochen, verließ er die Küche.

„Ich möchte, dass du und Elke in dem Fall Jansen mit ermittelt."

„Ich dachte, es wäre klar, dass er seine Frau geköpft hat", sagte Arndt, der den Fall bisher nur nebenbei in Besprechungen und durch Informationen aus dem Flurfunk verfolgt hatte.

„Dachten wir auch. Aber es gibt neue Erkenntnisse. Wenn Elke da ist, kommt doch bitte in mein Büro."

„Ist sie noch nicht da?"

„Würde ich dich sonst darum bitten?", knurrte Willy und machte sich auf den Weg in sein Büro.

Arndt antwortete nicht, konnte seine Überraschung aber nicht verbergen. Das war vollkommen untypisch für sie. Eigentlich war sie immer überpünktlich und vor ihm im Präsidium. Er nahm einen zweiten Becher und füllte ihn mit Kaffee. Für Elke.

Mit beiden Bechern trat er auf den Flur.

„Guten Morgen, Kollege", wurde er dort von Bernd Amon begrüßt, begleitet von einem überaus freundlichen Lächeln. Bernd war Profiler bei der Lübecker Polizei – der einzige. Arndt hatte ein sehr gespaltenes Verhältnis zu ihm. An seiner Kompetenz gab es nichts auszusetzen, er war bundesweit geachtet und viele Polizeipräsidien beneideten das kleine Lübeck darum, dass sie so einen hervorragenden Profiler in ihren Reihen hatten. Bernd machte auch keinen Hehl daraus, zu zeigen, wie intelligent und wichtig er war, allerdings ohne wirklich damit zu prahlen. Doch genau das war es, was Arndt nicht mochte.

Bernd versuchte zwar, bodenständig zu wirken, aber das war er ganz und gar nicht. Oft hatte Arndt bei ihm das Gefühl, dass er nicht der war, der er vorgab, zu sein. Als promovierter Psychologe und Philosoph war Bernd ein Meister darin, andere zu manipulieren. Er wusste genau, welche Hebel er bedienen musste, damit die Menschen ihn mochten. Daher war es kaum verwunderlich, dass er bei den Kollegen sehr beliebt war, vor allem bei den weiblichen. Er war einfach attraktiv: sportlich und immer tadellos gekleidet.

„Guten Morgen", antwortete Arndt, der so gar keine Lust hatte, sich gerade von ihm in ein Gespräch verwickeln zu lassen.

„Habe gehört, dass du und die liebe Elke zum Fall Jansen hinzugezogen werden", sagte Bernd und zeigte dabei sein gepflegtes, strahlend weißes Gebiss. Eine typische Mimik, die Arndt überhaupt nicht mochte.

„Sieht so aus. Du bist doch der Profiler in dem Fall?"

„So ist es, Kollege. Erst gestern Abend hatte ich das Vergnügen, mit Jansen zu sprechen, daher die Wendung in den Ermittlungen."

„Ich weiß nicht, was daran ein Vergnügen sein soll, mit einem Psychopathen zu reden, der damit prahlt, dass er seine Frau geköpft hat."

„Es kommt immer auf die Sichtweise an. Was meinst du, wie vielen Männern der Mumm dazu fehlt, wirklich jemandem den Kopf abzuhacken?" Bernds Augen leuchteten auf, als er das sagte.

„Und was hat er dir in eurem Gespräch so Besonderes gestanden, dass wir jetzt weiterermitteln?"

„Dass er vielleicht gar nicht der alleinige Täter ist."

„Aber er hat ihr schon den Kopf abgetrennt?"

„Ja, allerdings gibt es weitere Leichen."

„Was?" Das überraschte Arndt.

„Deswegen will Willy ja, dass ihr beide dazustoßt." Bernd ließ Arndt offensichtlich bewusst im Unklaren über alles Weitere, er genoss es sicherlich, dass Arndt sich jetzt unzählige Gedanken machte.

„Wie kann es weitere Leichen geben, ohne dass wir es wissen?", konnte er sich dennoch eine Frage nicht verkneifen.

„Weil es einen Komplizen gibt. Jansen wollte den Namen nicht rausrücken, aber solange der frei herumläuft, müssen wir damit rechnen, dass weitere Morde geschehen werden. Der Mord an seiner Frau war die Königsdisziplin. Wir sehen uns nachher. Ich muss noch zu einem Patientengespräch." Mit diesen Worten verabschiedete er sich. Nachdenklich schaute Arndt ihm nach. Bernd war der einzige Mitarbeiter, der neben seiner Stelle bei der Polizei selbstständig tätig war, er betrieb eine eigene Praxis.

Wenig später betrat Arndt sein Büro, stellte die beiden Becher auf seinen Tisch und schaltete das Licht ein, draußen war es noch dunkel. Er konnte sich nicht daran erinnern, wann er das letzte Mal vor Elke im Büro gewesen war.

„Das muss schon eine Ewigkeit her sein", sagte er zu sich und stellte ihren Becher auf ihren Schreibtisch. Dann zog er seine Jacke aus, setzte sich an seinen Schreibtisch und startete den Computer. Er las sich die E-Mails durch und beantwortete einige, währenddessen gönnte er sich immer wieder einen Schluck Kaffee.

Es waren unzählige Nachrichten in seinem Posteingang aufgelaufen, da er in der Woche, in der er mit seinem Sohn im Urlaub gewesen war, weder E-Mails gelesen noch bearbeitet hatte – übrigens auf höchste Anweisung von Willy, der ihm zum Abschied gesagt hatte: „Wenn ich mitkriege, dass du auch nur eine E-Mail beantwortest, reiße ich dir den Kopf ab. Die Woche gehört nur deinem Sohn, ist das klar?" Arndt musste zugeben, dass es ihm ausgesprochen gutgetan hatte, eine Woche lang keine Polizeiarbeit im Kopf zu haben. Die Zeit war wie im Flug vergangen.

Inzwischen war er so vertieft in seine E-Mails, dass er erst, nachdem er alle abgearbeitet hatte, bemerkte, dass Elke noch immer nicht da war.

„Das ist schon sehr ungewöhnlich", sagte er zu sich und überlegte, ob er sie nicht doch kurz anrufen sollte, beließ es aber bei dem Gedanken.

Er öffnete die Akte Jansen, um sich auf die bevorstehende Besprechung vorzubereiten, da klingelte das Telefon.

„Ja", meldete er sich.

„Wieso seid ihr noch nicht in meinem Büro? Meinst du, ich habe nichts Besseres zu tun, als auf euch zu warten?", hörte er Willys launische Stimme. So war er eben: Einmal war er nett und freundlich und im nächsten Augenblick bekam er einen cholerischen Anfall. Für diese Ausbrüche war er bekannt und gefürchtet. Trotzdem verband ihn und Arndt eine langjährige Freundschaft und Arndt wusste nach all den Jahren, wie er Willy zu nehmen hatte.

„Sie ist noch nicht da."

„Was heißt das? Wo ist sie?"

„Das weiß ich nicht."

„Wieso weißt du das nicht? Ist sie nicht deine Partnerin?"

„Weil sie sich noch nicht gemeldet hat."

„Und warum in Gottes Namen hast du sie nicht angerufen?" Arndt sah förmlich, wie Willy der Kragen platzte.

„Wollte ich gerade", log Arndt, da er wusste, dass jede andere Antwort das Ganze zum Eskalieren gebracht hätte.

„Mach das und informier mich sofort. Hoffentlich geht es ihr gut." Bei seinen letzten Worten wurde er wieder sanftmütig. Auch etwas, was Arndt bereits kannte. Elke gegenüber war Willy seit jeher freundlicher und nachgiebiger als ihm gegenüber. Vielleicht weil sie ihm weitaus weniger Angriffsfläche bot als Arndt, der alles andere als ein Musterkriminalpolizist war und oft aneckte.

Kaum war das Gespräch beendet, rief Arndt bei Elke an, doch der Anruf wurde nicht entgegengenommen. Er hinterließ ihr eine Sprachnachricht und legte auf.

Das war Elke gar nicht ähnlich. Eigentlich ging sie immer sofort an ihr Mobiltelefon.

Was, wenn sie krank ist?, überlegte er und rief über ihre Festnetznummer an. Es klingelte, aber niemand nahm ab.

Nun wurde auch ihm etwas unwohl. So kannte er sie nicht.

Er rief wieder bei Willy an.

„Was heißt, sie geht nicht ans Telefon?", fragte Willy.

„Dass sie nicht rangeht, weder am Handy noch am Festnetz", erklärte Arndt.

„Verdammt. Das ist vollkommen untypisch für sie. Fahr

bitte kurz nach Pansdorf."

„Mach ich", antwortete Arndt und beendete das Gespräch. Er glaubte, Sorge aus Willys Stimme herausgehört zu haben. Eine Sorge, die er teilte. Elke war sehr gewissenhaft, auf sie konnte man sich immer verlassen. Immer! Wenn ihr etwas dazwischengekommen wäre, hätte sie angerufen, und wenn sie nicht ans Telefon könnte, hätte sie ihm eine Nachricht geschrieben. In der Hinsicht war sie so ganz anders als er.

Irgendetwas stimmt nicht, sagte ihm sein Bauch, aber er wollte diesen Gedanken nicht weiterspinnen, zu erschreckend war die Konsequenz solcher Gedankenspiele. Sicherlich gab es eine einfache Erklärung. Vielleicht war sie beim Arzt und hatte vergessen, ihn oder die Zentrale zu benachrichtigen, und ihr Handy hatte sie daheim gelassen.

„Nicht Elke", sagte er laut und stand auf, um sich die Jacke anzuziehen. *Was, wenn sie einfach zu krank ist, um aus dem Bett zu steigen? Immerhin geht gerade eine Grippewelle um, die ganz Deutschland in Atem hält*, suchte er nach einer Erklärung, um die schlimmsten Vorahnungen abzuwehren. Vorahnungen, die man als Polizist zwangsläufig hatte.

Wenig später befand er sich in seinem Auto auf dem Weg nach Pansdorf, einem kleinen Dorf keine zwanzig Kilometer von Lübeck entfernt. Dort wohnte Elke. Sie war in dem Ort großgeworden und hing noch immer daran, sie sah keinen Grund, in die Großstadt zu ziehen. Für Arndt wäre so ein Dorfleben nichts, er liebte Lübeck und seine zentral gelegene Wohnung in der Hüxstraße. Nach kurzer Fahrt parkte er den Wagen vor Elkes Wohnung und trat an die Haustür. Er betätigte die Klingel, aber nichts geschah. Er klingelte erneut, wieder nichts. Schließlich wählte er eine Nachbarklingel und sogleich ertönte der Summer.

„Moin, Moin", begrüßte ihn ein Mann. Arndt schätzte ihn auf Ende fünfzig, er war einen guten Kopf kleiner als er selbst.

„Moin! Wissen Sie, ob Elke Henschel da ist?"

„Warum wollen Sie das wissen?", fragte der Mann mit deutlich skeptischer Miene.

„Ich bin von der Kriminalpolizei. Wir arbeiten zusammen."

Der Mann beäugte ihn genauer, schien ihm aber zu glauben. Arndt hatte seine Kollegin zwar schon zu Hause besucht, weil sie ihn zum Essen eingeladen hatte, diesem Mann war er allerdings noch nie begegnet.

„Das letzte Mal habe ich sie gestern Abend gesehen, als sie zum Joggen raus ist."

„Danke", antwortete Arndt und verabschiedete sich. Seine Sorgen nahmen zu, nervös ging er zu Elkes Wohnung. Er klingelte auch hier, doch niemand reagierte. Er klopfte an die Tür – wieder keine Reaktion.

So langsam wurde ihm richtig mulmig. Hier stimmte etwas nicht. Ob er sich Zugang zu der Wohnung verschaffen sollte?

Nein, er würde sie noch einmal anrufen. Sollte sie doch da sein, wäre es ihm peinlich, sie derart zu überraschen. Er nahm sein Handy und wählte ihre Mobilnummer. Wieder sprang die Mailbox an und er legte auf. Dann wählte er ihre Festnetznummer. Er konnte das Klingeln ihres Telefons im Treppenhaus hören, aber Elke nahm nicht ab.

„Verdammt", zischte er und entschied nun doch, die Tür zu öffnen. Er holte sein Spezialwerkzeug, das er immer bei sich hatte, aus der Jackentasche und öffnete das Schloss, dann betrat er die Wohnung. Im Flur schaltete er das Licht an.

„Elke, bist du da?", machte er sich bemerkbar. Keine Reaktion. Es war geradezu beängstigend still. Er trat ins Wohnzimmer. Die Jalousien waren noch unten, also betätigte er den Lichtschalter.

Danach betrat er das Schlafzimmer, mit dem gleichen Ergebnis. Sie war nicht da. Rasch hatte er die komplette Wohnung durchsucht, sein Herz klopfte schneller.

Sie war nicht da, das konnte nichts Gutes bedeuten.

„Beruhig dich. Vielleicht ist sie nur beim Joggen gestürzt", sagte er zu sich, um die bedrohlichen Gedanken zu verscheuchen.

Er verließ die Wohnung und klopfte an die Tür des Herrn, mit dem er sich zuvor unterhalten hatte.

„Ist sie nicht da?", fragte er. Sorge schwang in seiner Stimme mit.

„Wissen Sie, welche Strecke sie joggt?"

„Ja, hat sie mir oft genug erzählt. Ist immer die gleiche, Pansdorf ist ja nicht so groß. Sie nimmt jedes Mal die Route zum Mühlenteich", antwortete der Mann und erklärte ihm den Weg.

Arndt bedankte sich und verabschiedete sich von ihm. Er kannte Pansdorf recht gut, zwangsläufig, weil er und Elke vor Jahren in einem Fall ermittelt hatten, der sich in

Pansdorf abgespielt hatte.

Mit dem Auto fuhr er den Weg ab, den Elke gelaufen war. Als er am Mühlenteich ankam, stieg er aus und suchte die restliche Strecke zu Fuß ab, doch von Elke fehlte jede Spur. Ihn überkam das Gefühl, dass es hier im Wald deutlich kälter war als in Lübeck. Seine Winterjacke half jedenfalls nicht, dass ihm warm war. Aber die Sorge um Elke und die Ungewissheit, wo sie sein könnte, verscheuchten die Kälte. Er ging tiefer in den Wald und rief immer wieder ihren Namen. Ohne Ergebnis. Die Hoffnung, dass er Schuhspuren auf dem Waldboden finden könnte, die auf Elke hindeuteten, blieb unerfüllt.

„Verdammt, wo bist du?", fragte er laut. Er wurde immer unruhiger. Hastig ging er zurück zum Wagen und fuhr die Strecke wieder ab, diesmal deutlich langsamer in der Hoffnung, dass er sie vielleicht übersehen haben könnte. Doch von Elke fehlte jede Spur. Dass sie auf der Straße, die zum Wald führte, gestürzt war, konnte er sich nicht vorstellen, denn da hätten Passanten sie längst gesehen und einen Krankenwagen gerufen. Das Krankenhaus wiederum hätte die Polizei informiert. Also konnte sie nur im Wald hingefallen sein. Er drehte sich um.

Und was, wenn sie nicht gestürzt ist, sondern ..., fragte er sich und musste schlucken.

Nun saß ihm die Angst im Nacken, und jeder Versuch, sich einzureden, dass schon nichts passiert sei, schlug fehl. Er fuhr den Wagen zurück bis zum Mühlenteich, stieg aus und suchte die Strecke erneut ab, doch da war nichts. Er atmete aus und strich sich über seine kurzen Haare. „Bleib ruhig. Es gibt eine einfache Erklärung für alles", sagte er zu sich, dann rief er bei Willy an.

„Hast du sie gefunden? Geht es ihr gut?", fragte sein Chef. Die Sorge in seiner Stimme war nicht zu überhören.

„Nein. Der Nachbar hat sie gestern Abend zum Joggen gehen gesehen. Ich bin die Strecke abgelaufen. Sie ist nicht auffindbar."

„Wie bitte? Handyortung! Ich werde sofort Tim darum bitten. Du bleibst dort. Falls sie gestürzt ist, musst du umgehend den Rettungswagen rufen", antwortete Willy und beendete das Gespräch.

Die nächsten Minuten kamen Arndt wie eine Ewigkeit vor, doch dann rief Tim bei ihm an.

„Ich habe das Handy geortet. Es ist nicht weit von dir", sagte er die schon fast erlösenden Worte. Auf Tim war Verlass. Er war ihr Spezialist für alle Fragen rund um das Internet und die IT. Dass er das Handy geortet hatte, konnte nur bedeuten, dass sie gestürzt war und deshalb nicht in der Lage, Anrufe anzunehmen, dass also kein Gewaltverbrechen vorlag.

„Wohin muss ich?", fragte Arndt. Tim schickte ihm die genauen Koordinaten.

„Danke. Ich melde mich."

„Gerne", antwortete Tim, aber er klang nicht sehr optimistisch. Oder bildete sich Arndt das vor lauter Beunruhigung nur ein? Mithilfe des Ortungsprogramms kam er der Stelle, wo das Handy sein sollte, immer näher. Inzwischen trennten ihn nur noch wenige Meter davon. Hektisch wühlte er sich durch Laubhaufen und kleine Äste und schrie dabei: „Elke, Elke, bist du hier?", aber er konnte nicht eine Spur entdecken, geschweige denn etwas von ihr hören.

Konnte es sein, dass Tim ihm die falschen Koordinaten geschickt hatte? Arndt wollte das nicht glauben. Tim war gewissenhaft und verdammt gut in seinem Job, ein richtiger IT-Nerd.

Da hatte er eine Idee.

Er nahm sein Handy und rief Elkes Nummer an. Er hörte ein Klingeln. Das konnte nur ihr Handy sein und es war ganz in der Nähe. Nervös folgte er dem Klingelton, bis er es fand, versteckt ihm Laub. Nur zwei Meter neben den von Tim genannten Koordinaten.

Sein Herz schlug wie verrückt und ihm wurde warm, obwohl sein Atem weiße Wölkchen in der kalten Morgenluft bildete. Auf seiner Stirn sammelten sich kleine Schweißperlen.

Er hob das Handy auf und sah auf dem Bildschirm die Anzahl seiner Anrufe und eine ungelesene Nachricht. Über die Pop-up-Meldung konnte er den Inhalt lesen. Es war nur eine Zeile:

Elke wird sterben! Es sei denn, du findest sie! Du allein!

Kapitel 3

Ihr überraschter Gesichtsausdruck verschaffte ihm Genugtuung. Sicherlich hatte sie nicht mit ihm gerechnet. Wie auch? Aber so war das im Leben. Einmal gewann man, einmal verlor man. Jetzt war er an der Reihe mit Gewinnen. Es war ein verdammt gutes Gefühl, zu wissen, dass sie von seinem Wohlwollen abhängig war.

„Hat es geschmeckt?", fragte er höflich und schaute auf das Tablett, das auf dem Boden stand.

„Warum?", fragte sie. Ihr irritierter Gesichtsausdruck hatte sich nicht verändert.

„Warum? Mehr fällt Ihnen nicht ein?" Er funkelte sie böse an, dann brüllte er: „Ich habe Sie gefragt, ob es geschmeckt hat! Wo ist Ihre Dankbarkeit? Ich dachte, Sie wären anders!" Eigentlich hatte er ruhig bleiben wollen, er hatte sich fest vorgenommen, keinen Wutanfall zu bekommen. Aber wie hätte er gelassen sein können, wenn das erste Wort, das sie aussprach, ein „Warum" war?

„Danke, es war gut", antwortete sie und er bemerkte, dass sie Mühe hatte, diesen Satz zu sagen. Es war nicht ehrlich gemeint. Sie spielte mit ihm, schließlich wusste sie, wie der Hase lief. Als Polizistin kannte sie sämtliche Tricks, mit denen sie einen Entführer um den Finger wickeln konnte. Aber er war kein Entführer, das, was er tat, war von langer Hand vorbereitet und hatte nur ein Ziel: Gerechtigkeit.

Er sah sie an, sie wandte schnell ihren Blick ab und schaute auf den Boden. Ihm gefiel das, denn er nahm an, dass sie nun verstanden hatte, wer das Sagen hatte. Er war das Alphatier und sie sein unerzogenes Mädchen.

„Ich hoffe, es ist nicht zu kalt hier unten. Dass ich derzeit keine mobile Heizung aufstellen kann, ist Ihnen hoffentlich bewusst. Dieses Vertrauen müssen Sie sich erst verdienen."

„Es ist erträglich", antwortete sie. „Darf ich mir eine Frage erlauben?"

„Ja, wenn sie nicht unverschämt ist."

„Wie kann ich sicherstellen, dass ich Sie nicht verärgere?"

Die Frage überraschte ihn, hatte er doch eher damit gerechnet, dass sie wissen wollte, ob er schon Forderungen gestellt habe oder wie lange er sie bei sich behalten wolle.

„Tun Sie einfach das, worum ich Sie bitte", antwortete er dann, bemüht, freundlich zu bleiben.

Elke nickte und schien kurz zu lächeln. „Darf ich mir noch eine Frage erlauben?"

„Nur zu", erwiderte er und machte einen Schritt auf sie zu. Inzwischen trennte sie kaum ein Meter.

„Muss ich die ganze Zeit hier unten verbringen? Ein Mensch hat so seine …", sagte sie und ihr Blick wanderte zum Eimer.

„Ich fürchte, da müssen Sie jetzt durch. Ich sagte ja, Sie müssen sich erst mein Vertrauen verdienen. Bis dahin muss dieser Eimer ausreichen." Er lachte kurz, denn ihm gefiel der Gedanke, dass sie sich vor dem Eimer ekelte. Aber daran gab es nichts zu rütteln. Es konnte nicht schaden, wenn die feine Dame etwas von ihrem hohen Ross heruntersteig.

„Und wo soll ich mich waschen?"

„Waschen? Wofür? Sie werden kein Date haben. Seien Sie froh, dass ich Ihnen den Eimer hingestellt habe."

Sie schaute ihn an und er spürte, dass sie etwas sagen wollte, doch sie hielt sich zurück. Dabei gab es etwas in ihm, das sich wünschte, dass sie die Fassung verlor und ihm Gelegenheit gab, all seine angestaute Wut für einen Moment herauslassen zu dürfen.

Leider tat sie ihm den Gefallen nicht.

„Sie haben recht. Ich werde mich daran gewöhnen."

„Das werden Sie. Und wenn Sie sich daran gewöhnt haben und ich sehe, dass Sie Ihre Eitelkeit abgelegt haben, werde ich Sie belohnen." Er lächelte und kam ihr noch etwas näher. Sie zuckte zwar kurz zusammen, blieb aber stehen. Langsam hob er seine große Hand und berührte ihre Wangen, er streichelte sie. Sie roch gut, ihre Haut fühlte sich sehr zart an im Vergleich zu seinen rauen Händen. Er sah sie an, doch sie schaute weg, was ihm nur recht war. Er hatte das Sagen und sie hatte zu gehorchen, das war die einzige Spielregel, die er hatte.

Ganz langsam wanderte seine Hand ihren Hals hinunter.

Kapitel 4

Nichts war schlimmer als das Gefühl der Hilflosigkeit. Es ließ Arndt nicht mehr los.

„Wie ich sehe, sind wir vollzählig. Lasst uns gleich anfangen", ertönte Willys sonore Stimme, da nun auch Ole als Letzter in den Besprechungsraum getreten war. Sein Gesicht wirkte ernst und voller Sorge. „Wir müssen leider davon ausgehen, dass unsere von uns allen geschätzte und respektierte Kollegin Elke Henschel Opfer einer Entführung geworden ist. Ich möchte das Wort direkt an Ole übergeben."

„Danke", presste Ole heraus. „Nachdem Arndt Elkes Handy gefunden hat, sind wir sofort zum Tatort ..." Er unterbrach sich. Das Wort „Tatort" war kaum noch zu hören gewesen. Ole holte tief Luft und versuchte, sich wieder zu fassen. „Wir haben das ganze Gebiet durchsucht und knapp hundert Meter vom Handyfundort entfernt Blut auf dem Boden entdeckt. Die Kollegen von der Rechtsmedizin werden uns noch heute die Ergebnisse liefern."

„Was für Ergebnisse? Verdammt, das ist Elkes Blut", rief Arndt dazwischen.

„Davon gehen wir aus. Dennoch müssen wir das Ergebnis abwarten", blieb Ole sachlich, was überhaupt nicht seinem Naturell entsprach. Eigentlich hätte er Arndt eine verbale Retourkutsche allerfeinster Sorte geliefert. Es zeugte davon, wie schwer es ihm fiel, darüber zu sprechen.

„Ich weiß, dass das für uns alle nicht leicht ist. Aber wenn wir die nötige Professionalität vermissen lassen, wird das am Ende zu Elkes Nachteil sein", ließ sich nun Bernd vernehmen und warf dabei vor allem Arndt einen strengen Blick zu.

Der wollte gerade etwas erwidern, als Willy sagte: „Bernd hat recht. Wir müssen unsere Emotionen außen vor lassen, so schwer es uns auch fallen mag. Nur so hat Elke eine Chance, das Ganze lebendig zu überstehen. Noch wissen wir nicht einmal, womit wir es zu tun haben. Ole, mach bitte weiter."

„Die Ergebnisse der DNA-Analyse stehen noch aus. Ein etwas größerer Ast ragte aus dem Boden, etwa auf der Höhe, wo wir das Blut gefunden haben. Es ist denkbar, dass Elke gestolpert ist und danach von dem Entführer überwältigt wurde. Ich glaube, Bernd kann dazu gleich Genaueres ausführen." Er schaute zu Bernd, der nickte.

„Wie schon gesagt, haben wir das gesamte Gebiet weitläufig abgesucht, aber keine weiteren Spuren finden können. Das sichergestellte Handy wird ebenfalls auf belastbare Spuren untersucht. Fingerabdrücke konnten allerdings nur von Elke und Arndt festgestellt werden, und ehrlich gesagt male ich mir wenig Chancen aus, dass wir was finden werden. Wer immer Elke entführt hat, wusste, worauf er sich einließ. Das war es vorerst von der Spurensicherung."

„Danke, Ole. Tim, was hast du für uns? Hast du die Daten des Mobiltelefons ausgewertet? Was ist mit der Nachricht, die auf dem Display stand?"

„Die Nachricht hat der Täter von ihrem Handy aus geschrieben."

„Wie geht das? Ihr Handy war doch passwortgeschützt.

Und ich bezweifle, dass der Täter ihr Passwort kannte", hakte Arndt nach.

„Nichts einfacher als das. Diese Passwörter sind leicht gehackt. Auch wenn er kein IT-Fachmann ist, kann er das relativ leicht machen. Soweit ich Oles Ausführungen und seinem Bericht entnehme, wurde Elke vermutlich überrascht und mit einem Gegenstand bewusstlos geschlagen. Der Täter musste also nur ihr Handy nehmen und ihren Finger an den Sensor halten, schon ist die Passwortsperre aufgehoben. Dann schreibt er eine SMS und schickt sie von ihrem Handy an ihre Nummer. Alles kein Akt, das kann jeder."

„Also können wir ausschließen, dass die Nachricht von einem anderen Handy aus geschickt wurde?", fragte Willy und runzelte die Stirn.

„Leider, völlig ausgeschlossen. Ich habe auf dem Handy auch keine Spuren gefunden, die in irgendeiner Weise Rückschlüsse auf den Täter zulassen. Ich fürchte, dass ich euch diesmal keine allzugroße Hilfe bin." Tim schaute beinahe beschämt auf die Tischplatte.

„Danke dir, Tim. Arndt, was hast du für uns?"

„Nicht viel." Arndt presste die Lippen zusammen. Das Ganze war einfach zu viel für ihn. Am liebsten wäre er aufgestanden und gegangen. Hier zu sitzen und zu reden, half nicht, sie zu finden. Und er kannte Entführungsfälle. Die Zeit spielte gegen sie. „Ich weiß nicht, wo sie ist. Ich habe aber das Gefühl, dass dieses Schwein nur mich mit der Nachricht erreichen will. Er kennt mich und er kennt Elke. Nur, wenn er was von *mir* will, warum entführt der Feigling dann *sie*?" Die letzten Worte spie Arndt förmlich aus. „Hier sitzen und reden wird sie nicht retten. Wir müssen raus, nach ihr suchen!", rief er.

„Beruhig dich. Das wissen wir doch. Ich habe eine bundesweite Fahndung ausgeschrieben. Alle Polizeibeamten in Deutschland werden nach ihr suchen. Aber ohne einen Anhaltspunkt sollten wir nicht blind draufloslaufen. Ich denke, Bernd wird mir da zustimmen."

„Gewiss", erklärte Bernd und schaute dann zu Arndt. „Ich kann deine Unruhe gut verstehen. Du und Elke, ihr steht euch ja sehr nahe. Dennoch müssen wir das Ganze besonnen angehen. Und wie es scheint, hat der Täter bewusst einige Spuren für uns hinterlassen. Das ist ein positives Signal."

„Du wertest es also als positives Signal, dass er sie bewusstlos geschlagen und entführt hat, ja?", blaffte Arndt. Er konnte nicht glauben, was er da gerade hörte.

„Ja, weil uns das Zeit gibt. Wenn er sie nur entführen, vergewaltigen und töten wollte, hätte er sich sicherlich nicht die Mühe gemacht, uns, besser gesagt: dir, eine Nachricht zukommen zu lassen. Er verfolgt mit der Entführung ein anderes Ziel."

„Und das wäre?", fragte nun Ole, der wie Arndt nicht überzeugt wirkte.

„Da gibt es einige Motive. Zum Beispiel Macht. Er genießt es, dass er uns gegenüber im Vorteil ist. Er kann abwarten und schauen, wie nahe wir ihm kommen. Es könnte aber auch Rache sein. Vielleicht ein ehemaliger Täter, den Arndt und Elke verhaftet haben."

„Genau das denke ich auch", mischte sich Arndt wieder ein. „Wir müssen die Datenbank anzapfen. Jetzt."

„Es wäre allerdings noch etwas ganz anderes denkbar.

Wir könnten es mit einem Mann zu tun haben, der bisher nicht mit dem Gesetz in Konflikt geraten ist und nur Elke für sich haben will. Jemand, der in Arndt einen unliebsamen Nebenbuhler sieht."

„Elke und ich sind kein Paar", knurrte Arndt. Er fühlte sich genötigt, das richtigzustellen, dabei wusste er tief in seinem Herzen, dass er schon seit Langem mehr als Freundschaft für Elke empfand, das ihr gegenüber jedoch nie zugeben könnte.

„Das mag er aber anders sehen."

„Wir müssen uns auf einen Täterkreis fokussieren, ohne die anderen auszuschließen", bemerkte Willy. „Was sagt deine Expertise?"

„Um Macht geht es immer. Diesmal denke ich allerdings, wir sollten uns auf Rache konzentrieren. Somit stimme ich Arndt zu, dass wir die Datenbanken nach verdächtigen Personen durchsuchen sollten. Wir haben es hier mit einem Mann zu tun, der bereit ist, Gewalt anzuwenden. Er wird vermutlich deutlich größer und stärker sein als Elke. Sie ist eine erfahrene Beamtin, die sich zu verteidigen weiß. Daher glaube ich nicht, dass wir es mit einem kleinen Täter zu tun haben. Und er muss Elke kennen, denn er hat sie beim Joggen überrascht. Also hat er sie vorher beobachtet. Ich schließe eine spontane Tat aus den genannten Gründen aus.

Wir haben es mit einem äußerst gewaltbereiten Mann mittleren Alters zu tun. Nach diesen Kriterien sollten wir die Datenbanken durchsuchen. Es wäre außerdem anzuraten, die Anwohner an ihrer Laufstrecke zu befragen, ob sie eine verdächtige Person gesehen haben. Denn wenn jemand sie aus Rachegelüsten heraus entführt hat, wird derjenige kaum aus dem Ort stammen. Das spielt uns in die Hände. Im Dorf kennt man sich untereinander. Ein Mann, der über Tage oder Wochen eine Person beobachtet, dürfte auffallen", erklärte Bernd.

„Gut, ich werde dafür sorgen, dass alle Anwohner befragt werden. Die Kollegen von der Dienststelle Ratekau stehen bereit. Tim, kannst du bitte die Datenbanken abfragen, welche Täter in den letzten Monaten …"

„Ich würde den Zeitraum auf die letzten vierundzwanzig Monate ausweiten", unterbrach Bernd. „Es ist wahrscheinlich, dass der Entschluss, die Entführung in die Tat umzusetzen, länger gedauert hat."

„Gut. Dann auf die letzten zwei Jahre. Wann kannst du mir die Liste besorgen?"

„In einer Stunde", antwortete Tim und stand sofort auf, um den Besprechungsraum zu verlassen.

„Informier mich bitte, sobald du die Liste hast. Ich werde entscheiden, wie wir sie abarbeiten. Ihr wisst, dass ihr alle auf Bereitschaft seid. Ruft mich umgehend an, wenn es neue Informationen gibt, egal zu welcher Uhrzeit. Das wars dann für den Moment."

Willy erhob sich und gab ihnen damit das Zeichen, dass es nichts mehr zu besprechen gab.

Arndt stand ebenfalls auf und verließ schnellen Schrittes den Raum, er wollte mit Tim sprechen. Erst in dessen Büro holte er ihn ein.

„Was ist los?", fragte Tim überrascht.

„Du musst mir die Liste auch schicken, sobald du sie hast."

„Aber Willy wollte doch …"

„Ich brauche sie. Ich kenne die Männer, die ich verhaftet habe, und ich kann am besten einschätzen, wer von ihnen Elke entführt haben könnte."

„Gut", nickte Tim, der sich an sich nicht so leicht überzeugen ließ, schon gar nicht, wenn Willy eine andere Anweisung gegeben hatte.

„Danke", sagte Arndt und verließ das Zimmer. Statt zurück in sein Büro zu gehen, beschloss er, zum Mühlenteich zu fahren und selbst ein paar Anwohner zu befragen.

Da an dem kleinen Weiher nur wenige Häuser standen, war die Befragung schnell erledigt. Keiner wollte etwas gesehen haben. Sicherheitshalber gab er jedes Mal seine Karte weiter in der Hoffnung, dass sich vielleicht doch jemand an etwas erinnerte und ihn anrief. Einen der Anwohner konnte er jedoch nicht erreichen, da er laut den Nachbarn noch bei der Arbeit war. Er notierte sich den Namen der Person, um die Informationsabteilung zu bitten, sich um den Mann zu kümmern, der erst vor Kurzem in das Haus eingezogen war und allein dort wohnte.

So viel dazu, dass in einem Dorf jeder jeden kennt und alles Ungewöhnliche sofort auffällt, dachte Arndt bitter.

Als er zum Wagen zurückging, zückte er sein Handy, um zu schauen, ob Tim ihm schon die Informationen geschickt hatte, und just in dem Augenblick kam die E-Mail an. Er öffnete sie. Insgesamt acht Namen standen auf der Liste. Acht potenzielle Entführer.

Einige von ihnen wohnten im Umkreis von hundert Kilometern, andere deutlich weiter weg über ganz

Deutschland verstreut.

Als er einen Namen sah, bekam er eine Gänsehaut. „Du bist es!", sagte er laut. Es konnte nur er sein, denn es gab einen besonderen Grund dafür.

Kapitel 5

„Ich sehe schon, ihr bringt Hunger mit, das ist gut fürs Geschäft", lachte Walter, als Brandt und Aydin seinen kleinen Imbiss betraten.

„Was wärst du nur ohne uns?", witzelte Aydin zurück.

„Wahrscheinlich längst pleite", konnte sich Brandt einen Scherz auf Walters Kosten nicht verkneifen.

„Witzig! Walters Würstchen sind über Köln hinaus bekannt. Falls es euch interessiert, hier verkehrt auch die feine Gesellschaft Kölns, von Politiker bis Spitzensportler." Walter richtete sich zu voller Größe auf und legte neue Würstchen auf den Grill.

„Das halte ich für ein Gerücht."

„Was ist los mit ihm?", fragte Walter an Aydin gerichtet. „Hat er noch immer daran zu knapsen, dass Peter Walsh ihn so in den Schatten gestellt hat?"

„Ich denke schon. Aber gegen Walsh kann man gerne ablosen", lachte Aydin und klopfte Brandt auf die Schulter.

„Ihr Scherzkekse. Walsh und ich können gut miteinander."

„Klar, immerhin hat er dir den Arsch gerettet", antwortete Walter und spielte damit auf den letzten Fall der beiden Kölner Kripobeamten an. Sie hatten wegen eines Bombenanschlags auf ein Auto ermittelt und Peter Walsh, ein ehemaliger US-Geheimdienstagent, hatte Brandt dabei das Leben gerettet.

„Der spielt in einer ganz anderen Liga", schwärmte Aydin. „Wie der auf den fliegenden Hubschrauber gesprungen ist und sich an den Kufen festgehalten hat, das war schon Wahnsinn."

„Ist ja gut, ist angekommen."

Walter und Aydin lachten und klatschten ab. „Wie immer, oder?"

„Klar", antwortete Aydin, sein Blick wanderte zum Grill. Brandt nickte nur. Die Würstchen auf dem Rost brutzeln zu sehen, dazu der leckere Geruch, das regte den Appetit schon ungemein an.

„Was gibt es Neues?", erkundigte sich Walter.

„Zum Glück nicht viel. Die Verrückten und Psychopathen lassen uns gerade etwas in Ruhe", antwortete Brandt.

„Das meinte ich doch gar nicht. Was gibt es Neues vom Baby?"

„Brandt hat halt nur seine Arbeit im Kopf. Leah geht es prima. Die Kleine wird so schnell groß. Sie ist ein echter Sonnenschein."

„Das freut mich. Und bei unserem Schönling? Wann wird geheiratet?"

„Heirat? Warum denkt alle Welt gleich an Heirat? Man kann doch heute auch ohne Trauschein glücklich sein", reagierte Brandt schroffer als beabsichtigt. Seine Freundin Ylva nahm dieses Wort in letzter Zeit allerdings öfter in den Mund, als ihm recht war. Er liebte sie, das glaubte er jedenfalls. Aber deswegen gleich heiraten und Kinder bekommen? Da war er sich nicht so sicher.

„Na ja, der Jüngste bist du nicht mehr. Wann willst du für Nachkommen sorgen? Mit sechzig?", fragte Walter und Brandt wusste, dass er damit einen wunden Punkt bei ihm traf.

„Es ist alles gut so, wie es ist, und Ylva denkt auch

nicht an Heirat oder Kinder", log er in der Hoffnung, dass dieses ihm unangenehme Thema damit abgehakt war.

„Statt zu quatschen, solltest du lieber die Würstchen vom Grill nehmen, bevor sie ganz schwarz sind."

„Verstehe schon, der Herr mag das Thema nicht." Walter nahm die Würstchen vom Grill und schnitt die Currywurst in kleine Stücke. Dann reichte er sie mit einem Stück Toast und Ketchup zu Brandt herüber. Aydin bekam seine Rindswurst.

„Was ist eigentlich mit dir? Wann lernen wir deine Freundin denn mal kennen?", fragte Brandt und bevor Walter etwas sagen konnte, fügte er hinzu: „Ach ja, da gibts ja gar keine! Warum muss ich mich darüber nicht wundern …"

„Hey, das war nicht nett. Walter ist halt nicht so einfach zu haben", schien Aydin für Walter Position ergreifen zu wollen.

„Was soll das heißen? Dass ich zu hässlich bin? Vielleicht bin ich kein durchtrainierter Schönling wie Blondi, aber ich habe innere Werte", biss Walter zurück. „Mir ist nur noch nicht die Richtige über den Weg gelaufen."

Walter und Brandt hätten nicht unterschiedlicher sein können. Brandt war groß, durchtrainiert und immer top gepflegt. Seine kurzen blonden Haare waren perfekt geschnitten und für seine blauen Augen hatte er nicht nur einmal Komplimente bekommen. Trotz seiner siebenundvierzig Jahre nahm er es locker mit den meisten Dreißigjährigen auf. Und er war sich seines Aussehens bewusst, schließlich tat er viel dafür. Walter hingegen hatte eine rundliche Statur, sein Körper war mit

Tattoos übersät und sein Haupt schmückte eine Glatze. Er wirkte nicht wie der attraktive Single von nebenan, aber das wollte er auch gar nicht.

„Die Richtige wird schon kommen", antwortete Aydin und biss von seiner Rindswurst ab.

Brandt hatte zwar noch einen Spruch auf Lager, doch der Blick seines Partners war mehr als eindeutig, daher verkniff er sich alles Weitere. Vielleicht war er etwas übers Ziel hinausgeschossen und Walter reagierte auf dieses Thema sensibler, als er zugeben wollte. Auch wenn es so aussah, als wäre er ein harter, abgebrühter Kerl, wusste Brandt, dass der Imbissbudenbesitzer einen weichen Kern hatte und man sich uneingeschränkt auf ihn verlassen konnte, wenn es darauf ankam.

„Was denkt ihr, kriegt der FC noch die Kurve? Das mit Stöger war zwar schade, aber seitdem gewinnen die Kölner ja wieder", ließ sich Aydin vernehmen. Es war offensichtlich, dass er sich in seichtere Gewässer begeben wollte, ehe die Stimmung, die bis eben hervorragend gewesen war, kippte.

„Nach dem Sieg gegen euren HSV halte ich das für mehr als realistisch", antwortete Walter und spielte damit darauf an, dass Lasse Brandt und Emre Aydin ursprünglich aus Hamburg kamen.

„Der HSV wird sich retten, wie die Jahre zuvor auch", entgegnete Brandt und ließ ein weiteres Stück Currywurst in seinem Mund verschwinden.

„Ich mag ja den HSV irgendwie. Aber so langsam denke ich, sollte das Elend enden. Mit einem Abstieg könnte ein sauberer Schnitt gemacht und der Neubeginn eingeleitet werden."

„Solange dieser Kühne bei uns im Norden mitmischt, wird es keinen Neubeginn geben. Im schlimmsten Fall geht der HSV den gleichen Weg wie 1860 München", sagte Brandt. „Wie wäre es mit einer zweiten Currywurst?" Er hatte gerade das letzte Stück gegessen, aber sein Appetit war nicht kleiner geworden.

„Ich weiß nicht, ob du sie dir verdient hast", konterte Walter, doch dann lächelte er und legte eine weitere Wurst auf den Grill. „Was ist mit dir?"

„Klar. Ich könnte von den Dingern locker sechs, sieben essen."

„Das sieht man deinem Bauch an", schnappte Brandt. Diese Chance konnte er nicht ungenutzt lassen.

„Ich habe keinen Bauch. Das kommt vom Sitzen."

„Und was ist das?" Brandt kniff Aydin in die Seite. „Du warst früher mal echt gut in Form." Damit spielte er auf die Figur seines deutlich jüngeren Partners an. Immerhin war Aydin mit seinen achtundzwanzig Jahren ganze neunzehn Jahre jünger als Brandt.

„Als Papa hat man nun mal nicht mehr so viel Zeit."

„Brandt kann es einfach nicht lassen, zu stänkern. Ein richtiger Miesepeter", reagierte Walter etwas ungehalten.

„Ihr seht das völlig falsch. Ich stelle nur fest und hoffe, dass ich euch mit meinen Worten ein wenig motivieren kann, auf eure Linie zu achten."

„Schon mal was von Lebensqualität gehört?" Walter schüttelte den Kopf.

Bevor Brandt antworten konnte, klingelte sein Handy. Er nahm den Anruf entgegen und das Einzige, was er noch über die Lippen brachte, war: „Sicher?" Entsetzt starrte er Aydin an.

Kapitel 6

Seine großen rauen Hände auf ihren Wangen und ihrem Hals zu spüren, hatte einen unfassbaren Ekel bei ihr hervorgerufen, und es hatte sie viel Kraft gekostet, nicht laut loszuschreien. Kurz hatte sie überlegt, ob sie ihm nicht einfach in den Schritt treten und versuchen sollte zu fliehen. Doch in diesem Moment war nicht nur die Abscheu vor diesem Mann zu groß gewesen, sondern die Unfähigkeit, überhaupt etwas zu tun.

Dabei hatte sie so viele Kurse in Selbstverteidigung gehabt und Verhaltensweisen für solche Situationen trainiert. In dem Augenblick war sie jedoch wie gelähmt gewesen. Nur ihr innerer Wille hatte sie daran gehindert, vor Angst zu schreien und zu weinen.

Zum Glück war seine dreckige Hand nicht weitergewandert, er hatte die Bewegung unterbrochen, sie angeschaut und gesagt: „Ich glaube, wir werden uns blendend verstehen."

Dann war er rausgegangen und erst, als sie glaubte, dass er nicht mehr wiederkommen würde, hatte sie ihre starre Haltung aufgegeben und sich aufs Bett gestürzt, um hemmungslos in das Kissen zu schluchzen.

„Du musst stark sein", ermahnte sie sich. Aber das war leichter gesagt als getan. In all den Jahren hatte Elke wirklich geglaubt, dass sie wüsste, wie sie sich in so einer Situation verhalten würde. Sie, die ausgebildete Kriminalpolizistin, deren Job es war, sich regelmäßig mit Psychopathen auseinanderzusetzen. Sie, die unzählige Frauen kennengelernt hatte, die Opfer von kranken Männerfantasien geworden waren, war plötzlich selbst ein Opfer und wusste nicht, was sie tun sollte. Genau das war das Allerschlimmste an der Sache, sich so hilflos zu fühlen.

„Du darfst nicht zerbrechen!", ermahnte sie sich. „Du musst ihm überlegen sein, ohne dass er es bemerkt." Sie wischte sich die Tränen vom Gesicht und setzte sich auf. Ihr Blick wanderte durch den Raum, als würde sie etwas Bestimmtes suchen, aber sie wusste nicht was. Es gab hier auch einfach nichts. Ihr Gefängnis war klein, kalt und karg – „die drei Ks", die ihr keinen Trost spendeten, sondern sie nur daran erinnerten, in was für einer aussichtslosen Situation sie war.

Sie atmete ein und aus und fuhr sich mit der Hand über die langen blonden Haare. Sie wusste, dass sie attraktiv war, und genau das bereitete ihr große Sorgen. Es war nur eine Frage der Zeit, bis der Mann seine dreckigen Hände weiterwandern lassen würde, und was dann? Würde sie das einfach so über sich ergehen lassen oder sich doch wehren?

„Und wenn er dich dabei tötet?" Ihr wurde schwindelig. Sie sprang vom Bett auf und eilte zum Eimer, um das Wenige, das sie gegessen hatte, zu erbrechen. Der Gedanke, dass dieser widerliche Mann sie schänden könnte, war für sie unerträglich. All das, was sie als Polizistin gelernt hatte, war so weit weg, weil sie nun selbst betroffen war.

Sie wusste nicht, warum sie ausgerechnet jetzt an das Stockholmsyndrom denken musste. Es war ein psychologisches Phänomen, bei dem die Opfer ihren Entführern Sympathie entgegenbrachten. Es war für sie unvorstellbar. Wie konnte man für einen Menschen, der einen einsperrte, einen missbrauchen wollte oder einem nach dem Leben trachtete, wie konnte man für so eine kranke Person Sympathien empfinden? *Du musst, du weißt es. Er hat dir nichts getan, weil du dich weder gewehrt noch Ekel gezeigt hast. Er denkt, du magst ihn. Und deswegen lebst du*, ermahnte sie sich in Gedanken, ihren Hass gegenüber dem Mann nicht allzugroß werden zu lassen.

Sie legte sich wieder ins Bett und fragte sich, wie spät es wohl war, da sie keine Uhr hatte und in Ermangelung eines Fensters nicht erkennen konnte, ob es Tag oder Nacht war.

Sie versuchte im Schlaf etwas Ruhe zu finden in der Hoffnung, danach entspannter zu sein, um sich Gedanken über ihre Befreiung zu machen. Als sie sich die Bettdecke übers Gesicht zog, waren ihre Gedanken bei Arndt Schumacher, ihrem Kollegen, zu dem sie ein sehr gutes Verhältnis hatte.

„Er wird dich befreien. Arndt findet das Schwein", sagte sie zu sich und erstarrte, als sie hörte, wie die Tür erneut geöffnet wurde.

Kapitel 7

„Du weißt, dass du nicht alle Männer auf der Liste alleine aufsuchen kannst", sagte Willy. Arndt konnte die Ermahnung zwischen den Zeilen heraushören. Willy hatte ihn dazu verdonnert, sein Büro erst einmal nicht zu verlassen, da er wohl ahnte, dass Arndt sonst losgerannt wäre, um sich den potenziellen Täter zu schnappen.

„Warum nicht?", fragte Arndt, war aber in Gedanken längst wieder bei der Person, die er so schnell wie möglich aufsuchen wollte. Das Gespräch mit Willy kostete nur unnötig Zeit.

„Weil wir beide wissen, dass Zeit das ist, was wir jetzt am wenigsten haben. Wir können den Täter nicht einschätzen. Verdammt, du weißt doch selbst, was das heißt. Du suchst dir drei Personen von der Liste aus, die du besuchen wirst. Die anderen werden die Kollegen übernehmen."

Aha, keine Zeit, und warum quatschen wir dann hier so lange?, dachte Arndt sarkastisch.

„Was ist mit denen, die außerhalb unseres Zuständigkeitsgebietes wohnen?"

„Seit wann sorgst du dich um Zuständigkeiten?"

„Ich möchte, dass Lasse Brandt und Emre Aydin die Verdächtigen im Kölner Raum aufsuchen."

„Ich werde ihre Chefin Kristina Bender darum bitten, das hatte ich ohnehin vor, für wie dumm hältst du mich? Meinst du, ich will nicht, dass wir Elke lebendig und unbeschadet finden?" Während Willy das sagte, wurde sein Kopf rot wie eine Tomate. „Ganz Deutschland sucht nach ihr. Aber noch mal für dich: Wir dürfen nicht den

Kopf verlieren. Ich weiß, wie viel sie dir bedeutet. Mir bedeutet sie auch sehr viel. Nur, das Letzte, was ich vor meiner Pensionierung ..." Willy unterbrach sich, anscheinend wollte er diesen Gedanken nicht laut aussprechen. Keiner von ihnen wollte das.

„Ich melde mich", sagte Arndt und stand auf.

„Warte", sagte Willy. Seine Stimme senkte sich. „Du weißt, dass ich dir immer den Rücken freigehalten habe, egal wie oft du mit dem Kopf durch die Wand wolltest. Ich habe dich zwar immer zu bändigen versucht und auch mal den einen oder anderen Einlauf verpasst ... Guck nicht so, die hattest du alle verdient! Aber einen Straßenbullen kann man nicht bändigen."

Arndt war überrascht, so hatte Willy noch nie zu ihm gesprochen und schon gar nicht hatte er ihn jemals einen Straßenbullen genannt. Es war deutlich, dass Willy viel mehr litt, als er zeigte.

„Was möchtest du mir damit sagen?"

„Was wohl, du Trottel! Finde Elke, egal um welchen Preis. Ich werde dich nicht hängenlassen. Ich nehme alles auf meine Kappe. So kurz vor der Pension kann ich mir das erlauben. Deswegen stelle ich dir auch keinen Kollegen zur Seite."

Arndt nickte nur, er wusste, was Willy ihm damit gerade angeboten hatte: einen Freifahrtschein. Den würde er nutzen. Er hatte es ohnehin vorgehabt. In diesem Moment erinnerte er sich wieder an die Entführung seines Sohnes, als er genau dasselbe empfunden hatte wie jetzt. Er hatte alles daran gesetzt, ihn zu finden, ohne Rücksicht auf Vorschriften. Am Ende hatte er es geschafft. Das Gleiche würde er jetzt wieder tun.

Als Sebastian entführt wurde, war Elke noch bei dir. Sie hat dir geholfen, Sebastian zu befreien, ohne sie hättest du es nicht gepackt, dachte er selbstkritisch, schob diese Erinnerung aber rasch beiseite.

Er verließ das Büro und lief zu seinem Wagen. Sein Ziel lag in Luschendorf, einem kleinen, unscheinbaren Dorf in der Nähe von Scharbeutz, das eher einer Durchgangsstraße als einem echten Ort ähnelte. So jedenfalls war Arndts erster Eindruck, nachdem er das Ortsschild passiert hatte.

Er bog noch einmal ab und fuhr weiter zu der Adresse, die Tim herausgefunden hatte.

„Ein Bauernhof!", entfuhr es Arndt. Konnte es ein besseres Versteck für ein Entführungsopfer geben?

Er stieg aus. Neben der Kälte empfing ihn sogleich der Duft, den viele Bauernhöfe gemein hatten. An dem Holzzaun war ein Schild angebracht mit dem Hinweis:

Vorsicht, bissiger Hund.

Arndt öffnete die Holztür und betrat das Grundstück. Der Bauernhof lag nach hinten versetzt, knapp fünfzig Meter hinter dem Zaun.

Schnellen Schrittes ging er über den Hof, da hörte er Hundegebell, das immer lauter wurde. Das konnte nur bedeuten, dass ein Hund auf ihn zulief, dennoch zeigte er keine Angst. Dann sah er, wie von links ein Dobermann mit gefletschten Zähnen auf ihn zugeschossen kam.

„Pfeifen Sie Ihren Hund zurück, sonst erschieße ich ihn", brüllte Arndt und zückte seine Waffe. Der Hund lief weiter auf ihn zu. Der Gedanke, den Hund erschießen zu müssen, widerstrebte ihm zutiefst, aber welche Wahl hatte er? Warum rannte der Hund überhaupt so kampflustig auf ihn zu, als wäre er eine saftige Beute? Das konnte nur bedeuten, dass sein Besitzer Gunnar Riek ihn angestachelt hatte. Arndt wollte nicht glauben, dass der Hund von sich aus so unberechenbar war.

Inzwischen trennten die beiden nur noch Sekunden. In diesem Augenblick entdeckte Arndt einen Ast auf dem Boden, schnell bückte er sich danach.

„Pfeifen Sie Ihren verdammten Köter zurück", brüllte Arndt, doch wieder geschah nichts.

Der Hund lief weiter auf ihn zu, als wollte er ihn rammen. Arndt holte mit dem Stock aus und traf ihn genau auf dem Kopf. Der Hund stürzte nicht, aber er winselte und brauchte kurz, um sich von dem Schlag zu erholen, dann versuchte er einen erneuten Angriff.

„Du dummer Hund, lass das. Sitz", brüllte Arndt, doch daran dachte sein Gegner nicht. Im Gegenteil, er schaltete wieder auf Angriff und wollte nach Arndts Bein schnappen, der konnte es jedoch schnell zur Seite ziehen und holte aufs Neue mit dem Ast aus. Er traf den Hund am Bauch, mit einer solchen Wucht, dass er endlich zu Boden stürzte.

„Verdammt, Herr Riek, pfeifen Sie Ihren Hund zurück, oder ich sehe mich gezwungen, ihn zu erschießen!", brüllte Arndt. Die aggressive Haltung des Hundes und der Schaum vor seinem Mund sagten ihm, dass etwas mit ihm nicht stimmte. Der Grund dafür lag mit Sicherheit bei seinem Herrchen.

Doch Riek zeigte sich immer noch nicht und der Hund stand wieder auf und lief auf Arndt zu.

„Bleib stehen! Aus!", brüllte Arndt.

Seine Worte verpufften unbeachtet, der Hund jagte auf ihn zu. Sein Blick, seine Haltung, alles sagte Arndt, dass der Dobermann ihn zerfleischen würde.

Er holte erneut mit dem Ast aus, aber er verfehlte den Hund. Dieser schnappte nach ihm und streifte seinen rechten Oberarm, als Arndt ihn schnell wegzog, bevor sich das Gebiss des Tieres wie Stahl in sein Fleisch geschlagen hätte. Arndt hieb immer wieder mit dem Ast auf ihn ein. „Verpiss dich!", brüllte er.

Der Hund jaulte und zuckte zurück und endlich hatte Arndt das Gefühl, dass er kapiert hatte und ihn in Ruhe lassen würde. Doch weit gefehlt, zum wiederholten Mal steuerte der Dobermann auf ihn zu, knurrte und bellte gefährlich.

Arndt sah keine andere Möglichkeit mehr. Er blieb stehen, zielte mit der Pistole auf den Hund und rief: „Ich erschieße Ihren Hund, wenn Sie ihn nicht endlich zurückpfeifen. Er ist eine Gefahr für jeden."

Keine Reaktion, also musste Arndt handeln. Er schoss. Der Dobermann fiel zu Boden, bellte und jaulte einmal auf, dann war kein Geräusch mehr zu hören. Der Hund war tot. Geschockt und außer Atem starrte Arndt auf das riesige Tier. Er hatte eigentlich nur auf seine Hinterbeine gezielt, um ihn kampfunfähig zu machen, er hatte ihn nicht töten wollen.

Jetzt erst bemerkte er, wie sehr ihn die ganze Aktion angestrengt hatte. Er eilte zum Eingang des Bauernhofes, doch bevor er an der Tür war, kam auch schon Gunnar Riek herausgeschossen. Er lief an Arndt vorbei zu seinem Hund.

„Sie Mörder, was hat Ares Ihnen getan?"

„Sie scherzen, oder? Es war nicht meine Absicht, Sie sollten Ihren Hund besser im Griff haben und erzählen Sie mir nicht, dass Sie meine Warnungen nicht gehört haben."

„Warnung? Was für eine Warnung?", tat Riek unwissend.

Arndt trat auf ihn zu. Sein Blick wanderte zu dem armen Hund. Er konnte nichts dafür, er wäre von Natur aus sicher nicht wie eine wilde Bestie auf ihn losgegangen, es lag allein an der falschen Erziehung durch seinen Besitzer. Der Vorfall bestätigte Arndt wieder einmal darin, dass einige Menschen komplett ungeeignet waren, einen Hund zu halten.

Er schaute zu Riek, der den kummervollen Hundebesitzer spielte. Arndt nahm ihm diese Rolle nicht ab.

„Tun Sie nicht so scheinheilig. Warum sind Sie erst rausgerannt, als Sie den Schuss gehört haben?"

„Genau deswegen. Der Schuss hat mich geweckt. Ich habe noch geschlafen. Sie hätten doch in die Luft schießen können."

„Schlafen Sie neuerdings in Jeanshose?", fragte Arndt und hätte Riek am liebsten gepackt und ordentlich durchgeschüttelt. Diese falsche Fassade ging ihm mächtig gegen den Strich.

„Wie ich schlafe, geht Sie nichts an. Was wollen Sie von mir? Reicht es Ihnen nicht, dass Sie mir wertvolle Jahre meines Lebens geraubt haben?" Riek stand auf.

Es war schon etwas beängstigend, zu sehen, wie groß er war. Mit seinen über zwei Metern überragte er Arndt um einiges. Inzwischen musste er achtundvierzig Jahre alt sein. Dass er auf freiem Fuß war, wunderte Arndt, er hielt Riek noch immer für eine Gefahr für die Menschheit.

„Diese Jahre hat Ihnen keiner geraubt, das haben Sie sich selbst zuzuschreiben. Dass Sie wieder frei sind, erstaunt mich."

„Warum? Sie haben mich doch von Anfang an gehasst. Sie haben mir nie zugehört, nur einen eiskalten Killer in mir gesehen. Aber ich war und bin unschuldig."

„Sie haben eine junge Frau vergewaltigt und zu Tode gewürgt", platzte es aus Arndt heraus.

„Das war beim Sex. Sie hat eingewilligt. Ich wollte sie nicht töten, was kann ich dafür, dass ich so starke Hände habe und sie einen so schmalen Hals." Dabei grinste er gehässig.

Dieser Satz brachte das Fass zum Überlaufen. Arndt wollte ausholen, um ihm eine zu verpassen, doch er hielt sich im letzten Moment zurück.

Denk an Elke, ermahnte er sich. Aber sein Hass auf Riek war so groß, dass es ihm schwerfiel, ruhig zu bleiben.

„Ich werde Psychopathen wie Sie, die sich ihre Brutalität schönreden, nie verstehen. Sie haben eine junge Frau ermordet."

„Das sah der Richter am Ende der Verhandlung zum Glück anders. Ich bin ein freier Bürger und möchte zurück in die Gesellschaft. Es mag Sie erstaunen, aber ich besuche regelmäßig Integrationskurse."

Arndt konnte sich ein spöttisches Lachen nicht verkneifen. Psychologen und andere mochte Riek täuschen, ihn nicht. Davon abgesehen, hielt Arndt nicht viel von psychiatrischen Gutachten. Er war der Ansicht, dass Menschen wie Riek sich nie ändern würden. Irgendwann würde er wieder schwach werden und eine Frau töten. Ein Fall aus dem Jahr 2014 gab ihm in dieser Annahme recht. Da war ein Mann aus Psychiatrie und Haft entlassen worden, weil ein Psychologe aus Moringen ihm bescheinigt hatte, dass er geheilt sei und somit keine Gefahr für die Allgemeinheit mehr darstelle. Nur kurze Zeit nach seiner Entlassung hatte der Mann eine fast Vierzehnjährige vergewaltigt.

„Vielleicht können Sie Richtern und Psychologen etwas vorspielen, mir aber nicht."

„Nerven Sie mich nicht. Was wollen Sie auf meinem Grundstück? Ohne Durchsuchungsbeschluss können Sie mich kreuzweise."

„Mit dem Dursuchungsbeschluss können Sie sich den Allerwertesten abwischen. Wenn Sie so unschuldig sind, brauchen Sie sich doch keine Sorgen zu machen."

„Was wollen Sie von mir?", erhob Riek seine Stimme und machte sich groß. Dieser mindestens hundertzwanzig Kilo schwere Mann wirkte ausgesprochen bedrohlich. Seine Augen waren weit aufgerissen und die tiefen Narben in seinem Gesicht zeugten nicht gerade davon, dass er ein toleranter Mensch war.

„Sie wurden am Mühlenteich gesehen", log Arndt. Er wollte Riek eine Falle stellen, in die er hoffentlich hineintappte.

„Und wenn? Darf man nicht im Wald spazieren gehen?", entgegnete Riek.

Arndt fühlte sich damit schon fast bestätigt, dass er den

Richtigen hatte, denn er musste an die Worte denken, die Riek vor Jahren bei der Verhaftung gesagt hatte: „Ich werde dich entführen, einsperren und wochenlang ficken und dann wie ein Stück Fleisch meinem Hund zum Fraß vorwerfen."

Elke hatte damals versucht, ruhig zu bleiben und sich nichts anmerken zu lassen, Arndt kannte seine Kollegin jedoch zu gut, um nicht zu wissen, dass die Worte sie geschockt hatten. Der Hund war jetzt tot, der würde niemandem mehr etwas antun. Aber Riek war die viel größere Gefahr.

„Warum in Pansdorf? Hier kann man doch auch spazieren gehen?"

„Was geht Sie das an? Das ist ein freies Land und wo ich mich aufhalte, ist allein meine Sache."

Warum? Weil Elke in Pansdorf wohnt!, hätte Arndt ihm am liebsten an den Kopf geworfen.

„Wir wissen doch beide ganz genau, warum Sie in Pansdorf waren", ging Arndt nun doch in die Offensive.

„Wissen wir das?"

„Ja, man hat Sie mehrmals dabei beobachtet, wie Sie meiner Kollegin Elke Henschel nachgestellt haben."

„Lügen! Was soll ich von dieser Schlampe wollen, die mich in den Knast gebracht hat?", blaffte er und ballte seine rechte Hand zur Faust. Arndts Hand fuhr zu seiner Waffe. Bei Riek konnte man nicht vorsichtig genug sein.

„Lassen Sie das!", brüllte Arndt zurück. „Warum sind Sie ausgerechnet nach Luschendorf auf einen Bauernhof gezogen? In die Nähe von Frau Henschel?"

„Sie spinnen doch total. Ich bin froh, wenn ich diese Schlampe nie wiedersehen muss."

„Sie haben ihr damals gedroht! Und jetzt haben Sie sie entführt."

Der überraschte Blick von Riek entging Arndt nicht, dennoch wollte er sich davon nicht irritieren lassen. Psychopathen waren perfekt darin, anderen etwas vorzugaukeln.

„Ich verstehe! Ihre kleine Schlampe wurde entführt und jetzt glauben Sie, ich war es", lachte Riek.

„Nennen Sie meine Kollegin nicht so. Wo halten Sie sie versteckt?" Arndt konnte keinen klaren Gedanken mehr fassen, so sehr hatten ihn die Wut und der Hass auf Riek gepackt.

„Wieso? Sie ist doch eine Schlampe. Wie es scheint, ist mir einer zuvorgekommen." Rieks Grinsen wurde immer breiter.

Arndt zögerte nicht und verpasste ihm einen Faustschlag. Riek schrie kurz auf, ging aber nicht zu Boden.

„Ich zeige Sie an", rief er und machte einen Schritt auf Arndt zu, doch er schlug nicht zurück.

Konnte das wirklich die Reaktion eines gewaltbereiten Psychopathen sein, der Elke entführt hatte?

Ja!, sagte seine innere Stimme, denn er glaubte, dass Riek ihn zum Narren halten wollte.

„Wo halten Sie Elke versteckt?", fragte er, zog die Waffe und richtete sie auf ihn.

„Sie spinnen doch. Ich habe niemanden entführt", schnauzte Riek und machte einen Schritt zurück. „Verdammt, stecken Sie die Waffe weg."

Aber daran dachte Arndt nicht einmal. „Wo ist meine Kollegin versteckt?"

„Woher soll ich das wissen? Ich habe sie nicht entführt." Seine Stimme wurde leiser, so als sorgte er sich, dass Arndt eine Dummheit begehen könnte.

„Wir werden jetzt gemeinsam Ihr Anwesen durchsuchen. Dann werden wir ja sehen, ob Sie die Wahrheit sagen."

„Ohne Durchsuchungsbeschluss dürfen Sie das nicht", reagierte Riek ungehalten.

„Das ist mir so egal. Los." Arndt drückte den Mann nach vorne.

„Und wenn ich mich weigere? Wollen Sie mich dann auch erschießen? Sie bluffen doch nur. Sie sind ein Bulle."

„Darauf würde ich nicht spekulieren. Ich habe kein Problem damit, Sie zu erschießen und zu behaupten, dass es Notwehr war. Was meinen Sie wohl, wem der Staatsanwalt glauben wird? Sie sind Abschaum. Und jetzt gehen wir ins Haus."

„Sie bluffen." Riek blieb stehen.

Arndt sah keine andere Möglichkeit, als zu schießen, so sicher war er sich seiner Sache.

Riek stürzte zu Boden.

„Aufstehen, Sie Feigling. Der nächste Schuss trifft", rief Arndt, der in die Luft geschossen hatte. Den Hünen angsterfüllt auf dem Boden zu sehen, bereitete ihm Genugtuung.

„Sie sind doch komplett durchgeknallt! Sie krankes Arschloch", schimpfte Riek, stand aber auf und ging zum Hauseingang. Er öffnete die Tür und beide traten ein.

„Ihre Kollegin ist nicht hier", schien er dennoch einen Vorstoß zu wagen, Arndt von seinem forschen Tun abzubringen.

„Weiter", reagierte dieser unbeeindruckt und schob ihn voran. Nach und nach durchschritten sie die Räumlichkeiten des großen Bauernhofes, aber in keinem Zimmer gab es Anzeichen dafür, dass hier eine Geisel gefangen gehalten wurde.

„Wo ist der Eingang zum Keller?", fragte Arndt.

„Das Haus hat keinen Keller."

„Wollen Sie mich verarschen?", wurde Arndt laut und schlug mit dem Griff der Pistole gegen Rieks Hinterkopf.

„Sie sind doch verrückt", schrie der und fasste sich mit der Hand an die Stelle.

„Sie haben keine Ahnung, zu was ich alles fähig bin. Wo ist der Keller?"

„Ich sagte doch, es gibt keinen Keller. Ich lüge nicht."

„Mitkommen." Arndt drängte ihn an die Heizung. „Auf den Boden."

„Warum?"

„Ihre dämlichen Fragen gehen mir so was von auf die Nerven. Auf den Boden und eine Hand ausstrecken."

Diesmal erwiderte Riek nichts. Er setzte sich und hob die linke Hand. Arndt nahm seine Handschellen und befestigte eine am Handgelenk von Riek, die andere am Heizungsrohr.

„Sie werden sie nicht finden, weil sie nicht hier ist. Und ich werde meinen Anwalt auf Sie hetzen. Sie werden als Bulle nie wieder irgendeinen Menschen einschüchtern können", rief Riek ihm nach, als Arndt bereits weiterging.

Er durchsuchte ein weiteres Mal das gesamte Haus, konnte allerdings wirklich keinen Keller finden.

Was, wenn er die Wahrheit sagt?, meldete sich eine

kritische Stimme. Doch diese Zweifel an seinem Vorgehen wollte er nicht an sich heranlassen, so sehr war er davon überzeugt, dass nur Riek der Täter sein konnte.

Er verließ das Haus und suchte das Grundstück ab. Auf dem Hof stand noch ein kleiner Schuppen. Er drückte die Tür auf, dabei hielt er die entsicherte Waffe fest in der Hand. Schließlich war es möglich, dass Riek Komplizen hatte. Vorsichtig betrat er den Schuppen und schaute sich um. Dunkle Holzbretter, ein paar Gartengeräte – nichts Ungewöhnliches. Als er jedoch auf den Boden schaute und eine Falltür entdeckte, hielt er inne.

„Elke", wisperte er. Arndt bückte sich, doch die Tür war verschlossen. Er schaute sich nach etwas um, womit er die Tür aufbrechen könnte, und fand schließlich eine Spitzhacke. Er setzte sie als Hebel an, da glaubte er, etwas zu hören.

Kapitel 8

Brandt konnte nicht glauben, was Bender ihm gerade am Telefon mitgeteilt hatte.

„Was ist los?", fragte Aydin, dem offensichtlich nicht entgangen war, dass Brandt wie versteinert neben ihm stand.

„Elke wurde entführt."

„Elke Henschel?"

„Ja. Die Lübecker Polizei hat uns um Unterstützung gebeten und Bender fragt, ob wir übernehmen wollen."

„Natürlich, was für eine Frage. Wie schrecklich." Brandt sah die Angst und die Sorge in den Augen seines jungen Kollegen. Er selbst war nicht minder schockiert, sie hatten ein sehr freundschaftliches Verhältnis zueinander entwickelt, seit sie gemeinsam in einem Fall ermittelt hatten.

Elke war so, wie er sich die perfekte Partnerin fürs Leben vorgestellt hatte, da er aber bemerkt hatte, dass zwischen ihr und Arndt Gefühle im Spiel waren, hatte er sein Werben um sie eingestellt. Zumal er zu dem Zeitpunkt selbst nicht hatte einschätzen können, ob er überhaupt eine ernsthafte Beziehung wollte. Für alles andere wäre sie ohnehin nicht zu haben gewesen, das hatte sie ihm sehr deutlich gemacht, was ihn noch immer beeindruckte.

Aber sie war ihm eine gute Freundin geblieben – und jetzt hatte man sie entführt.

„Wir müssen zu Bender."

„Kann ich euch helfen?", fragte Walter, der seinem Gesichtsausdruck nach zu urteilen nicht weniger in Sorge zu sein schien.

„Vielleicht. Hör dich doch mal um, ob jemand was über eine Polizistenentführung weiß. So etwas spricht sich bestimmt rum", bat Brandt. Er war für jeden kleinen Strohhalm dankbar, der ihm gereicht wurde.

Da sich Walter vor seiner Zeit als Imbissbudenbesitzer als Kleinkrimineller verdingt hatte, hatte er nach wie vor gute Kontakte in die Unterwelt, auf die er großzügig zurückgriff, um Brandt und Aydin mit Informationen zu versorgen. Dabei hatte er das ein oder andere Mal auch schon sein Leben riskiert, was Brandt gar nicht recht war.

„Mach ich. Ihr solltet los. Steck das Geld weg, heute geht das auf mich", sagte Walter und die beiden Beamten eilten zum Wagen.

„Was glaubst du? Steckt da was Persönliches dahinter? Jemand, den Elke irgendwann mal ins Gefängnis gebracht hat?", fragte Aydin.

„Sehr gut möglich. Ich hoffe, Bender hat etwas mehr Futter." Brandt wusste nicht warum, aber er musste an Aydins Tochter und seine Frau denken. Der Gedanke, dass jemand, den sie verhaftet hatten, eine von beiden entführen könnte, war für ihn unerträglich. Auch wenn er immer wieder Späßchen auf Kosten seines Kollegen machte, war er eng mit ihm befreundet und sogar der Patenonkel der kleinen Leah, die er sehr lieb hatte.

Kurze Zeit später saßen sie in Benders Büro. Aber sie war nicht alleine, Kramer und Fischer waren ebenfalls anwesend.

„Gut, dass ihr da seid. Setzt euch bitte", bat Bender. Ihre Stimme wirkte ernst und nachdenklich. Die Entführung einer Kollegin, denn nicht anderes war Elke, auch wenn sie für die Lübecker Kriminalpolizei arbeitete, war etwas, was keinen Polizisten kalt ließ.

„Willy Klausen, der Leiter der Lübecker Mordkommission, hat mich angerufen und um Unterstützung gebeten. Dem werde ich selbstverständlich nachkommen. Ihr alle kennt Elke Henschel. Nach derzeitigem Erkenntnisstand ist davon auszugehen, dass sie entführt wurde. Die Lübecker Kollegen haben inzwischen einen potenziellen Täterkreis identifiziert. Tim von den Lübeckern und Fischer sind bereits in enger Absprache tätig. Fischer, kannst du uns alle auf den gleichen Stand bringen. Bitte." Bender rieb sich mit der rechten Hand die Stirn. Eine Geste, die Brandt schon öfter beobachtet hatte, wenn sie angespannt war.

„Die Lübecker Kollegen haben versucht, den möglichen Täterkreis abzustecken. Dabei haben sie sich auf acht Personen konzentriert, die in direkter Verbindung zu Arndt und Elke stehen, da sie von ihnen verhaftet wurden, und die ein Interesse daran haben könnten, sich an einem von beiden zu rächen."

„Gibt es einen Beleg dafür, dass es Rache ist?", fragte Brandt, schließlich war nicht auszuschließen, dass irgendein Verrückter sie entführt hatte und sie ein zufälliges Opfer geworden war.

„Dazu würde ich gerne das Wort erheben", antwortete Kramer und kam Fischer damit zuvor. Ohne irgendeine Reaktion abzuwarten, sprach er einfach weiter: „Ich denke, wir können alles andere getrost ausschließen. Immerhin stammt diese Einschätzung von meinem überaus geschätzten Kollegen Dr. Dr. Bernd Amon. Es freut mich sehr, dass ich wieder die Ehre habe, mit ihm zusammenarbeiten zu dürfen."

„Die Ehre?", unterbrach Brandt ihn scharf. „Was stimmt mit dir nicht? Elke wurde von irgendeinem wahnsinnigen Psychopathen entführt und du sprichst von *Ehre haben*? Du bist echt krank im Kopf." Aydin berührte Brandts Schulter, wohl damit er sich beruhigte, aber er konnte das Gerede und die arrogante Art von Kramer gerade überhaupt nicht ertragen. Noch weniger als sonst.

„So war das gar nicht gemeint. Es war auf eine rein fachliche Ebene bezogen und darauf, dass mein geschätzter Freund Bernd einen zweifelsfrei exzellenten Ruf weit über die Grenzen Lübecks hinaus genießt, das ist allgemeinhin bekannt", schien Kramer sich zu rechtfertigen.

„Dein Freund ...?" Brandt bezweifelte diese Aussage, da er sich kaum vorstellen konnte, dass es Menschen gab, die mit Kramer befreundet sein wollten. Und wenn doch, mit Sicherheit nicht jemand wie Bernd, der Kramer in allen Dingen überlegen war, davon war jedenfalls Brandt überzeugt.

„Es reicht!" Bender schlug mit der rechten Hand auf den Tisch. „Ich kann eure ewigen Scharmützel jetzt nicht gebrauchen. Ist das klar?"

Brandt wollte etwas erwidern, aber wieder berührte Aydin ihn am Arm und er versuchte, seine Wut herunterzuschlucken.

„Fischer, kannst du bitte fortfahren", sagte Bender und rieb sich erneut die Stirn.

„Wie Kramer schon erwähnt hat, gehen Bernd und auch Arndt davon aus, dass die Gründe für die

Entführung etwas Persönliches sind. Zumal auf Elkes Handy, das in der Nähe des Tatorts gefunden wurde, eine Nachricht zu lesen war."

„Was stand in der Nachricht?", fragte Aydin.

„*Elke wird sterben! Es sei denn, du findest sie! Du allein!* – Das lässt den Schluss zu, dass der Täter Elke kannte."

„Konnten auf dem Handy noch weitere Spuren gefunden werden?", erkundigte sich Aydin.

„Leider nicht. Aber Tim und ich werden später in einer Telko versuchen, die Kameradaten auszulesen."

„Wurden Fotos damit gemacht?", fragte Brandt, der sich mit Technik nicht gut auskannte.

„Nein, auch nicht. Trotzdem zeichnet die Kamera oftmals bei Aktivierung des Handys was auf, gerade wenn es Gesichtserkennung und Fingerprint hat. Das wird im externen Speicher aber nicht als verfügbar aufgeführt."

„Also besteht die Möglichkeit, dass der Täter fotografiert wurde, als er Elkes Hand auf den Sensor legte, um das Handy zu entsperren? Willy meinte, dass nur so ihr Handy habe entsperrt werden können", hakte Bender nach.

„Genau. Der Täter muss schnell reagiert haben. Er hat, als sie bewusstlos war, ihren Finger genommen und auf den Fingerprint gedrückt, um das Handy zu entsperren. In diesem Augenblick kann die Gesichtserkennungskamera etwas aufgezeichnet haben, da das Handy immer damit rechnet, dass entweder über Gesichtserkennung, Fingerprint oder manuelle Eingabe der PIN das Gerät entsperrt wird."

„Sehr gut. Wenn du technische Unterstützung brauchst, ich besorge sie dir."

„Ich denke, wir haben alles", blieb Fischer gelassen. Nur das kurze Aufleuchten in seinen Augen verriet, dass er sich auf diese Herausforderung und die Zusammenarbeit mit Tim freute, es aber im Gegensatz zu Kramer unpassend fand, das extra zu betonen.

Schon bei den letzten gemeinsamen Ermittlungen hatten Fischer und Tim bestens harmoniert. Sie waren Brandt und Aydin ebenso wie Elke und Arndt eine große Hilfe gewesen. Und seitdem, das wusste auch Brandt, verband beide eine gute Freundschaft.

Über den Flurfunk wurde zudem gemunkelt, dass sie nach Feierabend zusammen hackten. Da hatten sich also tatsächlich zwei Menschen auf gleichem Niveau gefunden. Was Brandt von Kramer und Bernd hingegen nicht behaupten wollte.

„Hast du noch was für uns?"

„Die Daten der Tatverdächtigen mit jeder Menge Informationen habe ich euch per E-Mail zukommen lassen. Das war es fürs Erste."

„Danke. Kramer, was hat dein Gespräch mit Bernd ergeben?" Benders Blick auf Kramer war ernst und wirkte geradezu wie eine Ermahnung, keine ausschweifenden Reden zu halten.

„Gleich nachdem du mich informiert hast, habe ich keine Sekunde gezögert und sofort den geschätzten Kollegen angerufen. Glücklicherweise habe ich seine private Handynummer. Er war gerade unterwegs. Dadurch haben wir wertvolle Zeit gespart", begann Kramer.

Brandt konnte nur den Kopf schütteln, da er genau wusste, dass die Information bezüglich der privaten Handynummer eine Spitze gegen ihn war. Aber er blieb ruhig.

„Wie eingangs erwähnt, geht Bernd davon aus, dass der Täter Elke und Arndt kennt, zumindest Elke. Dass sie nur ein Zufallsopfer ist, ist sehr unwahrscheinlich, da die Handynachricht dies klar widerlegt. Bernd schickt mir nachher ein Psychogramm des Täters, ich werde es um meine Angaben ergänzen und euch dann zukommen lassen. Aber wir beide gehen davon aus, dass wir es mit einem äußerst gewalttätigen und unberechenbaren Mann mittleren Alters zu tun haben, der Elke auch körperlich deutlich überlegen ist."

„Gegen so einen Wurm wie dich hätte sie sich jedenfalls selbst verteidigen können." Diese Steilvorlage konnte Brandt nicht ungenutzt lassen. Er spielte damit auf die schmächtige Statur Kramers an, der mit seinen knapp ein Meter siebzig der kleinste Kollege im Team war.

„Brandt!", wurde Bender laut. Dieser hob nur die Hände zur Verteidigung, aus dem Augenwinkel sah er aber, wie Kramer das Gesicht verzog. Es war mehr als offensichtlich, dass er gekränkt war. „Wenn ich noch einen Spruch höre, schicke ich euch beide in Zwangsurlaub."

Keiner sagte etwas, doch die angespannte Atmosphäre war geradezu greifbar und Brandt kannte seine Chefin gut genug, um zu wissen, dass sie nicht scherzte. Ein weiterer Spruch und die Situation würde eskalieren.

„Darf ich fortfahren?", fragte Kramer beinahe im

Flüsterton. Anscheinend wusste auch er, dass Bender ihre Drohung in die Tat umsetzen würde. Ihre Chefin nickte nur. „Wegen euch beiden werde ich mir noch etwas einfallen lassen. Dieses Spiel mache ich nicht mehr mit."

„Es ist sehr gut möglich, dass der Täter Elke eine Zeit lang beobachtet hat", setzte Kramer mit seinen Ausführungen fort, als wäre nichts geschehen. „Es ist auch nicht unwahrscheinlich, dass der Täter von Passanten, Anwohnern oder Spaziergängern gesehen wurde, da der Tatort im Wald des Ortes Pansdorf liegt. Im Dorf bleiben Fremde nicht lange unbemerkt. Allerdings fehlen uns hier noch zusätzliche Hinweise, da die Lübecker Kollegen gerade erst dabei sind, die Anwohner zu befragen und die Fahndung einzuleiten. Sobald mir neue Informationen und Details vorliegen, informiere ich euch sofort. Ich habe mir die Zeit genommen und die Daten der für uns relevanten Tatverdächtigen, die Kollege Fischer gemailt hat, analysiert. Leider passen alle drei in das Profil des Täters."

Was hast du erwartet? Die Lübecker hätten sie sonst bestimmt nicht rausgesucht!, dachte Brandt und überlegte, welche neue Erkenntnis Kramer ihnen eigentlich geliefert hatte. Es war doch wieder nichts als heiße Luft.

„Halte uns bitte auf dem Laufenden, sobald du Neuigkeiten hast", antwortete Bender und Kramer nickte nur. „Gut. Brandt und Aydin werden den drei potenziellen Tatverdächtigen, die in unserem Zuständigkeitsgebiet wohnen, einen Besuch abstatten. Wollen wir alle hoffen, dass wir Elke schnell finden ...", sagte sie und hielt kurz inne. Es war offensichtlich, was sie dachte, aber nicht wagte, auszusprechen.

„Ach ja, die Kollegen von der Spurensicherung werden Elkes Wohnung durchsuchen in der Hoffnung auf weitere Informationen oder Anhaltspunkte. Es ist nicht auszuschließen, dass sich der Täter Zugang zu ihrer Wohnung verschafft hat, da er mit Sicherheit im Besitz ihres Haustürschlüssels ist. Wir wissen von vorherigen Entführungen, dass sich Täter gerne im Privatumfeld ihrer Opfer bewegen. Ich erinnere nur an den Fall Haas, wo der Täter sich über Wochen in den Wohnungen seiner Opfer aufgehalten hat."

Bender hatte recht. So unmöglich es für einen Normalsterblichen klang, viele Täter, gerade Psychopathen, Trieb- oder Serientäter, sammelten Trophäen unterschiedlicher Natur. Einer sammelte die Socken seiner Opfer, ein anderer konservierte ihre Augen. Haas hingegen hatte es als erregend empfunden, im Bett seiner Opfer zu übernachten, was ihm am Ende zum Verhängnis geworden war.

Bender stand auf, beendete die Runde und bat alle, zu gehen.

„Ich glaube, lange macht sie das Spiel nicht mehr mit", bemerkte Aydin im Flur, während die Kollegen an ihnen vorbeizogen.

„Was schaust du mich so an? Kramer ist einfach ein Arschloch."

„Aber du provozierst ihn auch."

„Ich provoziere ihn? Womit denn?"

„Komm schon, der Spruch wegen seiner Größe war alles andere als nett."

„Stimmt aber. Der hat doch irgendwelche Komplexe. Wahrscheinlich zu wenig Muttermilch bekommen. Und dann dieses Wichtigtun. *Ich habe die private Handynummer von Bernd*", äffte Brandt seinen Kollegen nach. „Ganz ehrlich, wen interessiert das?"

„Mag sein, dass er gerne provoziert. Lass dich halt nicht auf sein Spiel ein. Wenn du ruhig bleibst, wird er das einstellen."

„Da kennst du ihn aber schlecht, Kollege. Der ist und bleibt ein Arschloch. Komm, wir sollten endlich Elke suchen."

Aydin nickte nur. „Zu wem fahren wir zuerst?", fragte er dann. Er hielt sein Handy mit der Adressliste in der Hand.

„Was sagt dein Bauchgefühl?", fragte Brandt, der ebenfalls sein Handy herausnahm, um die E-Mail von Fischer zu öffnen. Sie diskutierten über die drei Männer und entschieden sich dann für Lothar Schulze. Inzwischen hatten sie ihr Auto erreicht und Brandt fuhr los. Während der Fahrt las Aydin ihm alle Informationen vor, die die Lübecker Kollegen über Schulze gesammelt hatten.

„Meinst du nicht, dass wir kurz Arndt anrufen sollten?", fragte Aydin. Brandt nickte und wählte sogleich seine Handynummer. Arndt nahm nicht ab.

„Wahrscheinlich hat er gerade keinen Kopf für einen Anruf", sagte Brandt und legte wieder auf. Er konnte das sehr gut verstehen. Hoffentlich machte Arndt keine Dummheiten, schließlich kannte er ihn aus den letzten Ermittlungen gut genug, um zu wissen, was für ein Hitzkopf er sein konnte. Ihm sah man sofort an, dass er die Polizeiarbeit von der Pike auf gelernt hatte und nicht wie Aydin in der Akademie ausgebildet worden war.

Brandt steuerte Richtung Köln-Ehrenfeld, wo Schulze wohnte. Er bog in die Keplerstraße ein und parkte den Wagen. „Ein Atelier? Sicher, dass die Anschrift stimmt?", fragte er verwundert, als sie ausgestiegen waren.

„Warum nicht? Schon mal was von Resozialisierungsprogramm gehört?"

„Du glaubst doch nicht im Ernst, dass man Menschen wie Schulze resozialisieren kann? Das ist eine Erfindung von irgendwelchen hirnlosen Politikern und Weltverbesserern, die noch nie in Kontakt mit Psychopathen und Sexualstraftätern gekommen sind", entgegnete Brandt kopfschüttelnd, da er die naive Vorstellung von Aydin nicht teilte.

„Das stimmt doch gar nicht. Es gibt sehr gute Beispiele, wo die Resozialisierung mithilfe von Psychologen und Experten gelungen ist."

„Hör mir bloß mit denen auf", brummte Brandt. In diesem Punkt würde er sich mit Aydin nie einig sein. Wenn es nach ihm gegangen wäre, hätte man Psychopathen, Massenvergewaltiger oder Pädophile für immer wegsperren müssen.

Beide betraten das Atelier.

„Guten Tag", wurden sie von einer Frau, die Brandt auf Mitte dreißig schätzte, angesprochen.

„Guten Tag. Ist Herr Schulze zu sprechen?", fragte er. Den Hinweis, dass sie von der Polizei waren, behielt er bewusst für sich.

„Worum geht es denn?"

„Wir möchten uns kurz mit ihm unterhalten."

„Ja und warum? Wer sind Sie denn?" Die Frau schien

unnachgiebig und die anfängliche Freundlichkeit wich aus ihrem Gesicht. Stattdessen erschien Skepsis.

„Wir sind von der Kriminalpolizei Köln", antwortete Aydin und zeigte seinen Ausweis.

„Was wollen Sie von meinem Mann?", fragte sie.

„Das würden wir gerne mit ihm selbst besprechen. Bitte rufen Sie ihn her", antwortete Brandt in bestimmtem Tonfall.

Dass Schulze verheiratet war, hatte nicht in der E-Mail gestanden.

Die Frau sah beide so an, als wäre sie unschlüssig, ob sie der Bitte von Brandt tatsächlich nachkommen sollte, doch dann sagte sie: „Kleinen Augenblick bitte. Er ist in der Werkstatt." Sie verließ den Raum und ging nach hinten durch eine Tür.

„Stand etwas davon in der E-Mail, dass er verheiratet ist?", fragte Brandt, da er sichergehen wollte, dass sie nichts übersehen hatten.

„Nicht, dass ich wüsste. Ich glaube, hier sind wir falsch. Das sieht mir doch sehr nach einer erfolgreichen Resozialisierung aus."

Brandt schnaubte verächtlich. Von dieser Fassade würde er sich bestimmt nicht blenden lassen.

„Mein Mann bittet Sie, in die Werkstatt zu kommen", hörten sie die Frau wieder, die jetzt aus den hinteren Räumen wiederkam. „Einfach durch die Tür."

„Danke", antwortete Aydin und beide Beamten gingen zur Tür. Brandt öffnete sie und sie traten in einen Raum, der größer und vor allem höher war, als sie angenommen hatten. Ein Mann stand vor einem Gemälde, an dem er anscheinend gerade arbeitete.

Als er sie sah, unterbrach er seine Arbeit und ging auf die Beamten zu.

„Guten Tag, die Herren. Was verschafft mir die Ehre?", fragte Schulze. Er hatte sich, im Vergleich zu dem Foto, das der E-Mail beigefügt war, deutlich verändert. Damals hatte er kurze Haare gehabt und etwas fülliger gewirkt. Jetzt war er schlank und trug seine langen gewellten grauen Haare offen, ein Sechstagebart, wie Aydin ihn auch hatte, schmückte das schmale, aber nicht unattraktive Gesicht. Er musste knapp einen Meter achtzig groß sein, schätzte Brandt, laut ihren Unterlagen war er achtundfünfzig Jahre alt.

Eine Ähnlichkeit mit dem Foto aus der Akte war zwar zu erkennen, doch es hätte sich genauso gut um zwei komplett unterschiedliche Männer handeln können, die vielleicht nur miteinander verwandt waren.

Resozialisierung, schoss es Brandt durch den Kopf.

„Sind Sie jetzt unter die Künstler gegangen?", fragte Brandt, statt ihm zu antworten. Er wollte Schulze provozieren.

„Warum nicht? Ich kann davon sehr gut leben. Und ich muss gestehen, ohne Ihre Lübecker Kollegen wäre ich mit Sicherheit ein ewiger Verlierer geblieben. In meinem Fall war das Gefängnis das Beste, was mir passieren konnte." Schulze lachte laut auf und strich sich eine Strähne aus dem Gesicht.

„Weiß Ihre Frau von Ihrer Vergangenheit?", fragte Brandt weiter.

„Meine Verlobte", korrigierte Schulze. „Ich habe keine Geheimnisse vor ihr. Ich habe sie im Gefängnis kennengelernt." Dann lachte er wieder. „Nicht so, wie Sie denken. Sie hat einen hervorragenden Leumund. Ihre Familie ist sehr vermögend. Im Gefängnis gab es einen Tag der offenen Tür und ich habe meine ersten Werke dort ausgestellt. Sie war begeistert von meinem Talent und hat mich gefördert. Die Galerie gehört ihr. Statt Frauen zu vergewaltigen, male ich lieber und verdiene damit richtig gutes Geld. Unter uns: Ich kann bis heute nicht verstehen, warum Dummköpfe so hohe Summen für dieses Gekritzel ausgeben, aber das ist mir so was von scheißegal. Ihre Dummheit ist mein Erfolg."

Brandt schaute sich einige der Gemälde an, die an der Wand hingen. Sie hatten etwas Verstörendes, denn alle zeigten Frauen, die sexuell erniedrigt wurden. In einer Darstellung kroch eine Frau auf allen vieren über den Boden, in ihrem Mund steckte ein Dildo. Das Ganze war zwar abstrakt gezeichnet, aber die Frau und die Szene waren deutlich zu erkennen. Die vorherrschende Farbe war Schwarz.

Schwarz wie die Seele von Schulze, dachte Brandt.

„Und was zahlen die Kunden für so ein Gemälde?", fragte er schließlich doch neugierig.

„Das Gemälde, das gerade Ihre Aufmerksamkeit auf sich gezogen hat, wurde erst gestern für etwas mehr als 100.000 Euro verkauft." Wieder lachte Schulze. „Eigentlich müsste ich diesen Drecksderl Schumacher anrufen und mich bei ihm bedanken."

Dass jede Menge Sarkasmus und Wut in seinen Worten mitschwangen, war nicht zu überhören.

100.000 Euro war schon eine Hausnummer, über die Brandt nur den Kopf schütteln konnte. Für ihn war das alles, nur nicht Kunst.

„Aber Sie sind sicherlich nicht hier, um mit mir über Kunst zu reden", ließ sich Schulze wieder vernehmen.
„Wie lange leben Sie schon in Köln?"
„Gleich nach meiner Entlassung bin ich zu Elke gezogen."
„Elke?", fragte Aydin irritiert.
Konnte es sein, dass Schulze gerade etwas herausgerutscht war, was er so nicht beabsichtigt hatte?
„Elke?", fragte nun auch Brandt, der aber eine ganz andere Vermutung hatte.
„Ja, meine Verlobte. Warum?"
„Waren Sie in den letzten Monaten im Lübecker Umland?", fragte Brandt weiter und ignorierte erneut die Frage von Schulze, der ihm dafür einen bösen Blick zuwarf.
„Was soll ich da? Lübeck ist für mich gestorben. Mein Leben ist hier in Köln. In Lübeck war ich ein anderer Mensch."
So ungern Brandt es in diesem Augenblick zugeben wollte, er glaubte Schulze. Somit schied er als Tatverdächtiger aus, blieben also noch zwei weitere Personen, die sie aufzusuchen hatten.
„Was ist mit Freunden und Familie? Besucht man die nicht ab und an?"
„Ich hatte nie Freunde. Die Menschen kamen mit meiner direkten Art nicht klar und meine Eltern sind seit Jahren tot. Aber Sie haben mir immer noch nicht den Grund Ihres Besuches verraten."
„Danke für Ihre Informationen, wir müssen dann weiter", provozierte Brandt bewusst ein letztes Mal. Glücklicherweise kam Aydin nicht auf die Idee, Schulze

reinen Wein einzuschenken.

„Scheißbullen", knurrte Schulze und schaute Brandt angriffslustig an. Doch der blieb gelassen, drehte ihm den Rücken zu und ging, gefolgt von Aydin.

Plötzlich blieb er jedoch stehen, denn etwas hatte seine Aufmerksamkeit geweckt.

Kapitel 9

Endlich gelang es ihm, die Falltür zu öffnen. Und tatsächlich, er hörte etwas von da unten. Es klang wie ein dumpfes Klopfen. Arndt nahm sein Handy, schaltete die Taschenlampenfunktion ein und hielt es in den Schacht. Da es keine Leiter gab, sprang er einfach. Das Loch war nicht tief, sodass er sicher auf den Füßen landete. Im Gegensatz zum Bauernhof war der Stall unterkellert. Sehr gut möglich, dass hier früher Holz, Kohle oder Ähnliches gelagert wurde. Er sah sich in dem Raum um, konnte jedoch niemanden sehen, außer einer Tür an der hinteren Wand.

„Elke", brüllte er. Und da war es wieder, dieses dumpfe Geräusch.

Das konnte er sich unmöglich eingebildet haben. Er lief zur Tür, versuchte sie zu öffnen, aber sie war ebenfalls verschlossen. Im Gegensatz zur Falltür konnte er dieses Schloss mit seinem Spezialwerkzeug schnell öffnen. Sein Herz raste und Adrenalin schoss durch seinen Körper, als wären es Elektroschocks, so sehr stand er unter Strom.

Dann öffnete sich die Tür. Endlich!

Er leuchtete in den Raum und sah jemanden in der hinteren Ecke zusammengekauert sitzen.

„Elke!", platzte es aus ihm heraus. Sofort rannte er zu ihr. „Alles wird gut, ich bin da." Als er sich jedoch zu ihr herunterbeugte, schlug sie auf ihn ein wie eine Wahnsinnige.

„Beruhig dich, ich bins, Arndt", rief er. Er konnte ihre Reaktion verstehen, es war offensichtlich, dass sie unter

Schock stand und nicht wusste, was sie tat.

Arndt wollte sich gar nicht ausmalen, was Riek mit ihr angestellt hatte, dabei stiegen all seine Wut und sein Hass erneut in ihm auf. Aber er musste ruhig bleiben, für Elke.

„Alles wird gut. Ich bins, Arndt", wiederholte er. „Wir haben das Schwein."

Doch die Frau schlug noch immer auf ihn ein und erst jetzt erkannte Arndt, dass sie nicht Elke war. Er war wie vor den Kopf gestoßen und musste sich ein paar Sekunden lang sammeln. Schließlich kniete er sich mit etwas Abstand vor der Frau hin und sagte: „Bitte beruhigen Sie sich. Mein Name ist Arndt Schumacher, ich bin von der Lübecker Kriminalpolizei. Der Mann wird Ihnen nichts mehr tun. Sie sind in Sicherheit."

Erst jetzt schien die Frau zu begreifen, dass sie gerettet war, sie ließ die Hände sinken und lehnte sich erschöpft gegen die Wand.

„Ich werde die Zentrale benachrichtigen. Sie werden einen Rettungswagen schicken. Dafür muss ich aber kurz den Raum verlassen."

„Nein, bitte lassen Sie mich nicht alleine", flehte die Frau und verfiel wieder in die gekrümmte Position wie zuvor. *Embryonalhaltung*, dachte Arndt.

„Können Sie aufstehen?", fragte er.

Sie nickte. Er reichte ihr die Hand und half ihr auf die Beine.

Die Frau war in einem schrecklichen Zustand, sie trug nur ein T-Shirt und eine Sporthose. Wie Elke hatte sie lange blonde Haare und eine ähnliche Statur, weshalb er sie für einen Moment mit seiner Kollegin verwechselt hatte. Allerdings hatte er auch niemand anderen hier erwartet. Dass er gerade einer anderen jungen Frau das Leben gerettet hatte, war purer Zufall und brachte ihn an den Rand des Erträglichen.

Warum ist die Welt so voll von kranken Psychopathen?, dachte er, als er mit ihr Richtung Falltür ging.

Endlich hatte er Empfang und sofort rief er bei Willy an, der sich um alles kümmern wollte.

„Wie heißen Sie?", fragte Arndt.

„Sonja. Sonja ...", wollte sie ausführen, doch dann brach sie in Tränen aus. Arndt drückte sie an sich. Etwas in ihm sagte, dass er zurück zu Riek laufen sollte, um ihm seine Faust zwischen die Zähne zu schieben, aber er konnte Sonja in diesem Zustand unmöglich alleine lassen. Also blieb er bei ihr, bis die Kollegen eintrafen.

Keine fünfzehn Minuten später verließen sie den Keller. Der Rettungswagen kam zuerst an, die Sanitäter kümmerten sich um Sonja. Kurz darauf trafen Streifenpolizisten der Ratekauer Polizei ein.

Arndt war bewusst nicht zu Riek gegangen, weil er wusste, dass er für nichts hätte garantieren können. Er durfte das Ganze nicht zu sehr an sich heranlassen, aber wer rechnete schon mit so etwas? Da konnte man als Polizist noch so abgebrüht sein, so etwas ließ einen nie kalt.

„Kranke Welt", wurde er von Ole begrüßt, als der mit seinem Team anrückte. „Kann es nicht mal einen Tag geben, an dem kein Psychopath so was anstellt?"

„Habt ihr noch was in Elkes Wohnung gefunden?", fragte Arndt, da er wusste, dass Ole und sein Team auch

Elkes Wohnung durchsucht hatten.

„Einige meiner Mitarbeiter sind noch dort. Aber ich verspreche mir nicht allzu viel davon. Was ist hier passiert?"

„Das Schwein hat eine junge Frau im Keller der Scheune gefangen gehalten."

„Und der Dobermann?"

„Den musste ich erschießen. Er hat ihn auf mich gehetzt."

„Das Schwein hat meinen Hund erschossen", brüllte Riek, als hätte er gehört, was Arndt gesagt hatte. Er wurde gerade von zwei Polizisten in den Streifenwagen gebracht. „Mein Hund hat nichts getan. Schumacher ist ein durchgeknallter Psychopath, den sollten Sie verhaften. Ich bin unschuldig."

„Vermutlich glaubt er das auch noch", antwortete Ole und ging kopfschüttelnd weiter.

„Was ist hier geschehen?", fragte Willy, der nun ebenfalls zu ihm kam. Neben ihm stand Bernd.

„Das wüsste ich auch gerne. Ich hatte Elke hier vermutet, aber Riek hat eine andere junge Frau gefangen gehalten. Ihr Vorname ist Sonja, mehr konnte ich nicht aus ihr herausbekommen. Sie ist total verstört."

„Kein Wunder, wenn man die Akte von Riek kennt", sagte Bernd.

„Was willst du damit sagen? Warum lässt man so einen dann überhaupt frei?", erhob Arndt seine Stimme.

„Weil es juristisch keine Möglichkeit gab, ihn länger festzuhalten."

„Und wozu hat das geführt? Triebtäter werden sich niemals ändern."

„Ich werde Tim bitten, zu prüfen, wer diese junge Dame ist", sagte Willy. Es war offensichtlich, dass er aufgewühlt war. Ob wegen Sonja oder Elke, konnte Arndt nicht einschätzen.

„Ich würde mich gerne mit Riek unterhalten. Es gibt da einige Punkte, die mich sehr interessieren, vor allem, wie es ihm gelungen ist, die Gutachter zu täuschen. Ich werde mir den Tatort mal etwas genauer anschauen. Meine Herren ...", sagte Bernd und drehte sich um.

Willy nickte nur.

„Gab es irgendeinen Anhaltspunkt wegen Elke?"

„Nein, nichts. Ich kann mir nicht vorstellen, dass er auch Elke hier gefangen hält. Es war purer Zufall, dass ich auf die junge Frau gestoßen bin. Sonja ist komplett verängstigt. Ich hoffe, dass wir das Schlimmste haben verhindern können."

„Ich werde dennoch anordnen, dass das gesamte Gelände durchsucht wird. Es könnte durchaus einen Zusammenhang zwischen dieser und der Entführung von Elke geben. Zwei Entführungen so kurz hintereinander sind äußerst ungewöhnlich."

„Das glaube ich nicht. Aber schaden kann es nicht", entgegnete Arndt, der hier keine Verbindung erkennen wollte.

„Was ist mit dem Hund passiert?"

„Warum fragt mich jeder nach diesem verdammten Hund? Ich habe ihn erschossen, ich hatte keine andere Wahl", entfuhr es Arndt. „Brauchst du mich hier noch? Wir verlieren wertvolle Zeit."

„Geh. Wir reden später."

Arndt antwortete nicht, sondern lief zu seinem Wagen,

stieg ein und fuhr los. Seine Gedanken waren bei Elke. Er wusste, dass er kostbare Zeit verloren hatte. Zeit, die seine Kollegin vielleicht nicht hatte.

„Kollegin? Sie ist doch viel mehr als eine Kollegin für dich", murmelte er. Ob er die Entführung hätte verhindern können, wenn er ihr gegenüber seine Gefühle offen eingestanden hätte? Nein, es war unsinnig, sich jetzt solche Gedanken zu machen.

Er verließ Luschendorf und fuhr auf die Autobahn. Der nächste Verdächtige wohnte in Bad Schwartau. In Gedanken an Elke vertieft, hätte er fast die Autobahnausfahrt Bad Schwartau verpasst, konnte aber gerade noch rechtzeitig die Spur wechseln. Dass er dabei einen Autofahrer schnitt und fast einen Unfall verursacht hätte, passte zu dem bisher alles andere als gut verlaufenden Tag.

Die Wohnung von Roland Lübben lag an der Rantzauallee. Es war dieselbe Wohnung, in der er vor seiner damaligen Verhaftung gewohnt hatte.

„Hoffentlich ist die Alte nicht da", dachte Arndt, als er die Klingel betätigte.

„Wer stört?", hörte er eine krächzende Frauenstimme und er wusste, dass seine Hoffnung sich soeben in Luft aufgelöst hatte.

„Arndt Schumacher von der Lübecker ..."

„Ich weiß, wer Sie sind! Sie haben meinen Bub in den Knast gebracht. Sie bringen nur Ärger", hörte er aus der Gegensprechanlage.

„Frau Lübben, ich muss mit Ihrem Sohn sprechen."

„Warum? Er ist doch gerade erst aus dem Knast raus. Er hat nichts verbrochen."

„Ich habe nie behauptet, dass er etwas verbrochen hat. Ich muss nur kurz mit ihm sprechen. Öffnen Sie bitte die Tür."

„Warum? Was passiert denn, wenn ich es nicht tue?"

„Dann werde ich Ihren Sohn vorladen …" Kaum hatte er das Wort „vorladen" ausgesprochen, ertönte der Türsummer. Arndt drückte die Haustür auf, nahm die Treppe in den ersten Stock und fand sich vor einer verschlossenen Tür wieder.

„Mama, mach jetzt bitte auf", hörte er eine männliche Stimme von drinnen, die nur Roland Lübben gehören konnte.

„Du Trottel, du hirnloser Idiot. Er wird dich mir erneut wegnehmen. Willst du das?"

„Mama, ich habe wirklich nichts getan. Diesmal bin ich unschuldig."

„Und letztes Mal warst du das nicht?", fragte sie. Selbst vor der Tür konnte Arndt die Wut in der Stimme der Mutter heraushören. „Warum hat mich Gott mit so einem Sohn gestraft."

„Mama, ich dachte, du liebst mich."

„Denken war nie deine Stärke."

Arndt klopfte an die Tür, so langsam wurde ihm das Ganze zu bunt.

„Du Depp", hörte er noch, als die Tür aufging. Roland Lübben hatte sie selbst geöffnet.

„Was wollen Sie?", fragte er.

„Ich muss kurz mit Ihnen sprechen."

„Was wollen Sie von meinem Sohn? Er hat nichts verbrochen. Er ist ein guter Junge", ließ sich die Mutter aus dem Hintergrund vernehmen.

„Und deswegen hat er eine Fünfzehnjährige missbraucht?", entgegnete Arndt, der für ihre Einstellung überhaupt kein Verständnis hatte.

„Die Schlampe hat gelogen." Sie schien unbelehrbar.

„Mama, ich habe meine Strafe verbüßt. Ich bin ein anderer Mensch geworden. Das Gefängnis hat mich verändert."

„Das sehe ich. Ohne mich schaffst du es ja nicht einmal, dich zu waschen."

„Frau Lübben, bei allem Respekt. Entweder Sie lassen mich jetzt fünf Minuten mit Ihrem Sohn alleine, oder ich sehe mich genötigt, ihn mit aufs Präsidium zu nehmen."

„In meinem Zimmer sind wir ungestört", sagte Lübben, seine Mutter blieb ausnahmsweise still, was Arndt geradezu aufatmen ließ. Plötzlich kamen die Erinnerungen an den Fall wieder hoch. Die Mutter hatte sich schon damals immer schützend vor ihren Sohn gestellt. Aber nicht liebevoll oder besorgt, wie man es erwartet hätte, sondern herrisch, als wäre ihr Sohn ohne sie überhaupt nicht imstande zu denken, geschweige denn zu atmen.

In diesen Momenten fragte er sich, ob nicht auch solche Eltern dazu beitrugen, dass aus ihren Kindern Psychopathen wurden.

„Möchten Sie etwas trinken?", fragte Lübben, er wirkte beinahe schüchtern. Überhaupt war er ein unscheinbarer Mann, eher zurückhaltend als forsch. Er war einen Kopf kleiner als Arndt und schmächtig, hatte kurze blonde Haare, eine runde Brille und ein Allerweltsgesicht. Seine blasse Haut verriet, dass er nicht häufig in die Sonne ging. Er war so ganz anders als Riek. Rein von seinem

Äußeren her wirkte er wie jemand, der keiner Fliege etwas zuleide tun konnte. Dennoch war Lübben ein brutaler Vergewaltiger. Er hatte drei junge Frauen im Alter zwischen fünfzehn und neunzehn Jahren missbraucht. Damit war er leider das beste Beispiel dafür, dass man sich niemals vom Äußeren eines Menschen täuschen lassen sollte.

„Warum sind Sie zu Ihrer Mutter zurück gezogen?", fragte Arndt.

„Wohin hätte ich denn gehen sollen? Glauben Sie, jemand will einen wie mich als Mieter? Für Sie alle bin ich doch ein Monster. Ihr Blick verrät Sie."

„Sie haben nicht viel aus Ihrer Zeit im Gefängnis gemacht", sagte Arndt und schaute auf den Computerbildschirm, wo gerade irgendein Spiel lief. Schon damals hatte Lübben fast den ganzen Tag vor dem Computer verbracht. Bis auf seine Mutter hatte er keine sozialen Kontakte, Frauen gegenüber war er absolut zurückhaltend, geradezu scheu.

Arndt erinnerte sich gut an ihre erste Begegnung. Lübben hatte sich nicht einmal Elke in die Augen zu schauen getraut. Schon damals hatte er daher das Gefühl gehabt, dass Lübben ihr gesuchter Täter war, aber es hatte mehr als vier Wochen gedauert, bis sie ihn hatten überführen können. Lübben sah vielleicht aus wie ein Niemand, doch er war alles andere als dumm.

Der Vorwurf, den Lübben Arndt gerade auf subtile Weise an den Kopf geknallt hatte, interessierte ihn überhaupt nicht.

„Sie irren sich gewaltig. Ich bin ein anderer Mensch. Nur weil ich bei meiner Mutter wohne und mir ab und zu etwas Zeit mit Computerspielen vertreibe, heißt das nicht, dass ich mich nicht geändert habe. Ich habe mich verändert, sonst hätte man mich nicht frühzeitig aus der Haft entlassen." Die Brille rutschte ihm von der Nase und er schob sie fahrig wieder hoch. „Ich habe meinen Schulabschluss gemacht, das Abitur. Bald werde ich studieren. Soweit ich informiert bin, war Ihnen ein Studium nicht vergönnt."

Jetzt platzte Arndt der Kragen, er packte Lübben am Pullover, zog ihn zu sich heran und sagte: „Hören Sie mir genau zu, Sie kleiner Freak. Ich weiß, dass Sie im Gefängnis in Ihrer Zelle ein Bild von Elke unterm Bett versteckt hatten."

„Welches mir bedauerlicherweise genommen wurde. Wo ist denn Ihre hübsche Kollegin? Ich habe ihr viel zu verdanken."

„Was denn? Sie sind noch immer der gleiche durchgeknallte Psychopath. Vielleicht konnten Sie irgendwelche Psychologen für dumm verkaufen, aber nicht mich. Alle Ihre Opfer sahen wie Elke aus."

„Sie waren deutlich jünger." Obwohl Arndt ihn weiterhin festhielt, schmunzelte Lübben, was Arndt nur noch wütender machte. „Dennoch wird Elke immer einen besonderen Platz in meinem Herzen behalten. Als ich sie das erste Mal sah, war ich unfähig, überhaupt etwas zu sagen, geschweige denn, sie anzuschauen. Aber jetzt bin ich nicht mehr so schüchtern. Ich bin ein anderer Mensch."

„Wo halten Sie Elke versteckt?", brüllte Arndt rasend vor Wut.

Das waren die Momente, in denen Elke fehlte. Er war

schon immer sehr impulsiv gewesen und sein stark ausgeprägter Gerechtigkeitssinn hatte nicht selten dazu geführt, dass er übers Ziel hinausgeschossen war. Elke hatte jedes Mal dagegen gesteuert. Aber jetzt ohne sie gab es niemanden, der ihn bremsen konnte. Und das fühlte er in diesem Augenblick. Er wusste nur zu gut, dass er sich als Polizist nicht so gehen lassen durfte, doch er konnte es nicht verhindern. Die Wut beherrschte ihn.

„Versteckt? Was meinen Sie damit?", tat Lübben unwissend und versuchte sich aus Arndts Griff zu befreien. „Lassen Sie mich bitte endlich los."

„Ich lasse Sie erst los, wenn Sie mir die Wahrheit sagen."

„Ich lüge nicht. Wann soll ich sie denn entführt haben? Und vor allem, wo soll ich Sie gefangen halten? Ich wohne bei meiner Mutter!", wurde Lübben laut und Arndt musste sich eingestehen, dass er so eine Antwort nicht erwartet hatte. Der Lübben von damals hatte bei den Befragungen die meiste Zeit gekniffen, war ausgewichen oder hatte gar nicht geantwortet. Dieser Lübben hatte Selbstbewusstsein, nicht viel, aber wie es schien, wusste er sich inzwischen in kniffligen Situationen zu wehren.

Hatte Arndt ihn doch falsch eingeschätzt?

„Wo waren Sie gestern?"

„Ich war hier. Meine Mutter kann das bezeugen."

Das Problem war, dass seine Mutter alles bezeugt hätte, was half, ihren Sohn zu decken.

„Was ist hier los?", erscholl plötzlich eine laute Stimme hinter Arndt. Die Mutter hatte das Zimmer betreten. Arndt ließ Lübben los. „Ich zeige Sie an. Verlassen Sie meine

Wohnung, sofort!"

„Wo war Ihr Sohn gestern?", fragte Arndt ruhig, er würde sich durch das Geschrei nicht beeindrucken lassen.

„Was interessiert Sie das?"

„Wo war Ihr Sohn?", wiederholte Arndt seine Frage. Er sah die Unsicherheit in den Augen der Mutter.

„Was hast du wieder angestellt?", fragte sie. Sie wirkte plötzlich schwach und verletzlich. Aus dem Augenwinkel sah Arndt, wie Lübben sich unbemerkt seinem Computer näherte und etwas in die Tastatur tippte.

Arndt eilte zu ihm. „Was machen Sie da?", fuhr er ihn an und dann sah er für den Bruchteil einer Sekunde etwas, was ihn erstarren ließ: Ein Foto von Elke.

Kapitel 10

Die Zeit im Knast hatte ihn geprägt, aber er war nicht daran zerbrochen, obwohl es mehr als einmal einen Anlass dazu gegeben hätte. Er war stark, sehr stark. Mancher sah das eventuell nicht so, doch es war die Wahrheit.

Er wusste nicht, warum er das gerade tat. Möglicherweise war es ihm ein Bedürfnis, vielleicht auch nur die Suche nach einem Adrenalinkick, er wusste es nicht.

Oder war es die Neugierde?

Am Ende war es unwichtig. Wichtig war, dass er da war. Er hatte die öffentlichen Verkehrsmittel für seine Fahrt nach Pansdorf genommen. Das tat er gern, jedoch nicht, weil er besonders umweltbewusst war, er besaß auch einen Führerschein. Nein, wenn er Bus und Bahn fuhr, konnte er so wunderbar entspannen. Es war ein Stück Freiheit, das er genoss. Während der Bus ihn an sein Ziel brachte, konnte er aus dem Fenster schauen und die Landschaft betrachten, an der der Bus vorbeifuhr. Oder er konnte die anderen Fahrgäste beobachten, ein Teil ihres Lebens sein. Es war schon erstaunlich, wie viel die Menschen auf so einer Fahrt von sich preisgaben. Er konnte aber auch einfach seinen Gedanken nachhängen oder am Handy spielen. Alles Dinge, die er nicht tun konnte, wenn er selbst Auto fuhr.

Gut gelaunt ging er die Straße entlang, doch als er in Sichtweite von Elkes Wohnung war, blieb er stehen und kehrte wieder um.

„Das war eine dumme Idee", sagte er zu sich selbst, er

konnte sich nicht mehr erklären, warum er das überhaupt hatte tun wollen. „War das Ganze vielleicht eine dumme Idee?" Er wusste nicht, was gerade geschah, aber plötzlich waren all das Glück und alle guten Gefühle aufgebraucht und er spürte diese unendliche Leere, die er schon öfter verspürt hatte, auch und besonders im Gefängnis. Eine Leere, bei der ihm alles gleichgültig war und er sich am liebsten im Bett verkrochen hätte. In diesen Momenten glaubte er, dass alles sinnlos war. Das ganze Leben.

Welchen Sinn hatte es schon? Vor allem für jemanden wie ihn?

Vor zwei Wochen hatte er sich bei Instagram angemeldet, um etwas von dem Glück anderer Menschen in sich aufzunehmen in der Hoffnung, dass es ihm guttun würde. Gerade jetzt allerdings machte ihn dieses Glück unglaublich wütend. „Nur die attraktiven Menschen bekommen Aufmerksamkeit. Aber du bist nicht hübsch", sagte er zu sich, während er zurückging.

„Nur die Berühmten bekommen Beachtung", murmelte er. „Aber du bist nicht berühmt."

Weswegen sollte er also weiterleben? In seinem Dasein würde sich niemals etwas ändern. Er hatte zwar die schlimmste Zeit seines Lebens, die im Gefängnis, hinter sich gebracht, doch wofür? Dort war er wenigstens unter seinesgleichen gewesen. Aber hier, in der Freiheit? Der Gedanke an diese vermeintliche Freiheit stieß ihm bitter auf. Hier, in der freien Welt, wurde er geächtet. Die Menschen mieden ihn, sie würden ihn nie respektieren, geschweige denn als ebenbürtig ansehen, erst recht nicht, wenn sie wüssten, was er getan hatte.

Elkes angeekelter Blick, als er sie berührt hatte, beherrschte seine Gedanken. War er wirklich so abscheulich?

Nein, sie mag dich. Du siehst das alles zu negativ. Was hat dein Psychologe gesagt? Die Welt ist nicht dein Feind. Es gibt Menschen, die dich schätzen, das weißt du genau. Elke hat sich doch vorbildlich verhalten.

Er erreichte den EDEKA-Markt und beschloss, hineinzugehen.

Du bist ein Alphatier. Du darfst so nicht denken, ermahnte er sich erneut, aber die Unsicherheit, diese Leere wollte einfach nicht weichen. Er fühlte sich beobachtet. Als würden alle Menschen nur Augen für ihn haben, allerdings nicht im positiven Sinne. Dabei war es ein schöner Gedanke, der ihn hierhergebracht hatte. Er wollte Elke und sich ein leckeres Mahl zaubern. Sie hatte es verdient, denn sie hatte sich bisher tapfer geschlagen und keine Zicken gemacht.

Irgendwie gelang ihm der Einkauf und er war froh, als er mit der Einkaufstüte in der Hand endlich draußen war. Er nahm eine Tafel Schokolade heraus und biss davon ab. Die angenehme Süße auf seiner Zunge zu spüren, beruhigte ihn ungemein und er fühlte sich nicht mehr so verloren.

„Alles hat seinen Grund. Das weißt du besser als jeder andere. Wenn du nicht im Knast gewesen wärst, hättest du auch nie …", murmelte er, aber er ließ den Satz unvollendet.

Er ging zurück zur Haltestelle und wartete auf den Bus. Die Tafel Schokolade hatte er inzwischen aufgegessen. Endlich kam der Bus, er stieg ein, kaufte ein Ticket und setzte sich ganz nach hinten ans Fenster. Der Bus war nur zur Hälfte gefüllt.

Der nächste Halt war Techau, ein kleiner Ort hinter Pansdorf. Ein älterer Mann stieg ein und wollte neben ihm Platz nehmen.

„Da steht schon meine Einkaufstüte", sagte er unfreundlich.

„Können Sie die nicht runternehmen?", fragte der Mann.

„Im Bus ist genug Platz. Setzen Sie sich doch eine Reihe davor."

„Ich sitze aber immer auf diesem Platz."

„Gut, heute eben nicht, da gehört der Platz meiner Tüte und mir."

„Hat Ihre Tüte ein Ticket gelöst?"

„Nein, aber ich. Was ist denn Ihr Problem? Es gibt reichlich freie Sitzplätze."

„Lassen Sie Herrn Böttcher doch seinen Platz", sagte nun eine ältere Frau, die zwei Reihen vor ihm saß.

„Wieso *seinen* Platz? Hat er ein Abo da drauf?", erwiderte er gereizt.

Die Frau stand auf und trat zu ihnen. Der Bus fuhr währenddessen weiter. Anscheinend hatte der Fahrer nichts von dem Streit mitbekommen oder er interessierte sich nicht dafür.

„Hören Sie, Herr Böttcher nimmt jeden Tag den Bus. Das ist sein Sitz. Tun Sie ihm doch bitte den Gefallen."

Das durfte alles nicht wahr sein, was bildeten die sich ein? Jetzt reichte es ihm und er brüllte: „Wer hat mir denn jemals einen Gefallen getan?"

„Kein Grund, wütend zu werden. Wo ist das Problem,

sich umzusetzen?"

„Wo ist das Problem, dass *er* den beschissenen Sitz vor mir nimmt oder irgendeinen anderen. Der ganze Bus ist voll mit freien Plätzen." Er verstand einfach nicht, was an diesem Platz so besonders war. Inzwischen wollte er dem Mann den Sitz allein aus Prinzip nicht überlassen. Der Bus hielt und der Fahrer kam zu ihnen.

„Moin, Moin, was ist denn hier los?", fragte der Busfahrer.

„Der Mann hier hat den armen Emil beleidigt", sagte die ältere Frau.

„Ich habe niemanden beleidigt", wehrte er sich.

„Aber natürlich haben Sie das, ich bin doch nicht taub. Ihr Gebrüll hat ja wohl der ganze Bus gehört", moserte die Frau.

„Ich bitte Sie, sich im Ton zu mäßigen", sagte der Busfahrer.

„Darf ich mich jetzt auf meinen Sitz setzen?", fragte Böttcher.

Der gab wohl niemals Ruhe. „Das ist mein Sitz, verfickte Scheiße noch mal", brüllte er, er war außer sich vor Wut.

„Bitte beruhigen Sie sich, sonst muss ich Sie des Fahrzeugs verweisen."

„Ich habe für den Sitzplatz bezahlt. Soll sich doch der alte Wichser woanders hinsetzen."

„Sehen Sie, er ist die ganze Zeit schon so", sagte die Frau und nickte bestätigend.

Er verstand die Welt nicht mehr. Was hatte er denn verbrochen? Das ganze Theater war ja wohl von diesem Böttcher ausgegangen.

„Bitte machen Sie Platz für Herrn Böttcher oder verlassen Sie den Bus", erklärte nun der Busfahrer.

„Ich saß hier zuerst. Ich bin vor dem alten Knacker eingestiegen", blaffte er, er konnte sich einfach nicht beruhigen. „Das haben Sie sicher gesehen."

„Ich habe Sie nicht bemerkt", sagte die Frau und warf ihm einen verächtlichen Blick zu, was ihn nur noch wütender machte. Dass sie so frech log, war ihm zu viel.

„Sie haben doch wohl gesehen, wie ich eingestiegen bin", wandte er sich jetzt an den Busfahrer.

„Ja, aber nicht, wo Sie sich hingesetzt haben. Ich verstehe allerdings Ihr Problem nicht. Tun Sie doch Herrn Böttcher den Gefallen und setzen Sie sich um."

„Was ist bloß mit euch allen los?", rief er. „Wollen Sie mich auf den Arm nehmen, oder liegt es daran, dass ich im Gefängnis war und Sie mich schikanieren wollen?" Er war so außer sich vor Wut, dass er gar nicht mitbekam, wie die Frau und der Busfahrer kurz zusammenzuckten, während Böttcher nach wie vor die Ruhe selbst war und anscheinend nur darauf wartete, sich endlich auf seinen Lieblingsplatz setzen zu dürfen.

Jetzt stießen zwei jüngere Männer dazu. „Können wir helfen?", fragte der Größere und Trainiertere der beiden.

„Es wäre sehr nett, wenn Sie helfen könnten, den Mann nach draußen zu eskortieren", sagte der Busfahrer.

„Sie haben es gehört. Ihre Fahrt endet hier."

Er überlegte kurz, atmete aus und schloss die Augen.

Dann stieg er wortlos aus.

Erst draußen kam er wieder einigermaßen zu Ruhe. „Richtig gemacht, das hätte nur Ärger gegeben. Jede Wette, die Polizei wäre gekommen und alles hätte auffliegen können", sagte er zu sich selbst, während er dem Bus hinterherschaute.

Er folgte der Straße, die auf beiden Seiten von Wald gesäumt war, und schimpfte weiter vor sich hin: „So ist das, wenn du in der Gosse lebst. Da zählst du nichts. Die wollen dich nicht, hast du ja eben erst wieder gesehen. Die werden dich niemals als einer der ihren akzeptieren. Was machst du dir nur vor?"

Aus weiter Entfernung war ein Motorengeräusch zu vernehmen und als er sich umschaute, sah er ein Taxi. Er wollte es herbeirufen, beließ es dann aber dabei, denn ihm fiel ein, dass er nicht genug Bargeld mit hatte.

Das liebe Geld war immer knapp.

„Das verdammte Geld", sagte er laut und stapfte weiter. Die angestaute Wut hatte sich inzwischen in Enttäuschung gewandelt und machte Platz für die Leere, diese unendliche Leere, die alles so sinnlos machte.

„Wenn ich jetzt und hier sterben würde, würde mich niemand vermissen. Wer würde überhaupt zu meiner Beerdigung erscheinen?"

Da sah er, wie ein junges Mädchen, höchstens vierzehn Jahre alt, auf ihn zu radelte.

Ist das ein Wink des Schicksals?, schoss ihm ein Gedanke durch den Kopf und er schaltete blitzschnell.

„Kannst du mir bitte sagen, wie spät es ist?"

Das Mädchen fuhr ein Stück an ihm vorbei, bevor sie bremste, er eilte sofort zu ihr.

„Hallo. Weißt du, wie spät es ist?", fragte er noch einmal.

Sie sagte ihm die Uhrzeit, doch dann schaute sie ihn zweifelnd an. „Was ist denn mit Ihrer Uhr?"

„Die ist kaputt", log er und plötzlich überkam ihn dieses irrsinnige Gefühl, gegen das er sich nicht wehren konnte. Er ließ die Tüte fallen und griff nach dem Mädchen.

Kapitel 11

Brandt blieb stehen und eilte auf den großen Echtholztisch zu, der etwas nach hinten versetzt stand.

„Was machen Sie da?", fragte Schulze irritiert.

„Bleiben Sie noch immer dabei, dass Sie nicht in Lübeck waren?", fragte er und hielt eine Packung Niederegger Marzipan hoch.

„Die kann man überall kaufen."

„Das mag sein, aber bestimmt nicht mit einem Preisschild von Niederegger aus Lübeck dran", antwortete Brandt und war insgeheim erleichtert, dass unter der Packung tatsächlich dieses besondere Preisschild klebte. Als gebürtiger Hamburger kannte er natürlich den weltbekannten Marzipanhersteller und auch das Café in der Lübecker Fußgängerzone.

Ohne das Preisschild hätte Schulze ihnen diesen Bären aufbinden können, aber so? Jetzt würde er sich schon etwas einfallen lassen müssen.

„Ich war nicht in Lübeck, verdammt. Das ist ein Geschenk von einem Kunden."

„Von welchem?", fragte nun Aydin.

„Ich glaube nicht, dass ich Ihnen das verraten muss."

„Es liegt ganz in Ihrem eigenen Interesse", blieb Aydin freundlich.

Brandt hingegen sah überhaupt keinen Grund, höflich zu sein, und fügte hinzu: „Wir können das auch gerne auf dem Präsidium weiterbesprechen."

„Wollen Sie mich tatsächlich einschüchtern? Ich kann mir jeden verdammten Anwalt dieser Stadt leisten. Ohne meinen Anwalt sage ich kein Wort."

„Wie Sie meinen. Dann nehmen wir Sie eben mit aufs Präsidium."

„So können Sie nicht mit mir umgehen", wurde Schulze laut.

„Wenn Sie nicht kooperieren, sehe ich mich gezwungen, Ihnen Handschellen anzulegen", drohte Brandt.

„Bitte, Herr Schulze, was ist dabei, uns den Namen der Person zu nennen, wenn Sie nichts zu vertuschen haben?"

„Ich bin unschuldig. Dieser Generalverdacht kotzt mich an", brüllte Schulze.

Brandt sah keinen anderen Ausweg, er zog die Waffe und sagte: „Jetzt beruhigen Sie sich. Wir führen das Gespräch auf dem Präsidium weiter." Dann ergänzte er mit einem Blick zu Aydin: „Mach ihm die Handschellen dran, bitte."

Aydin schaute etwas erstaunt, zückte jedoch seine Handschellen und ging auf Schulze zu.

„Verdammt, ist ja gut. Ich nenne Ihnen den Namen, aber lassen Sie diesen Schwachsinn."

„Den Namen", sagte Brandt. Er dachte gar nicht daran, die Waffe herunterzunehmen, er hatte Schulze genau da, wo er ihn haben wollte.

„Detlef Ernst heißt er. Und jetzt legen Sie die verfluchte Waffe weg."

„Ich nehme an, dass Sie seine Telefonnummer haben?", fragte Brandt, der noch immer die Waffe auf ihn gerichtet hielt.

„Ja, habe ich. Nehmen Sie endlich die Scheißwaffe weg."

Erst jetzt ließ Brandt die Pistole sinken, sicherte sie und steckte sie weg. „Warum nicht gleich so?"

„Was wird Ihnen das bringen? Sie können mir nichts andichten. Ich bin ein anderer Mensch geworden, verstehen Sie? Ein anderer Mensch. Und jetzt verlassen Sie mein Atelier."

„Erst die Nummer, bitte", sagte Aydin.

„Die ist in meinem Handy gespeichert." Es war Schulze deutlich anzusehen, dass er wütend war. Widerwillig holte er sein Handy aus der Hosentasche und nannte Aydin die Nummer, der schrieb mit.

„Und jetzt verlassen Sie mein Atelier."

Brandt und Aydin taten ihm den Gefallen und gingen nach draußen.

„Meinst du, das war wirklich notwendig?", fragte Aydin, als sie wieder im Wagen saßen.

„Was?"

„Das mit der Waffe."

„Natürlich, oder glaubst du im Ernst, dass er uns sonst den Namen genannt hätte? Dann bist du reichlich naiv."

„Es bedeutet aber nicht, dass er gelogen hat."

„Das wissen wir erst, wenn wir die Person anrufen. Wähl mal die Nummer."

Aydin tat, wie geheißen, und kurz darauf hörten sie Ernst am anderen Ende der Leitung. Zu Brandts Bedauern bestätigte er, dass er Schulze die Marzipanpralinen geschenkt hatte, als er sich ein Gemälde abgeholt hatte, weil er wusste, dass Schulze sie so gerne aß.

„Und jetzt?", fragte Aydin.

„Was wohl, der Nächste auf der Liste." Brandt

schüttelte den Kopf. Wie es schien, war Aydin derzeit nicht ganz auf der Höhe.

„Welchen schlägst du vor?"

„Was ist los? Hängst du heute?"

„Nein! Warum musst du immer gleich so beleidigend sein? Was ist falsch daran, zu fragen, wen wir aufsuchen sollen?"

„Weil es klug wäre, die Person anzusteuern, die näher an Schulze wohnt, oder irre ich mich?"

„Nein, das kann man aber auch in einem anderen Ton sagen."

Brandt sah zu Aydin hinüber. Er wirkte tatsächlich eingeschnappt, stur schaute er aus dem Fenster. Eine typische Geste, wenn er beleidigt war.

„Okay, vielleicht bin ich etwas übers Ziel hinausgeschossen. Das mit Elke belastet mich wohl mehr, als ich zugeben mag", gestand Brandt, da sich plötzlich sein schlechtes Gewissen meldete.

Aydin schmollte zwar noch ein wenig, aber an seinem Gesichtsausdruck erkannte Brandt, dass er mit der Entschuldigung leben konnte.

„So, Großer, wohin?"

„Ingo Staub. Er wohnt in Mülheim", sagte Aydin und nannte Brandt die genaue Anschrift. Brandt fuhr los.

„Was, wenn sich bei keinem der zwei weiteren ein Verdacht ergibt?", fragte Aydin.

„Das möchte ich mir gar nicht ausmalen. Wir beide wissen, wie solche Entführungen meistens enden. Auch wenn Bernd und Kramer das vielleicht anders sehen."

Aydin nickte nur und schaute wieder aus dem Fenster.

„Es ist schon erschreckend, in was für einer kranken Welt

wir leben. Erst letztens habe ich gelesen, dass eine Mutter ihr Kind für Vergewaltigungsspiele zur Verfügung gestellt hat. Eine Mutter!" Aydin schüttelte angewidert den Kopf.

„Ich habe auch davon gelesen, es ist unfassbar. Leider wissen wir beide besser als viele andere, wie gestört manche Menschen sein können."

„Aber eine Mutter? Wie kann eine Mutter sich in einen Kinderschänder verlieben und dann ihrem eigenen Kind so etwas antun?"

Brandt wusste, warum Aydin so aufgewühlt war, er musste sicherlich an seine Tochter denken. Er konnte Aydin verstehen. Die Welt war verrückt und irgendwie schien es immer schlimmer zu werden, doch deswegen durfte man nicht den Kopf in den Sand stecken.

So ins Gespräch vertieft, erreichten sie bald das rechtsrheinisch gelegene Mülheim. Brandt bog in die Buchheimer Straße ab und parkte den Wagen vor einem Mehrfamilienhaus. Gemeinsam stiegen sie aus und gingen zur Tür. Er schaute sich die Klingelanlage an und entdeckte die Namen: Kreuz/Staub.

„Das wird er sein", sagte er und betätigte die Klingel. Gleich darauf ertönte der Summer und sie betraten den Wohnblock.

„Was machst du da?", fragte Brandt, als Aydin zum Fahrstuhl ging.

„Vierter Stock, das ist ja wohl nicht dein Ernst?", entgegnete Aydin.

„Sei froh, dass sich überhaupt jemand Gedanken über deine Fitness macht. Du warst früher mal richtig gut in Form, aber so langsam mache ich mir Sorgen."

„Witzig. Ich bin noch immer fit", knurrte Aydin.

„Ich seh's", schmunzelte Brandt und boxte ihm freundschaftlich in den Bauch. „Da kann nicht mal die Jacke was kaschieren."

„Hey", tat Aydin pikiert, war dann aber der Erste auf der Treppe nach oben. Vermutlich hatte er keine Lust auf weitere Moralpredigten. Brandt wunderte sich insgeheim über seinen Partner, er selbst würde nie auf den Gedanken kommen, sich so gehen zu lassen.

Sie erreichten den Flur im vierten Stock und standen schließlich vor der Wohnungstür. Aydin wirkte etwas außer Atem, schien das vor Brandt allerdings nicht zeigen zu wollen. Da wurde auch schon die Tür geöffnet.

„Ja, bitte?", fragte eine Frau, die Brandt auf Mitte dreißig schätzte. Ihr Blick verriet, dass sie wohl mit jemand anderem gerechnet hatte.

„Sind Sie Frau Kreuz?", fragte Brandt.

Sie nickte nur.

„Wir sind von der Kriminalpolizei Köln. Das ist mein Kollege Emre Aydin und mein Name ist Lasse Brandt", begann Brandt und zeigte ihr seinen Ausweis. Aydin tat es ihm gleich.

„Um was geht es?", fragte sie und bat die Herren gleichzeitig mit einer Geste in die Wohnung. Sie wirkte etwas eingeschüchtert.

„Wir würden gerne mit Herrn Ingo Staub sprechen. Ist er da?"

„Nein, der wollte kurz raus", sagte sie.

„Ist Herr Staub Ihr Lebensgefährte?"

„Ja, wir haben uns vor ein paar Monaten kennengelernt."

„Und jetzt wohnt er schon bei Ihnen?", fragte Aydin. Brandt konnte die Sorgenfalten auf Aydins Stirn sehen.

Frau Kreuz war nicht hässlich, wahrscheinlich dachte er darüber nach, warum sich so eine Frau auf jemanden wie Staub einließ. Brandt bewegten ähnliche Gedanken, schließlich kannten sie seine Akte.

„Es war Liebe auf den ersten Blick", sagte sie und musste kurz schmunzeln. „Wir haben uns auf Anhieb verstanden. Worum geht es denn?"

Brandt sah ihr die Unsicherheit förmlich an. Gut möglich, dass es nicht nur an ihrer Anwesenheit lag, sondern ihrem Grundcharakter entsprach. Daher hielt er es für möglich, dass ein dominanter Mann wie Staub leichtes Spiel bei ihr hatte.

„Mama, ich bin fertig mit den Hausaufgaben. Darf ich jetzt spielen?", wurden sie in diesem Moment unterbrochen. Ein Junge, den Brandt auf höchstens zehn schätzte, kam ins Zimmer gestürmt.

„Ist gut, aber nur eine halbe Stunde."

Kaum hatte sie das ausgesprochen, lief der Junge strahlend los.

„Sie wissen, dass Staub ein Pädophiler ist?", rutschte es Aydin heraus. Der Schock angesichts der Tatsache, dass Staub mit einer Mutter und ihrem Kind zusammenlebte, stand ihm ins Gesicht geschrieben. Gerade eben hatten sie auf der Fahrt noch darüber gesprochen. Jetzt ein ähnliches Szenario vorzufinden, war sicherlich etwas zu viel für den jungen Vater.

Auch Brandt hatte Mühe, sich zurückzuhalten, aber er wusste, dass es ihnen trotzdem nicht zustand, solche Informationen freizugeben.

„Mein Mann ist kein Kinderschänder. Er ist ein tausendmal besserer Papa für Lukas, als es der versoffene leibliche Vater je sein könnte", verteidigte sie Staub.

„Sind Sie verheiratet?"

„Nein, aber wir werden heiraten. Ganz in Weiß, so wie ich es mir immer erträumt habe." Ihre Augen strahlten, ihre Naivität war nicht zu übersehen. War diese Frau blind vor Liebe oder wollte sie gewisse Dinge einfach nicht sehen?

Vielleicht hat sich Staub ja wirklich geändert, huschte ein Gedanke durch Brandts Hinterkopf. Er wollte aber nicht so recht daran glauben.

„Weiß das Jugendamt davon?", fragte Aydin.

„Was geht das Jugendamt an, mit wem ich zusammen bin? Wir sind glücklich. Mein Mann würde Lukas niemals etwas antun."

„Ich werde das Jugendamt benachrichtigen müssen. Hier geht es um das Wohl Ihres Sohnes."

„Genau und ich bin die Mutter. Ich weiß, was das Beste für meinen Sohn ist. Und jetzt verlassen Sie bitte meine Wohnung." Zum ersten Mal wirkte sie nicht mehr wie das eingeschüchterte Schaf, sondern entschlossen. Gut möglich, dass sie eine gute Mutter war und ihrem Sohn niemals etwas zuleidetun würde. Es musste allerdings nicht gleichzeitig bedeuten, dass sie im Bilde darüber war, wozu Staub fähig war.

„Können Sie uns bitte sagen, wo wir Herrn Staub finden können?"

„Das weiß ich nicht."

„Sie sagten eben, er sei nur kurz raus. Also werden Sie

sicherlich wissen, wohin er wollte. Oder hat er Geheimnisse vor Ihnen?", fragte Aydin. Brandt fand die Frage sehr gut, er stellte sie damit auf subtile Weise auf die Probe.

„Er ist kurz in die Shisha. Wollte sich mit einem Freund treffen."

„Welche Shisha?"

„Alis Shishalounge. Direkt am Wiener Platz."

„Danke", antwortete Brandt und beide verabschiedeten sich.

„Wie kann man so dumm sein?", entfuhr es Aydin, als sie draußen waren.

„Jetzt beruhig dich mal."

„Beruhigen? Wie kann man sich als Mutter mit einem Kinderschänder einlassen?"

„Gut möglich, dass sie es nicht wusste – was du aber geändert hast."

„Ich fasse es nicht. Da liest man erst davon und dann begegnet man selbst so einem Menschen. Ich habe in ihren Augen allerdings weder Angst noch Misstrauen gesehen. Entweder weiß sie, dass er es ist, oder sie ist ihm so hörig, dass es ihr gleichgültig ist. Damit bringt sie ihr Kind in Gefahr, das kann einem doch nicht egal sein!"

„Das wissen wir ja gar nicht."

„Hör mir damit auf. Warum bist du auf ihrer Seite? Eigentlich bist du doch der Aufbrausendere von uns beiden."

„Rollentausch", versuchte Brandt, dem Ganzen etwas die Schärfe zu nehmen.

Aydin verstand den Scherz jedoch offensichtlich nicht, er schnaubte verächtlich. „Ich hoffe, das Jugendamt ist sich seiner Verantwortung bewusst."

Brandt überging diese Bemerkung, denn inzwischen waren sie schon am Wiener Platz angelangt und er hatte das Schild mit der Aufschrift „Alis Shisha" entdeckt. „Das müsste die Lounge sein", sagte er.

Sie traten ein. Für diese Uhrzeit war die Lounge recht gut besucht. Ziemlich weit hinten konnte Brandt Staub sehen, der dort mit einem anderen Mann an einem Tisch saß und an einer Shisha zog. Sie steuerten auf die beiden zu.

Aus der Akte wusste Brandt, dass Staub knapp zwei Meter groß war. Er hatte lange braune Haare und unzählige Tattoos, wodurch er eher wie jemand aus dem Rockermilieu und nicht wie ein typischer Kinderschänder aussah. Letztere waren rein äußerlich meistens vergleichsweise unauffällig.

„Guten Tag", machte sich Brandt bemerkbar.

Staub sah schon auf den Fotos, die die Lübecker Polizei ihnen geschickte hatte, alles andere als freundlich aus, ihn nun live zu sehen, verstärkte den Eindruck. Gut möglich, dass die kleine, schüchterne Kreuz ihm nicht gewachsen war, dachte Brandt.

„Wer seid ihr?", fragte Staub. Seine Stimme war tief und es schwang ein unfreundlicher Unterton mit, was durch seinen grimmigen Gesichtsausdruck unterstrichen wurde.

„Wir sind von der Kölner Kriminalpolizei und möchten Sie kurz sprechen", antwortete Brandt trocken.

„Warum?", fragte Staub und stieß den Rauch, den er gerade eingeatmet hatte, direkt in Brandts Richtung aus.

„Es geht um Ihre Vergangenheit als Kinderschänder",

erwiderte der bewusst provokativ. Der Mann neben Staub schien davon bislang nichts gewusst zu haben, er wirkte erschrocken.

„Spinnen Sie?", wurde Staub laut. „Was fällt Ihnen ein?"

„Mir fällt nur eins ein: Wenn Sie uns weiterhin provozieren, nehmen wir Sie mit aufs Präsidium. In Ihrem eigenen Interesse sollten Sie uns jetzt nach draußen begleiten, um uns ein paar Fragen zu beantworten."

Staub biss sich auf die Lippen, seine Augen wurden groß und er schüttelte den Kopf. Dann stand er auf und richtete sich zu voller Größe auf. Damit überragte er Brandt um einiges.

„Warum nicht gleich ...", wollte Brandt sagen, da wurde er von Staub zur Seite gestoßen und stürzte zu Boden. Im Fallen sah er, wie Staub davonlief.

Schnell war er wieder auf den Beinen und rannte ihm hinterher aus der Lounge. Aydin hatte ebenfalls die Verfolgung aufgenommen.

„Bleiben Sie stehen", rief Aydin, doch Staub dachte gar nicht daran. Brandt erhöhte indes das Tempo, ihm fehlten noch knapp zwanzig Meter bis zu Aydin.

Staub ließ das McDonald's-Schnellrestaurant hinter sich und eilte über die Straße, dabei ignorierte er Passanten und Autofahrer. Es gelang ihm, sicher auf die andere Straßenseite zu wechseln. Aydin war ihm weiterhin dicht auf den Fersen und inzwischen hatte Brandt ebenfalls den Abstand verringert. Sein Partner war schneller, als er es für möglich gehalten hatte. Staub leider auch. Obwohl man annehmen sollte, dass ihm seine Statur in diesem Punkt zum Nachteil gereichte,

konnte Aydin nicht dichter aufschließen.
Staub lief im Zickzack, was die Verfolgung erschwerte. Endlich hatte Brandt Aydin erreicht. „Der darf nicht abhauen", keuchte er und lief schneller. Doch sie kamen ihm nicht näher.
„Was hat der verdammte Riese für eine Ausdauer", hechelte Aydin.
„Nicht reden, kostet Energie", ermahnte Brandt seinen Partner und gab noch einmal alles. Seine Muskeln und seine Lunge brannten, er spürte, wie ihm das Essen hochzukommen drohte, doch er durfte Staub um keinen Preis davonkommen lassen.
Er konnte nicht glauben, dass Staub ohne Grund davon lief. Er hatte Dreck am Stecken. Aber hatte diese Flucht etwas mit Elke zu tun?
Was, wenn er den Sohn von Kreuz belästigt und glaubt, wir wären deswegen hier?, überlegte Brandt. Beide möglichen Antworten waren nicht schön und er wollte nicht darüber nachdenken, welche ihm lieber gewesen wäre.
Er zwang seine letzten Reserven aus sich heraus und endlich kam er Staub näher. Aydin lief zwar noch immer hinter ihm, aber aus dem Augenwinkel konnte Brandt sehen, dass er mindestens dreißig Meter weiter weg war.
Dann lief Staub erneut über die Straße und in einen Park. Im Vorbeilaufen konnte Brandt ein Denkmal ausmachen, wem die Statue gewidmet war, konnte er allerdings nicht sagen, da er sich selten in Mülheim, geschweige denn in dem Park, aufhielt.
Endlich kam er Staub näher. Es war zu erkennen, dass dem Flüchtenden langsam die Puste ausging.

Schnapp dir das Schwein, feuerte Brandt sich an und ignorierte seine Kurzatmigkeit und die schweren Beine. Flüchtig schaute er sich um, doch Aydin war nicht mehr zu sehen. Wahrscheinlich war ihm auch die Puste ausgegangen.

Sein Abstand zu Staub verringerte sich immer mehr. Der schubste jetzt einen Jogger um, der böse stürzte, Brandt konnte sich jedoch nicht darum kümmern, die Verfolgung hatte Priorität. Plötzlich bog Staub nach rechts ab und lief auf ein paar Bäume zu. Brandt folgte ihm, konnte ihn aber nicht mehr entdecken. Egal, er entschied, ebenfalls auf die Bäume zuzulaufen. Gut möglich, dass Staub sich hier versteckte. Schließlich sah Brandt ihn wieder, ein dicker Strauch hatte ihn kurz verdeckt.

Staub schlug einen Haken nach rechts. Langsam kämpfte Brandt gegen die Verzweiflung an. Hatte er eben noch geglaubt, ihm endlich näher zu kommen, fürchtete er jetzt, dass Staub einige Meter gut gemacht hatte.

Das Stechen und Brennen in seinem Körper machte sich immer stärker bemerkbar. Seine Glieder schienen ihn geradezu anzuflehen, stehen zu bleiben, die Verfolgung aufzugeben. Doch Brandts Wille war stärker, er lief weiter.

Und plötzlich, wie aus dem Nichts, tauchte Aydin vor einem Baum auf und verpasste Staub einen Tritt, sodass dieser stolperte und zu Boden ging.

Aydin zögerte keine Sekunde und zog die Waffe. „Keine Bewegung!"

Als Brandt ihn erreichte, sagte er grinsend: „Du bist spät dran."

Keuchend stützte sich Brandt auf den Oberschenkeln ab und musste ebenfalls kurz lachen, aber dann sah er, dass etwas aus Staubs Hosentasche gefallen war. Das Lachen blieb ihm im wahrsten Sinne des Wortes im Hals stecken.

Kapitel 12

Es musste Stunden her sein, dass er sie das letzte Mal besucht hatte, so genau konnte Elke es nicht sagen. Hier im Keller, wo es kein Fenster, kein Tageslicht gab, verlor man schnell jedes Gefühl für die Zeit.

„Du musst essen, du darfst nicht krank werden", hatte er gesagt, als er ein Tablett mit Verpflegung auf dem Boden abgestellt hatte. Danach war er zum Eimer gegangen und hatte hineingeschaut.

„Wieso hast du gekotzt?"

„Ich weiß nicht. Vielleicht Sauerstoffmangel", hatte Elke erklärt. Den Geruch ihres Erbrochenen nahm sie gar nicht mehr wahr.

Der Mann hatte sie nachdenklich angeschaut und nach einer Weile gesagt: „Musst du nicht pinkeln und kacken?"

Sie hatte nur den Kopf geschüttelt. Darüber mit einem Fremden, ihrem Entführer, zu sprechen, war ihr selbst in dieser aussichtslosen Situation mehr als unangenehm.

„Du musst kacken. Ich habe in einer Doku gesehen, dass es krank macht, wenn man nicht kackt. Hörst du, du musst kacken. Du darfst nicht krank werden."

Ohne ihre Antwort abzuwarten, hatte er dann ihre Zelle, nichts anderes war es für Elke, verlassen.

Das Tablett stand noch immer auf dem Boden, aber sie wollte nichts essen, sich zumindest nicht satt essen, weil sie den Widerwillen nicht überwinden konnte, auf dem Eimer ihre Notdurft verrichten zu müssen.

„Du musst was essen", ermahnte sie sich. „Keine Zeit für Eitelkeiten. Du musst bei Kräften sein, um ihn bei Gelegenheit zu überwältigen." Sie stand auf, nahm das

Tablett und setzte sich wieder aufs Bett. Diesmal gab es zwei Wurstbrötchen. Sie aß eines davon und öffnete die kleine Flasche Wasser.

Das Brötchen schmeckte seltsam, etwas säuerlich. Ein kurzer Ekel überkam sie.

Gift?, schoss es ihr erschrocken durch den Kopf. *Quatsch, wenn er dich umbringen wollte, hätte er es längst getan. Er will dich am Leben erhalten, warum sonst die Ansage, dass du nicht krank werden darfst?*, versuchte sie sich Mut zu machen.

Sie biss erneut ein Stück ab, doch der eigentümliche Geschmack blieb. Sie hob eine Brötchenhälfte ab und sah, dass er Senf auf die Wurst geschmiert hatte.

Vielleicht ist es das, dachte sie. Sie aß das ganze Brötchen und vergaß den ungewohnten Beigeschmack. Ihre Hand fuhr zu dem zweiten Brötchen, der Hunger war einfach zu groß.

„Nein!", ermahnte sie sich. „Ein Brötchen reicht, um bei Kräften zu bleiben." Sie stellte das Tablett mit dem Brötchen und der halbvollen Flasche auf dem Boden ab, dabei wanderte ihr Blick zum Eimer. Ihr wurde wieder übel.

„Das kannst du niemals." Sie schüttelte den Kopf und setzte sich aufs Bett. Ihre Oberschenkel hielt sie eng an ihren Oberkörper gedrückt. Der Mann hatte das ein oder andere Mal Andeutungen gemacht, dass er sie begehrte …

„Stop!", sagte sie zu sich selbst. „Er hat nie gesagt, dass er dich sexuell begehrt. Er hat dich am Dekolleté berührt, am Hals, an den Händen, aber nicht mehr."

Er begehrt dich nicht sexuell, er will dir Angst machen!,

wurde ihr plötzlich klar.
Das war die einzige Erklärung, die Sinn ergab.
Er wird dich nicht vergewaltigen, das weißt du. Irgendetwas stimmt hier nicht. Elke war verwirrt, sie konnte die Puzzleteile nicht zusammensetzen. „Und was, wenn er nur darauf wartet, über dich herzufallen?"
Sie schüttelte den Kopf, das konnte unmöglich sein, das war einfach nicht logisch.
Ach ja, aber eine Entführung macht Sinn? Dich in einem Keller einsperren macht Sinn? Das ist ein Freak! Ein Psychopath, da macht für uns Normalsterbliche überhaupt nichts Sinn!, meldete sich eine innere Stimme.
Es war Elke, als hörte sie sie tatsächlich, sie klang laut und verächtlich.

Sie presste eine Hand auf den Magen, weil ihr plötzlich furchtbar schlecht wurde. Gleichzeitig überlegte sie, warum der Mann sie so lange nicht mehr aufgesucht hatte. Bisher hatte sie das Gefühl gehabt, dass er jede Stunde oder vielleicht alle zwei Stunden zu ihr kam, aber inzwischen mussten bestimmt mehrere Stunden vergangen sein. Oder lag sie komplett daneben und war gar nicht mehr fähig, die Zeit richtig einzuschätzen?

„Arndt, du lässt dir echt Zeit", sagte sie und rieb sich wieder über den Bauch. Die Schmerzen nahmen zu und wurden immer heftiger. Sie bekam einen Krampf und ein stechender Schmerz schoss durch ihren Körper, als würde ein Blitz einschlagen.

Sie krümmte sich und erschrak, als sie ihren Gedanken laut aussprach: „Gift!"

Kapitel 13

„Lassen Sie meinen Sohn in Ruhe", schrie Lübbens Mutter, aber Arndt dachte gar nicht daran. Er hielt die Waffe weiterhin auf den Verdächtigen gerichtet.

„Was war das eben?"

„Was?", fragte Lübben ahnungslos.

„Das Foto von Elke", brüllte Arndt.

„Finger weg von meinem Sohn oder ich rufe die Polizei", keifte die Mutter.

„Ich bin die Polizei", polterte Arndt. „Und wenn Sie jetzt nicht endlich die Klappe halten, lege ich Sie in Handschellen. Verlassen Sie das Zimmer, sofort!"

Die Mutter erschrak und verstummte, rührte sich jedoch nicht. Ihr Blick wanderte zu ihrem Sohn, Wut und Verzweiflung lagen gleichermaßen darin.

„Zeigen Sie mir sofort das Foto von Elke", forderte Arndt Lübben auf.

„Ich habe kein Foto von ihr", versuchte dieser noch immer den Ahnungslosen zu spielen, doch Arndt war nicht dämlich, er wusste, was er gesehen hatte.

Die Wut in ihm war so groß, dass er Lübben am liebsten gepackt und ihm eine gescheuert hätte, damit er spurte. Allein die Anwesenheit der Mutter verhinderte, dass er sich komplett vergaß.

„Hände nach vorne", sagte Arnd und legte ihm Handschellen an. Danach rief er bei Tim an und bat ihn, sofort zu kommen, außerdem sollte er einen Durchsuchungsbeschluss von Willy besorgen.

„Mein Sohn ist unschuldig", machte sich die Mutter wieder bemerkbar, allerdings deutlich weniger bestimmt als zuvor.

„Mutter, kannst du nicht endlich still sein und den Raum verlassen? Du nervst!", rief Lübben. Arndt entgingen weder der überraschte und erschrockene Gesichtsausdruck der Mutter noch die kleinen Schweißperlen auf Lübbens Stirn.

Konnte es sein, dass er der Täter war?

„Undankbarer Bastard", reagierte die Mutter getroffen. Sie schaute ihren Sohn nicht an und verließ schnellen Schrittes den Raum.

„Ich habe mich geändert", sagte Lübben, dabei sah er Arndt fest in die Augen. „Ich lasse nicht mehr auf mir rumtrampeln."

„Glauben Sie im Ernst, dass mich das beeindruckt? Für mich werden Sie immer Abschaum bleiben. Menschen wie Sie werden sich nie ändern. Sie kommen gegen diese kranken Instinkte nicht an, genauso wie ein Löwe sich nicht dagegen wehren kann, zu jagen. Sie haben etwas mit Elkes Verschwinden zu tun. Ich habe das Foto auf Ihrem Bildschirm gesehen."

„Sie sind blind vor Hass gegen mich. Ich habe nichts getan. Sie werden nichts auf meinem Rechner finden."

„Halten Sie einfach den Mund, bevor ich mich vergesse."

„Was wollen Sie tun? Mich schlagen? Was glauben Sie, wie oft ich im Gefängnis geschlagen wurde für das, was ich getan habe. Und das von Menschen, die keinen Deut besser sind als ich. Sie können mir nicht drohen, ich kenne meine Rechte."

„Sie haben nur ein Recht, nämlich das, den Mund zu halten!" Arndt platzte allmählich der Kragen, doch er schlug nicht zu, so sehr seine Wut auch danach verlangte.

Das Warten war nahezu unerträglich, aber er hatte keine Wahl. Er kannte sich mit Computern nicht gut genug aus, um selbst zu überprüfen, ob er wirklich ein Foto von Elke auf dem Bildschirm gesehen hatte oder ob er sich das aufgrund des Stresses nur eingebildet hatte.

„Wenn Sie jetzt gestehen, verspreche ich Ihnen, dass sich das mildernd auf Ihre Haftstrafe auswirken wird."

Lübben lachte. „Ist nicht Ihr Ernst?"

„Mein voller."

„Ich habe Ihre verdammte Kollegin nicht entführt. Warum haben Sie eigentlich so ein Interesse an ihr?"

„Beantworten Sie nur meine Fragen."

Lübben lachte wieder, dann sagte er. „Sie ficken sie, stimmts? Wie schmeckt ihre Muschi?"

Es war ein Reflex, gegen den sich Arndt nicht wehren konnte, ein Impuls. Er schlug zu und Lübben landete auf dem Boden, aber er schrie nicht, sondern stand gelassen wieder auf. Seine Lippe blutete.

„Ich habe Sie schon immer richtig eingeschätzt. Sie sind kein bisschen besser als die, die Sie verhaften. Auch damals habe ich bemerkt, dass Elke Sie zurückgehalten hat. Sie sind in Wahrheit der Verrücktere von uns beiden."

Gerade als Arndt etwas erwidern wollte, hörte er die Klingel, das konnte nur bedeuten, dass die Kollegen angekommen waren.

„Mitkommen", sagte Arndt, der keine Sekunde daran dachte, Lübben unbeaufsichtigt zu lassen.

Sie öffneten die Tür und Tim trat mit ein paar Kollegen

ein.

„Sehr gut. Hast du den Beschluss?"

„Ja, Willy hat das noch hinbekommen."

Arndt nickte nur und reichte Lübben das Papier. „Jetzt ist es hochoffiziell, Sie Arschloch." Letzteres konnte er sich einfach nicht verkneifen, trotz der Blicke der Kollegen, aber das war ihm in diesem Moment herzlich egal.

„Wo ist der Rechner?", fragte Tim.

Arndt drängte Lübben zurück in sein Zimmer, Tim und die anderen folgten ihnen. Einige gehörten zu Tims Abteilung, andere waren von der Streife und aus dem Präsidium.

„Ich will, dass ihr die ganze Wohnung auseinandernehmt", erklärte Arndt. Die Kollegen nickten und verteilten sich auf die Zimmer, Tim setzte sich an den Computer. Er legte sein Equipment daneben und schaltete den mitgebrachten Laptop ein.

„Da ist nichts", sagte Lübben, aber die Anspannung war ihm deutlich anzusehen.

„Wollen Sie Ihren Computer selbst entsichern oder soll ich den Code umgehen?", fragte Tim mit ruhiger Stimme.

„Mir fällt das Passwort gerade nicht ein", erklärte Lübben. Nervös biss er sich immer wieder auf die Unterlippe.

„Dann nicht", antwortete Tim und nahm ein Kabel, mit dem er den Rechner mit seinem Laptop verband. Er öffnete ein Programm auf seinem Laptop und tippte etwas ein.

Arndt blieb nichts anderes übrig, als seinem Kollegen über die Schulter zu schauen und darauf zu hoffen, dass

Tim wusste, was zu tun war.

„Bin drin", sagte Tim. „Ach ja, zur Notiz: Ihr Passwort ist *TöteDieMama.*"

„Was geht in Ihrem kranken Hirn nur vor sich?", fragte Arndt. Überrascht stellte er fest, dass Lübbens Mutter noch nicht wieder bei ihnen war. Wahrscheinlich hatte ihr der Einlauf von Arndt genügt, oder die Worte ihres Sohnes hatten sie mehr getroffen, als sie zugeben wollte. Was hätte sie erst zu dem Passwort gesagt?

„Ich gebe Ihnen jetzt die Gelegenheit, mir zu sagen, ob sich Inhalte über unsere Kollegin Elke Henschel auf dem Rechner befinden. Anderenfalls werde ich ein Suchprogramm dafür aktivieren. Ihre Mitwirkung würde sich positiv für Sie auswirken."

„Nein, ich habe nichts von ihr", beharrte Lübben. Er fuhr sich mit der Hand über die Stirn, um die Schweißtropfen wegzuwischen.

„In Ordnung", sagte Tim.

Arndt bewunderte seinen Kollegen für dessen Ruhe. Er hingegen saß wie auf heißen Kohlen, ihm ging das Ganze viel zu langsam. Aber Tim Druck zu machen, hätte nichts gebracht. Sein Kollege wusste genau, was zu tun war.

Wieder startete Tim ein Programm und bat einen Kollegen von der IT, ebenfalls ein Programm durchlaufen zu lassen. Es flogen ein paar Fachbegriffe hin und her, die Arndt sich nicht merken konnte und wollte.

„Wenn wir Fotos finden, werden Sie für lange Zeit ins Gefängnis wandern, und was da mit kranken Psychopathen geschieht, wissen Sie ja. Vor allem, wenn erzählt wird, dass Sie sich an Kindern vergangen haben.

Wo ist Elke?" Arndt konnte nicht anders, das Warten wurde für ihn unerträglich.

„Sie haben gehört, dass er mir gedroht hat", erwiderte Lübben und schaute zu Tim.

„Ich habe nichts gehört", sagte der und tippte unbeeindruckt weiter auf der Tastatur seines Laptops. Die beiden anderen Kollegen schüttelten ebenfalls den Kopf.

„So ist das also. Nur weil ich ein Mal Scheiße gebaut habe, muss ich mein Leben lang dafür büßen. Dreckspack", entfuhr es Lübben.

Dieser Lübben hatte wirklich nichts mehr mit dem gemein, den Arndt und Elke vor Jahren verhaftet hatten. Das Gefängnis hatte tatsächlich einen anderen Menschen aus ihm gemacht. Doch das konnte Arndt nicht von der Annahme abbringen, dass Lübben noch immer dieselben kranken Fantasien hegte wie damals. Dass er jetzt deutlich selbstbewusster war, machte ihn sogar noch gefährlicher.

„Gleich sollte das Ergebnis vorliegen", sagte Tim und öffnete einen Ordner auf dem Computer. „Jackpot!"

„Was hast du gefunden?", fragte Arndt nun deutlich angespannter.

„Jede Menge Bilder."

„Es sind keine von Elke", sagte Lübben.

Tim öffnete eines, auf dem Bildschirm erschien Elke.

„Und was ist das?", rief Arndt. Er packte Lübben wie zuvor am Pullover und zog ihn nahe an sein Gesicht. „Wo ist Elke, Sie Arschloch?"

„Ich habe sie nicht entführt. Die Bilder sind nicht von mir", blieb Lübben bei seiner Aussage.

„Ich fürchte, es sind noch weitere Bilder von Elke auf dem Rechner", erklärte Tim mit gesenkter Stimme. Es war offensichtlich, dass auch er getroffen war, so viele Bilder von ihr auf dem Rechner gefunden zu haben.

„Wo ist Elke?", brüllte Arndt erneut und wollte gerade ausholen, als Tim aufstand und sagte: „Mach deine Finger nicht schmutzig. Er ist es nicht wert."

„Ich schwöre bei meiner Mutter, dass ich nicht weiß, wie die Bilder auf den Rechner gekommen sind", versuchte Lübben, seinen Hals aus der Schlinge zu ziehen.

„Schwachsinn!", polterte Arndt. „Wo ist Elke?" Er schüttelte Lübben ordentlich durch, aber er schlug ihn nicht.

„Er hat einen Darknetzugang", ließ sich jetzt wieder Tim vernehmen. „Wollen Sie mir die Zugangsdaten verraten oder soll ich den Zugang über Ihre Cookies ansteuern?"

„Es sind Cookies gesetzt", wiederholte Lübben tonlos und ließ seine Schultern fallen, als ahnte er, was nun kommen würde. „Hören Sie: Ja, ich habe Fotos von ihr. Aber Sie müssen mir glauben, ich würde Elke niemals etwas antun, ich liebe sie, seit ich ihr das erste Mal begegnet bin." Lübben begann zu weinen, doch Arndt kaufte ihm dieses Schauspiel nicht ab.

„Ich bin drin", sagte Tim, der sich augenscheinlich Zugang zum Darknet verschafft hatte. „Mal sehen, welche Foren er zuletzt besucht hat."

Wieder tippte Tim etwas in den Rechner.

„Red mit mir. Was hast du?", fragte Arndt, der die Stille nicht ertragen konnte. Die Anspannung war kaum noch auszuhalten und alles in ihm schrie danach, fünf Minuten mit Lübben allein zu haben, aber dafür war es jetzt zu spät.

„Ich glaube, ich habe hier was." Wobei das andere Material, das er sich angeschaut hat, auch schon für eine weitere Verurteilung reichen dürfte. Bild- und Videomaterial von Jugendlichen, die live vergewaltigt werden, stehen unter Strafe."

„Das ist nicht echt. Das ist Snuff", widersprach Lübben, doch seine Worte klangen kein bisschen glaubwürdig.

„Das wird der Staatsanwalt entscheiden. Aber hier könnte was sein."

„Was?", fragte Arndt.

„Es gibt einen Beitrag über Elke."

„Eine Diskussion?"

„Ja."

„Was für eine Diskussion?"

„Geduld", bat Tim und fuhr kurz darauf fort: „Es geht um sie und die Fantasien der User. Was sie mit Elke anstellen würden."

Arndt schluckte. Wie krank konnten Menschen sein?

„Wollen Sie noch immer abstreiten, dass Sie nichts mit der Entführung zu tun haben?", fragte er, deutlich bemüht, ruhig zu bleiben.

„Lesen Sie die Texte, ich habe nur meine Bewunderung für sie kundgetan. Was kann ich für die Beiträge der anderen?"

„Ich fürchte fast, dass es stimmt", sagte Tim zu Arndts Überraschung. „Allerdings gibt es einige Benutzer, die überhaupt keinen Hehl daraus machen, was sie mit ihr anstellen würden, wenn sie ihr alleine ..."

„Ist gut, ich will das nicht hören", schnitt Brandt ihm das Wort ab, schließlich konnte er sich das auch so deutlich genug ausmalen. „Steht da etwas über ihre Entführung?"

„Gib mir ein bisschen Zeit. Es sind leider ziemlich viele Beiträge", blieb Tim sachlich. Arndt konnte nicht verstehen, wie Tim angesichts dessen so ruhig bleiben konnte. In ihm brodelte ein Vulkan, den er nur schwer unter Kontrolle halten konnte. Elke war gefangen, irgendwo kämpfte sie gerade um ihr Leben. Dass sie schon tot sein könnte, daran wollte er gar nicht denken, obwohl er Lübbens Akte nur zu gut kannte. Er hatte seine Opfer nach der schändlichen Misshandlung jedes Mal gleich getötet. Damals hatte er behauptet, dass die Frauen ihm viel bedeutet hätten und er nicht anders habe handeln können. Er habe sie für sich allein besitzen wollen.

Auch das war ein Grund, warum sich Arndt entschieden hatte, ihn in den Kreis der Verdächtigen aufzunehmen.

Er wusste nicht, warum er gerade jetzt an Bernd und seine Worte denken musste, dass Elke zunächst keine Gefahr drohe, weil Arndt das eigentliche Ziel sein könne. Angesichts der neuen Erkenntnisse war das aber geradezu absurd.

Dann hielt Tim inne und schaute Arndt an.

„Was ist los?", fragte er.

„Das solltest du selbst lesen."

Kapitel 14

„Abführmittel!", platzte es aus ihr heraus, nachdem sie ihr Geschäft über dem Eimer verrichtet hatte. „Er hat dir Abführmittel ins Essen getan." In diesem Moment wusste sie nicht, was ihr lieber gewesen wäre.

Jetzt saß sie wieder auf dem Bett und beim Blick auf den Eimer wurde ihr übel, aber sie behielt ihr Essen im Magen.

„Wie krank ist das?", überlegte sie laut. Andererseits wusste sie nur zu gut, wozu der Mann fähig war.

Er will, dass du gesund bleibst. Er will dich am Leben halten, denk nach!

Sie würde ihre Grenzen ausloten müssen, ihn überrumpeln, irgendwie. Aber das war leichter gesagt als getan. Es gab einfach nichts, womit sie ihn hätte überwältigen können.

„Doch!", entfuhr es ihr und ihr Blick wanderte wieder zum Eimer.

Der Gedanke war zwar alles andere als appetitlich, aber welche Wahl hatte sie? Es war an der Zeit, ein Risiko einzugehen. Natürlich in der Hoffnung, dass er sie nicht töten würde, wenn der Versuch, ihn zu überwältigen, misslang.

Doch um es überhaupt versuchen zu können, musste er die Tür öffnen und den Raum betreten. Bislang sah es nicht danach aus, dass das in absehbarer Zeit geschehen würde. Die Müdigkeit in ihren Beinen verriet ihr, dass es sicherlich schon spät am Abend war. So blieb ihr nichts anderes übrig, als zu warten. Sie durfte um keinen Preis einschlafen.

Ihre Lider wurden immer schwerer und irgendwann nickte sie kurz ein, nur um sofort wieder aufzuschrecken.

„Nicht einschlafen", ermahnte sie sich. Der Sekundenschlaf hatte sie einfach übermannt. Sie stand auf und schritt durch den kleinen Raum, vielleicht würde sie das wachhalten.

Bald fühlte sie sich wie ein Hamster in seinem Rad. Wie konnte man einem Tier nur so etwas antun, fragte sie sich, und drehte weiter ihre Runden. Ihr Entschluss, den Mann zu überwältigen, stand fest.

So verstrich die Zeit, doch der Mann erschien nicht. Stattdessen machte sich ihre Müdigkeit deutlich bemerkbar.

„Wo bin ich überhaupt?", fragte sie sich und trat an die Wand. Sie klopfte die Mauer ab, um etwas über ihre Substanz in Erfahrung zu bringen. Sie war kalt und das dumpfe Geräusch verriet ihr, dass sie massiv war.

„Es kann nur ein Keller sein", sagte sie zu sich selbst und fuhr sich mit der Hand kurz über das Kinn.

Was sollte sie mit dieser Erkenntnis anfangen? Sie wusste, dass sie all die Überlegungen nur anstellte, um nicht verrückt zu werden oder einzuschlafen. Sie musste sich ablenken, was in diesem winzigen Raum sehr schwierig war.

„Wann kommst du endlich?", fragte sie erneut in die Stille. „Und wo um alles in der Welt steckst du?" Damit meinte sie nicht den Entführer, sondern ihren Kollegen Arndt.

Entspann dich. Du weißt doch, wie Polizeiarbeit funktioniert. Zuerst würden sie die Anwohner fragen, ob sie einen Verdächtigen gesehen hatten. Daraufhin würden sie den Kreis der Verdächtigen verkleinern. Arndt und Willy waren Profis. Wenn jemand sie befreien würde, dann die beiden.

Plötzlich hörte sie Schritte. Jetzt musste es schnell gehen. Sie nahm den Eimer und stellte sich in kurzer Distanz zur Tür auf. Die Schritte kamen immer näher. Nun kam es auf sie an.

„Nicht zögern. Schmeiß ihm den Eimer an den Kopf und dann nichts wie raus!", sprach sie sich Mut zu. Sie hoffte, dass ihn der Kot und der Geruch lang genug ablenken würden, damit sie fliehen konnte.

Jetzt verstummten die Schritte und sie glaubte, die Geräusche eines klappernden Schlüsselbunds zu hören. Der Mann suchte bestimmt nach dem richtigen Schlüssel, um die Tür zu öffnen, aber warum dauerte das so lange? Ihre Anspannung stieg ins Unermessliche und ein stechender Kopfschmerz meldete sich. Das Letzte, was sie in diesem Moment gebrauchen konnte.

Endlich verstummten die Geräusche und sie hörte, wie der Mann sich an der Tür zu schaffen machte.

Zu dämlich, um eine Tür zu öffnen?, dachte sie verärgert. Noch immer hielt sie den Eimer in den Händen, um ihm die ganze Ladung an den Kopf zu werfen.

Die Tür schwang auf und ihr war, als würde die Anspannung sie von innen zerreißen. Es war nicht so, dass sie Aufregung oder Nervosität nicht kannte, ihr Job brachte das schließlich mit sich. Nicht nur einmal hatte sie einem Mörder oder Vergewaltiger gegenübergestanden und gedacht: Wenn ich jetzt einen Fehler mache, könnte es mein letzter gewesen sein.

Dennoch war das hier anders, ganz anders. Jetzt war

sie gefangen. Die Situation war viel beklemmender als alles, was sie bisher erlebt hatte.

Dann stand der Mann vor ihr und als sie ihn ansah, war sie starr vor Schreck.

Kapitel 15

„Verdammte Bullen", rief Staub und rappelte sich langsam auf. Brandt entging nicht, dass er sich beim Aufstehen unauffällig einen Gegenstand in die Tasche gesteckt hatte. Es war das, was Brandt gesehen und ihn stutzig gemacht hatte. Auch er zog seine Waffe und näherte sich Staub. „Kommen Sie ja nicht auf dumme Ideen."

„Mit Waffen seid ihr stark, mehr könnt ihr Arschlöcher nicht."

„Ich frage mich, auf wen von uns das wohl eher zutrifft?", entgegnete Brandt und wandte sich dann an Aydin. „Gut gemacht. Woher wusstest du, dass er hier auftauchen würde?"

„Ich kenne den Park. Er musste früher oder später hier langlaufen", antwortete Aydin und Brandt sah ihm an, dass er sich über das Lob freute.

„Was soll das hier werden? Wieso blasen Sie ihm nicht gleich einen. Drecksbullen."

„Sie halten schön den Mund und strecken die Hände nach vorne", sagte Brandt und gab Aydin ein Zeichen, ihm Handschellen anzulegen. Dann trat er an Staub heran.

„Was soll das? Ich bin nicht schwul."

„Sie haben da eben etwas in Ihrer Tasche verschwinden lassen und das werde ich jetzt dort herausholen. Wenn Sie Dummheiten machen, wird mein Kollege nicht zögern, Sie zu erschießen."

Man sah Staub an, dass ihm das Ganze nicht schmeckte, er zog eine Grimasse, aber das interessierte

Brandt herzlich wenig. Er griff mit der rechten Hand in dessen Hosentasche und zog den Inhalt heraus. Er hielt ein Handy und einen USB-Stick in der Hand.

„Was ist auf dem Stick?", fragte Brandt.

„Das geht Sie nichts an. Das dürfen Sie nicht", wurde Staub laut. Er warf Brandt einen bitterbösen Blick zu, dabei spannte er seine Brustmuskeln an und richtete sich auf.

„Einfach mal Klappe halten, Sie Testo-Opfer. Was ist auf dem Stick?", wiederholte Brandt.

„Ich nehme kein Anabol, du Schwächling. Kommen Sie, nehmen Sie mir die Handschellen ab. Und dieser Möchtegernhipster soll die Waffe runternehmen, dann will ich mal sehen, was Sie machen. Mann gegen Mann."

„Sie haben anscheinend noch immer nicht begriffen, wer hier die Spielregeln bestimmt. Was ist auf dem Stick?"

„Einen Dreck werde ich Ihnen sagen."

„Dann nicht. Wir werden das auf dem Präsidium klären." Brandt drängte den Mann vorwärts.

Sie gingen zum Wagen. Brandt ließ Aydin fahren, da er selbst neben dem Hünen auf der Rückbank Platz genommen hatte. Er traute Staub nicht über den Weg und wollte kein Risiko eingehen, falls dieser auf Dummheiten kam.

„Weiß Ihre Freundin eigentlich, dass Sie ein Kinderschänder sind?", fragte Aydin. Brandt hatte schon zuvor gespürt, dass ihm etwas auf der Zunge brannte. Er wirkte ruhig, aber er kannte seinen jungen Partner zu gut, um nicht zu wissen, wie sehr es in ihm brodelte.

„Was geht Sie mein Privatleben an?"

„Jetzt weiß sie es jedenfalls. Und das Jugendamt wurde auch informiert", antwortete Aydin kühl. Brandt wusste, dass Aydin das Amt noch nicht informiert hatte, es jedoch tun würde, sobald sie im Präsidium waren. Die ganze Sache ging ihm sehr nahe, kein gutes Zeichen. Als Polizist musste man, so schwer es einem fiel, immer Distanz wahren.

Brandt hatte in diesem Moment leicht reden, aber tief in seinem Herzen hatte er Verständnis für den jungen Vater, daher lag es ihm fern, ihn deswegen zu kritisieren. Als Polizist war man auch nur ein Mensch, Beruf hin oder her.

„Ich würde Lukas niemals etwas antun. Er ist das Beste, was mir je passiert ist", wurde Staub laut und wieder spannte er seinen Körper an. Seine unendliche Wut war fast spürbar und es schien, als würde er ihn und Aydin am liebsten mit seinen Händen zerquetschen.

„Da sagt Ihre Akte aber etwas anderes. Es ist mir unbegreiflich, wie man Sie auf freien Fuß setzen konnte", konterte Brandt.

„Weil nicht alle Menschen solche Arschlöcher sind wie ihr", rutschte Staub vor lauter Wut ins Du. „Ja, ich habe Scheiße gebaut, aber dafür habe ich bezahlt, mehr als ich verdient habe. Dieser dämliche Lübecker Bulle hat mir eine Falle gestellt. Er und seine Schlampe, diese Elke."

„Von einer Falle kann keine Rede sein. Sie haben zwei Zwillingsbrüder im Alter von zwölf Jahren vergewaltigt. Über Monate hinweg. Sie waren ihr Trainer und haben Ihre Position schamlos missbraucht", entgegnete Brandt kühl. Dieses Gejammer, dass man ihm unrecht getan habe, kannte Brandt von anderen Straftätern zur Genüge. Für solche Worte hatte er nicht mehr als ein Kopfschütteln übrig. Staub war ein gewalttätiger Pädophiler, das stand außer Frage.

„Das stimmt nicht. Die beiden wollten es auch. Ich habe nichts getan, was sie nicht wollten. Sie haben mich verführt."

„Halten Sie einfach Ihren Mund, bevor ich mich vergesse", rief Brandt und fast hätte er Staub mit dem Griff der Waffe eins auf den Kopf gegeben, doch er konnte sich gerade noch bremsen.

„Die Wahrheit will keiner wissen. Das hasse ich an Deutschland. Diese verlogene Moral. In anderen Ländern kriegen Frauen mit zwölf Jahren Kinder, nur in Deutschland muss man immer mit dem Finger auf die anderen zeigen. Glauben Sie wirklich, dass Zwölfjährige kein Verlangen haben? Ich hatte meinen ersten Samenerguss mit zehn, als mein Onkel an meinem Schwanz gespielt hat."

In den Akten war von diesem Hintergrund nichts zu lesen gewesen. Konnte es sein, dass Staub ihnen gerade beichtete, dass auch er als Kind missbraucht worden war? In den Unterlagen, die die Lübecker Kripo ihnen geschickt hatte, stand nichts darüber. An sich wäre es keine neue Erkenntnis, denn Täter waren oft selbst einmal Opfer solcher Verbrechen gewesen. Ein Teufelskreis, der schwer zu durchbrechen war, auch wenn es für manchen unlogisch klang, dass gerade ehemalige Opfer selbst zu Tätern wurden.

Wie konnte jemand, der als Kind vergewaltigt wurde, dasselbe später anderen Kindern antun? Wie konnte jemand, der als Kind verprügelt wurde, selbst zum Schläger werden? Die banale Antwort war: Weil sie es nicht anders kennengelernt hatten, weil ihr moralisches Empfinden es irgendwann zum normalen Verhalten zählte. Im Gegensatz zu ihm hatte Aydin bisher immer geglaubt, dass man solche schlimmen Schicksale mit guter psychologischer Betreuung zum Positiven wenden konnte.

„Was wollen Sie überhaupt von mir?", ließ sich Staub wieder vernehmen.

„Wie kommt es, dass Sie nach Köln gezogen sind? Sie sind doch im Lübecker Raum groß geworden. Keine Sehnsucht nach Familie und Freunden?"

„Was ist denn mit Ihnen? Der Hamburger Akzent von dem Türken ist nicht zu überhören und Ihrer auch nicht."

„Beantworten Sie nur meine Fragen", erwiderte Brandt, auf keinen Fall wollte er Staub an seinem Privatleben teilhaben lassen.

„Ich habe Karina übers Internet kennengelernt und es hat gleich gefunkt. Tja, bei dem heißen Körper war das auch nicht schwer. Dass sie genauso empfunden hat, war nach den Jahren im Knast für mich wie ein Sechser im Lotto. Nein, noch besser. Karina ist die Erfüllung meines Lebens. Was Besseres konnte mir nicht passieren. Und Lübeck? Dieses dreckige Provinznest mit den spießigen Norddeutschen kann mich am Arsch lecken."

Aydin fuhr auf den Parkplatz des Präsidiums.

„Besuchen Sie denn die alte Heimat manchmal?", fragte Brandt, der dem Hünen diese sensible Seite nicht abkaufen wollte, dafür wirkte er zu abgebrüht.

Andererseits: Wo sollte er Elke gefangen halten? Schließlich wohnte er bei Kreuz. Dass er Elke in ihrem Keller eingesperrt hatte, hielt Brandt für ausgeschlossen, ebenso den abwegigen Gedanken, dass Kreuz seine Komplizin sein könnte. Das wäre einfach zu absurd.

„Das geht Sie nichts an", blaffte Staub. Brandt wunderte diese heftige Reaktion ein wenig. Eben noch war er lammfromm und angestrengt darauf bedacht gewesen, sich von der besten Seite zu zeigen, und jetzt biss er wie der berühmt berüchtigte böse Wolf um sich.

„Aussteigen. Langsam bitte, und keine Dummheiten", sagte Aydin, als er die hintere Tür öffnete.

Staub stieg aus, ebenso Brandt. Sie brachten ihn in einen Verhörraum. Dann gingen sie rasch zu Fischer.

„Was, wenn sein Anwalt das herausfindet?"

„Bis dahin wissen wir, was auf dem Stick ist", erwiderte Brandt, der nicht eine Sekunde daran dachte, seinen Plan zu ändern. Außerdem hatte Staub im Verhörraum nicht um einen Anwalt gebeten, warum hätten sie da schlafende Hunde wecken sollen?

Nach kurzem Anklopfen betraten sie Fischers Büro.

„Hallo, hast du kurz Zeit für uns?"

„Nur fünf Minuten, Jungs, dann muss ich Tim unterstützen, der will Daten aus dem Darknet mit mir entschlüsseln, keine einfache Sache, aber das kriegen wir schon hin. Die Lübecker Kollegen sind Elkes Entführer offensichtlich ein Stück näher gekommen."

„Sehr gut. Das hier haben wir aus dem Besitz von Ingo Staub", sagte Brandt und gab ihm das Handy und den USB-Stick.

„Aus seinem Besitz?"

"Als wir ihn aufsuchten, war er in einer Shishalounge und ist weggelaufen, als er uns gesehen hat. Wir haben ihn letztlich doch verhaften können und das war in seiner Tasche. Ich finde das ziemlich verdächtig."

"Gut möglich, aber so ohne Benders Zustimmung … Ich weiß nicht."

"Seit wann bist du so pingelig?"

Das wollte sich Fischer anscheinend nun auch nicht sagen lassen. Er nahm das Handy und den Stick, dann griff er zwei Kabel und schloss beide Geräte an seinen Computer an.

Die Daten von dem Stick waren schnell ausgelesen.

"Das sieht nicht gut aus", sagte Fischer. "Ich glaube, ihr wollt den Inhalt nicht sehen."

"Ist es das, was ich denke?", fragte Aydin.

"Leider. Jede Menge Bilder von kleinen Jungs."

"So ein Dreckskerl. Ich rufe sofort das Jugendamt an", wurde Aydin laut und verließ den Raum.

"Was ist denn mit dem los? Du bist doch sonst der Hitzkopf", fragte Fischer.

"Junger Papa. Aber das sollte reichen, um Staub festzuhalten. Was ist auf dem Handy?"

"Warte, es ist passwortgesichert. Das könnte etwas dauern. Wie gesagt, ich muss mich gleich zu Tim dazuschalten. Ich lasse das Programm zum Auslesen der Handydaten im Hintergrund laufen. Sobald sie mir vorliegen, rufe ich dich an. In welchem Verhörraum bist du?"

"Nummer drei", antwortete Brandt. "Danke, du hast was gut bei mir."

"Ich mache das nur für Elke", sagte Fischer und wandte

seinen Blick wieder dem Bildschirm zu, wo gerade Tims Bild erschien. „Moin, Moin", grüßte Tim und Fischer schaltete sich dazu. „Hallo, wollen wir?"

„Hallo, Tim", grüßte Brandt noch schnell. „Wo ist Arndt?"

„Auf dem Weg", antwortete Tim. Auch wenn er gelassen rüberkommen wollte, konnte man ihm die Anspannung deutlich ansehen. Für die Lübecker Kollegen musste die Entführung viel schlimmer sein als für sie hier in Köln, das stand außer Frage, und Brandt wollte sich nicht ausmalen, was Arndt gerade durchmachte.

Das alles ist nichts im Vergleich zu dem, was Elke in diesem Augenblick durchstehen muss. Wenn sie noch lebt, dachte Brandt sorgenvoll.

„Wenn er weitere Unterstützung braucht, soll er sich bei uns melden. Er kann Aydin und mich jederzeit anrufen. Ich versuche ihn nachher auf dem Handy zu erreichen."

„Danke, wir wissen das sehr zu schätzen", antwortete Tim. Brandt verabschiedete sich und traf im Flur Aydin, der ihm wieder entgegenkam.

„Und, gibt es eine Spur zu Elke?", fragte er.

„Das wissen wir noch nicht. Aber wie es ausschaut, haben die Lübecker Kollegen eine heiße Spur. Hör zu, ich denke, es ist besser, wenn ich Staub allein verhöre. Mir ist nicht entgangen, dass dich das Ganze doch arg mitnimmt."

„Quatsch, das siehst du falsch. Ich bin Polizist und da gehört das zu meinem Job dazu. Das Jugendamt ist informiert. Dieser Drecksack wird niemandem mehr wehtun."

„Bleib du bei Fischer, hilf ihm beim Auslesen der Handydaten."

„Spinnst du? Ich kann das. Ich werde mich zu beherrschen wissen", blaffte Aydin und ging einfach voraus, sodass Brandt keine andere Wahl hatte, als die Entscheidung seines Partners zu akzeptieren. Als Brandt ihn eingeholt hatte, klingelte sein Handy.

„Fischer?", fragte er, obwohl er nicht damit rechnete, dass der Kollege sich so schnell melden würde. Es war auch nicht Fischer, sondern Bender, die anrief.

„In mein Büro", sagte sie und legte gleich wieder auf.

„Bender will uns sehen", sagte Brandt. Aydin nickte und sie bogen zu Benders Büro ab. Nach kurzem Anklopfen traten sie ein.

„Warum erfahre ich nicht, dass ihr Ingo Staub verhaftet habt?", fragte sie sichtlich gereizt.

„Wir sind davon ausgegangen, dass die Zentrale dich informiert. Wie es scheint, hat sie das."

„Wollt ihr mich auf den Arm nehmen? Ich habe euch gesagt, dass ich von euch über alles informiert werden will", brüllte Bender. Bevor Brandt etwas erwidern konnte, klopfte es an der Tür und Kramer trat ein.

„Du hast nach mir verlangt?", fragte er nonchalant. Brandt beschlich ein ungutes Gefühl.

„Gut, dass du da bist. Ich will, dass du mit den beiden Staub verhörst."

„Staub?"

„Ingo Staub, er wurde eben festgenommen. Außerdem wurde ein USB-Stick mit Kinderpornografie bei ihm sichergestellt."

Brandt fragte lieber gar nicht erst, woher Bender das wusste. Vermutlich hatte sie Fischer angerufen und ihm war nichts anderes übrig geblieben, als ihr reinen Wein einzuschenken. Dafür konnte er Fischer nicht böse sein. Bender hatte die Fähigkeit, Dinge blitzschnell zu analysieren und die richtigen Schlüsse zu ziehen. Das war mit ein Grund, warum sie ein so hohes Ansehen bei ihren Mitarbeitern und der Kölner Polizei insgesamt genoss.

„Soll mir ein Vergnügen sein. Aber ich bestehe darauf, die Hoheit über das Verhör zu haben."

„Die hast du", sagte Bender sehr zum Missfallen von Brandt. Das jetzt mit ihr zu diskutieren, wäre allerdings einem Todesstoß gleichgekommen. Bender wollte den beiden auf ihre Weise einen Rüffel verpassen, dessen war sich Brandt sicher. Eine Diskussion war völlig sinnlos, also verließen sie zu dritt ihr Büro und gingen zum Verhörraum.

„Ihr habt gehört, was die Chefin gesagt hat. Ich führe das Gespräch, erst auf mein Signal dürft ihr Fragen stellen. Ich habe da so meine Strategie."

Weder Aydin noch Brandt erwiderten etwas, zumal Brandt überhaupt nicht daran dachte, sich von Kramer Vorschriften machen zu lassen. Bender würde sich schon beruhigen, vor allem dann, wenn bei dem Verhör wertvolle Informationen herauskamen.

Sie betraten den Raum.

„Wo waren Sie so lange? Wo sind meine Sachen? Und wer ist dieser halbe Meter?", schimpfte Staub. Brandt musste kurz schmunzeln, obwohl ihm gar nicht danach zumute war, aber die Anspielung auf Kramer passte einfach.

„Mein Name ist Eugen Kramer. Ich bin der Fallanalytiker…"

„Das ist mir so was von scheißegal, wer oder was Sie Winzling sind. Wo sind meine Sachen? Ich kenne meine Rechte", schnitt Staub ihm das Wort ab.

„Sie haben überhaupt keine Rechte. Diese Rechte haben Sie mit dem Besitz des USB-Sticks verwirkt. Wir haben die widerlichen Fotos entdeckt", herrschte Brandt ihn an. Es war die einzige Sprache, die Staub verstand.

„Der Stick gehört mir nicht, er wurde mir untergeschoben", versuchte Staub sich zu erklären, aber Brandt glaubte ihm kein Wort.

„Deswegen war er also in Ihrer Hosentasche und deswegen haben Sie ihn heimlich eingesteckt, als er bei Ihrer Verhaftung aus der Tasche fiel."

„Verdammt, ja. Der Stick gehört Falk."

„Und wer ist dieser Falk?", fragte nun Kramer.

„Der Mann in der Shisha."

„Dann werden Sie uns sicherlich auch die genaue Anschrift und eine Handynummer von Falk nennen, damit wir Ihre Angaben überprüfen können. Sie sollten wissen, dass Ihnen ansonsten eine nicht unerhebliche Strafe droht. Der Besitz von Kinder…"

„Alter, redet der immer so schwülstig? Verdammte Scheiße", schnitt Staub Kramer erneut das Wort ab.

„Wenn Sie es noch einmal wagen, meinen Kollegen nicht aussprechen zu lassen, kleben wir Ihren Mund zu", entfuhr es Brandt. Er mochte Kramer zwar nicht, doch am Ende war er sein Kollege und gegenüber miesen Gestalten wie Staub würde er sicherlich nicht zeigen, dass auch er Kramer für einen Idioten hielt.

Staub schien von Brandts Worten wenig beeindruckt und diktierte ihnen die geforderten Angaben. „Das haben Sie aber nicht von mir. Ich bin kein Kameradenschwein, ich will nur nicht zurück ins Gefängnis. Ich liebe Karina. Ich will sie heiraten."

„Dann wird das Jugendamt ihr das Kind wegnehmen", konstatierte Aydin.

„Warum? Was hat das Ganze mit Lukas zu tun?", brüllte Staub und wollte aufstehen, doch die Handschelle, mit der sein Handgelenk am Tisch befestigt war, hinderte ihn daran, sodass er unsanft auf den Stuhl zurückfiel.

„Selbst wenn sich Ihre Angaben bestätigen sollten – allein der Kontakt zu Päderasten wird zwangsläufig dazu führen, dass man Ihnen den Umgang mit dem Sohn Ihrer Freundin untersagen wird", erklärte Kramer.

Brandt musste zugeben, dass Kramer die Zusammenhänge sehr schnell erkannt und richtig gedeutet hatte, schließlich hatte er nicht den gleichen Wissensstand wie er und Aydin.

Vielleicht schätzt Bender ihn deswegen, überlegte Brandt.

„Ich bin kein Kinderschänder. Dieser Arndt und diese Schlampe von Elke haben mich reingelegt, das habe ich schon Ihren Kollegen gesagt. Die ganze verfickte Welt weiß das und dennoch wollen mich alle am Boden sehen, sie wollen, dass ich in die Knie gehe und daran zerbreche. Aber ich werde nicht brechen. Ich nicht", erwiderte Staub und schob seinen Kopf kampflustig nach vorne. Er war wie ein wilder Stier, der nur darauf wartete, dass man ihn losband, damit er seine Hörner erbarmungslos zwischen die Rippen seiner Opfer stoßen konnte.

Brandt war überzeugt davon, dass Staub unter einer komplett falschen Selbsteinschätzung litt und seinen eigenen Lügen Glauben schenkte.

„Wenn Sie mit uns kooperieren, wird sich das positiv auf Ihre Verhandlung auswirken."

„Wobei soll ich kooperieren? Ich habe doch schon einen sehr guten Kumpel verpfiffen. Ich weiß noch immer nicht, was Sie verdammt noch mal von mir wollen", reagierte Staub ungehalten. Seine Wut schien inzwischen etwas verraucht zu sein.

„Sie sagten eben, dass Sie der Meinung seien, Elke Henschel und Arndt Schumacher wären dafür verantwortlich, dass man Sie verurteilt hat", sagte Kramer. Die Ruhe, die er dabei bewahrte, war für Brandt kaum fassbar, zumal er Aydin ansah, dass er ebenso angespannt war wie er selbst. Kramer hingegen schien das alles auszublenden.

„Das sind sie auch."

„Empfinden Sie deswegen starke Wut auf sie?"

„Ich würde der Schlampe ...", begann Staub, unterbrach aber sogleich seine Ausführung. „Was soll das werden?"

In diesem Augenblick klingelte das Telefon, das im Verhörraum stand. Brandt nahm den Anruf entgegen. Es war Fischer.

„Staub war in Lübeck", hörte er seinen Kollegen am anderen Ende der Leitung sagen.

Kapitel 16

„Genau so haben Sie mich auch damals angeschaut. Ich werde diesen Blick nie vergessen. Er begleitet mich noch heute nachts", sagte er. Hatte sie es überhaupt verdient, dass er ihr etwas Gutes tun wollte? „Ich weiß, Sie hassen mich. Sie haben mich schon immer gehasst."

„Ich hasse Sie nicht. Ich habe nur meine Arbeit gemacht", antwortete Elke, doch ihre Anspannung war nicht zu übersehen. Er mochte manchmal einfältig sein, aber er war nicht dumm, auch wenn er das immer wieder zu hören bekam. Sie hasste ihn, daran gab es keinen Zweifel.

„Stellen Sie diesen Scheißeimer weg. Was hatten Sie damit vor? Nach mir werfen?"

Ihr Blick verriet sie, es war ihm sofort klar. *Ich bin doch nicht blöd*, dachte er wütend.

Elke stellte den Eimer auf den Boden. Er sah ihr an, dass sie etwas sagen wollte, aber sie schwieg.

„Und jetzt schauen Sie mich nicht so an. Ich habe uns beiden etwas vorbereitet."

„Und das wäre?" Ihre Worte klangen gezwungen, als würde sie sie nur mit großer Mühe über die Lippen bringen.

Sie sieht aus, als hätte sie Verstopfung und würde sich gerade auf dem Klo einen abmühen, dachte er amüsiert. Dieser Gedanke drängte sich auf, als er wieder zum Eimer schaute.

„Hat der Trick mit dem Abführmittel also doch geklappt." Er lachte kurz auf und applaudierte sich selbst dafür. „Ich sage ja, Sie müssen gesund bleiben, bis alles so läuft, wie es laufen soll. Ich werde Ihnen nichts tun, obwohl Sie mir sehr viele Gründe dafür geben."

Wieder antwortete sie nicht, sie sah auf den Boden. Dann schaute sie hoch.

„Warum halten Sie mich gefangen?"

„Das werden Sie noch früh genug erfahren. Jetzt nicht. Sie müssen sich mein Vertrauen erst verdienen, das hatten wir doch schon", blaffte er sie an, gleichzeitig spürte er, wie es wieder in ihm zu brodeln begann. Sie wollte einfach nicht begreifen, wie die Sache zu laufen hatte, sie brachte ihn zur Weißglut! Er holte tief Luft und brüllte: „Ich stelle die Fragen, Sie gehorchen. Ist das denn so schwer zu verstehen?"

Elke schrak zusammen. Das gefiel ihm, so wollte er sie haben. Sie sollte gar nicht erst auf den Gedanken kommen, ihn zu überlisten, denn das war schlicht unmöglich. Er war nicht dumm.

„Nein, ich bin schlau", flüsterte er.

„Wie bitte?", fragte sie und erst da wurde ihm bewusst, dass er den Gedanken beinahe laut ausgesprochen hatte.

„Halten Sie einfach den Mund, bevor ich mir das Ganze anders überlege. Hier, überziehen", sagte er und reichte ihr einen schwarzen Beutel.

„Wo bringen Sie mich hin?"

„Ich habe doch gesagt, keine Fragen!", schrie er.

„Verdammt, es ist eine Überraschung!"

Elke schien verunsichert, aber dann streifte sie den Beutel über den Kopf. Er näherte sich ihr und zückte ein Seil, um den Beutel schön eng an ihrem Hals zu verschließen. Danach nahm er noch ein schwarzes Tuch und band es um ihre Augen. Er wollte ganz sichergehen, dass sie nichts sah. Sie sollte nicht wissen, wo er sie versteckt hielt.

Dann griff er nach ihrer Hand und drehte sie hinter ihren Rücken, im selben Moment schrie Elke kurz auf. „Ich werde Ihnen nichts tun, ich will nur sichergehen, dass Sie keine Dummheiten machen." Als er sie an sich drückte, spürte er, dass sie am ganzen Körper zitterte. Auch das gefiel ihm, er fühlte sich stark. Diese Macht über sie gab ihm Sicherheit.

Er schob sie aus der Tür und in einen Nebenraum. Dort nahm er ihr zuerst die Augenbinde ab, dann den schwarzen Beutel. Er hatte hier etwas für sie vorbereitet.

„Gefällt es Ihnen?", fragte er und zeigte auf den gedeckten Tisch, der in der Mitte des Raumes stand. Im Hintergrund lief leise Musik. Er wollte ihr zeigen, dass er sich wirklich Mühe gegeben hatte. Auf dem Tisch standen Kerzen, um der Atmosphäre etwas Romantik zu verleihen, dabei war die Situation alles andere als romantisch.

Elke antwortete nicht.

„Warum sind Sie so wortkarg?", fragte er etwas einfältig. „Ach ja, wie unhöflich von mir. Ich habe Ihnen ja noch gar nicht unseren Gast vorgestellt."

Kapitel 17

Arndt trat an den Bildschirm und las den Text:

„*Es freut mich außerordentlich, dass Sie es so weit gebracht haben. Sicherlich brennt in Ihnen die Frage, wer ich sein mag. Tja, so ist das im Leben. Manches weiß man und manches weiß man besser nicht. Ich muss Sie leider enttäuschen. Dass Sie so weit gekommen sind, besagt nur eins: dass Sie nichts, aber auch gar nichts wissen und erst recht nicht, was noch auf Sie und die liebe Elke zukommt.*"

Arndt musste sich abwenden. Dieser höhnische Text reizte ihn bis aufs Blut. Umso schwerer fiel es ihm, ruhig zu bleiben. Schließlich las er weiter:

„*Warum gerade Elke? Ganz einfach: Weil es mir Genugtuung bereitet, Sie leiden zu sehen. Das ist, davon bin ich überzeugt, noch viel grausamer für Sie, als wenn ich Sie persönlich entführt hätte.*"

Wieder unterbrach sich Arndt. „Dieser Feigling", platzte es aus ihm heraus.
„Na ja, so feige ist das nicht. Immerhin zeigt sich der Täter, was bedeutet, dass ich mit der Entführung nichts zu tun habe", kommentierte Lübben den Text und hob seine Brust, um seine Unschuld zu unterstreichen. Arndt fand das absolut lächerlich.
„Sie halten einfach den Mund", herrschte er Lübben an, dann wandte er sich an Tim: „Wäre es denkbar, dass

diese Mitteilung von Lübben stammen könnte?"

„Denkbar wäre es. Gut möglich, dass er einen anderen Computer verwendet hat oder ein Handy. Das herauszufinden, wird schwierig. Ich könnte Fischer von den Kölner Jungs um Unterstützung bitten."

„Mach das bitte", sagte Arndt und wandte sich wieder dem Text zu.

„Und noch was. Ihre Emotionalität, Ihre Wut macht Sie berechenbar. Ich kenne Ihre Schritte, bevor Sie diese überhaupt unternommen haben. Und seien Sie versichert, Sie sind mir so nahe wie der Nordpol dem Südpol. Wenn Sie nicht bald etwas mehr Verstand zeigen, fürchte ich, dass Elke die Konsequenzen dafür tragen wird. Strengen Sie sich endlich mal an oder bedeutet sie Ihnen nichts?"

„Verdammt!", brüllte Arndt, er packte Lübben und schüttelte ihn durch. „Sind Sie das?"

„Nein. Ich weiß nicht, wer das ist!"

„Aber Sie haben Kommentare dazu geschrieben."

„Ja und?"

„Das ist eine Straftat", antwortete Arndt. „Lügen Sie mich nicht an."

„Wann kapieren Sie Kleingeist endlich, dass ich nichts mit der Entführung Ihrer Kollegin zu tun habe? Ich würde Elke das nie antun. Ich liebe sie. Ja, ich sammle Fotos von ihr. Aber lesen Sie meine Kommentare. Ich habe nie schlecht über sie geschrieben. Ich möchte sie als Partnerin gewinnen."

Arndt holte aus, doch er konnte sich bremsen, er

schlug nicht zu.

Inzwischen wusste er nicht mehr, was er glauben sollte. Vielleicht hatte Lübben recht, vielleicht nicht. Vielleicht erlaubte er sich einen Scherz auf Kosten der Lübecker Polizei und vor allem auf Kosten von Elke.

„Kannst du Bernd bitten, sich einmal mit Lübben zu unterhalten?", fragte Arndt.

„Mach ich. Wohin gehst du?"

„Zum nächsten Psycho", presste er heraus und stieß Lübben zur Seite, wodurch dieser fast gestürzt wäre. „Verhaftet das Arschloch", sagte er zu einem anderen Kollegen. Dann verließ er die Wohnung.

Was, wenn du dich irrst und keiner von ihnen Elke entführt hat?, fragte er sich, während er die Treppen hinunterging. Nein, das konnte und wollte er nicht glauben, denn das hätte nichts anderes bedeutet, als dass er ihr keinen Schritt näher gekommen war und sie daher in höchster Gefahr schwebte.

Doch, du bist ihr näher gekommen. Die Nachricht aus dem Darknet. Wenn es Fischer und Tim gelingen würde, die Herkunft des Beitrags zu identifizieren, würden sie ihn fassen. Jeder Mensch machte Fehler. Gerade Psychopathen.

Arndt stieg in seinen Wagen, sein nächstes Ziel war Marius Bremer. Er war anerkanntermaßen ein Genie. Ein Genie und ein Psychopath der schlimmsten Sorte.

Laut den Unterlagen von Tim wohnte er jetzt in Sereetz. Von Bad Schwartau aus dauerte die Fahrt über die A1 keine zehn Minuten bis dorthin. In Sereetz angekommen, parkte Arndt in der Straße Am Rugenberg und schaute sich um.

Bremer hatte ein Einfamilienhaus, das etwas abgelegen stand. Arndt lief augenblicklich ein kalter Schauer über den Rücken. Der perfekte Ort, um eine Geisel gefangen zu halten!

Er stieg aus, entsicherte seine Waffe, behielt sie allerdings noch im Holster. Natürlich wusste er, dass das gefährlich war, es konnte sich jederzeit ein Schuss lösen, aber er musste sofort reagieren können, wenn er das Gefühl hatte, dass Bremer Elke versteckt hielt. Und sein Bauchgefühl, das ihn selten täuschte, sagte ihm sehr deutlich, dass hier ganz gewaltig etwas im Busche war.

Wachsam betrat er den Vorgarten, der alles andere als gepflegt war, und folgte dem schmalen Steinweg, der bis zur Haustür führte. Dann klingelte er.

Niemand kam. Er betätigte die Klingel erneut und wieder reagierte niemand. Ein Blick zur Garage sagte ihm, dass Bremer zu Hause sein musste, schließlich stand ein Wagen davor.

Also klingelte er ein drittes Mal. Es geschah nichts. Jetzt klopfte er an die Tür. „Herr Bremer, ich weiß, dass Sie da sind", brüllte er, doch keine Reaktion. Er glaubte Musik zu hören.

„Dieses verdammte Arschloch", sagte er zu sich und trat ein paar Schritte zurück. Er folgte dem schmalen Weg und suchte nach einem Hintereingang. Auf der Rückseite des Hauses sah er eine Tür. Es schien der Eingang zum Keller zu sein. Er stieg die Stufen nach unten und zog an dem Türgriff. Die Tür war offen. Leise trat er ein, gleichzeitig zog er seine Waffe aus dem Holster.

Jetzt konnte er die Musik deutlicher hören. Die

Atmosphäre hier unten war geradezu beängstigend. Da er schon einmal da war, wollte er die Gelegenheit nicht ungenutzt lassen und öffnete die erste Tür, die er sah. In dem Raum standen eine Waschmaschine und ein Wäschetrockner. Keine Spur von Elke. Er verließ den Raum und betrat den nächsten. Hier lagerten jede Menge Vorräte. *Wozu braucht ein Mensch so viel Essen?*, fragte er sich und verließ den Raum. Danach wollte er den dritten Raum betreten, aber dieser war verschlossen.

„Elke", sagte er und dann hörte er etwas. „Elke", rief er und wieder vernahm er das Geräusch. Die Anspannung stieg, er rüttelte an der Tür. Dass die Musik im Hintergrund plötzlich verstummt war, realisierte er nur nebenbei. Viel zu sehr war er damit beschäftigt, diese verdammte Tür zu öffnen.

Dein Spezialwerkzeug! Er holte es aus der Jackentasche.

„Was machen Sie da?", wurde er in diesem Moment scharf unterbrochen. Als er sich umdrehte, sah er Marius Bremer vor sich. Er hatte sich im Vergleich zu seiner Verhaftung vor fünf Jahren kaum verändert. Noch immer war er sehr schlaksig und hatte ein eingefallenes, verbrauchtes Gesicht, was wohl vom vielen Rauchen und den Drogen kam. Seine Haare gingen ihm bis zum Kinn und sahen so ungepflegt aus, wie Arndt es in Erinnerung hatte, nur dass sie inzwischen etwas grauer waren. Wenn er sich verändert hatte, dann nur im Gesicht, es wirkte älter und wies noch mehr Falten auf als damals.

„Öffnen Sie die Tür", forderte Arndt ihn auf und hielt ihm die Waffe vors Gesicht.

„Sie sind noch immer der gleiche kranke Straßenbulle", entgegnete Bremer ungerührt. Er zog an seiner Zigarette und blies Arndt den Rauch ins Gesicht.

„Öffnen Sie die Tür", drängte Arndt und verkniff sich ein Husten, diesen Gefallen wollte er Bremer, der nichts von seiner Überheblichkeit verloren hatte, nicht tun.

„Und wenn nicht? Sie wissen, dass Sie sich gerade strafbar machen. Sie sind in mein Haus eingebrochen und halten mir eine Waffe vors Gesicht, die noch dazu entsichert ist. Wenn ich Sie hier und jetzt erschießen würde, wäre das Notwehr."

„Vielleicht ist Ihnen entgangen, dass ich derjenige mit der Waffe in der Hand bin", entfuhr es Arndt. Er konnte nicht verstehen, warum man Bremer überhaupt aus dem Gefängnis entlassen hatte.

In den Unterlagen stand etwas von guter Führung, aber davon war gerade nichts zu erkennen. Bremer lebte noch immer in seiner eigenen kranken Welt. Zu viel Intelligenz vertrugen einige Menschen einfach nicht.

„Öffnen Sie jetzt diese verdammte Tür, bevor ich mich vergesse", wurde Arndt laut. Bremers Drohung interessierte ihn kein bisschen.

„Ich warne Sie, Sie wollen bestimmt nicht, dass ich die Tür öffne", entgegnete Bremer. Sein anschließendes hinterhältiges Lachen machte Arndt nur noch wütender.

„Öffnen Sie diese Tür, ich sage es nicht noch einmal."
„Ich habe Sie gewarnt. Der Schlüssel ist in der Küche."
„Warum schließen Sie den Raum überhaupt ab?"
„Das hat seine Gründe." Wieder war da dieses heimtückische Lachen, das Arndt fast um den Verstand brachte. Wie konnte ein Mensch so von sich überzeugt

sein und ihn derart reizen?

„Dann holen wir den Schlüssel", antwortete Arndt und drängte den Mann vorwärts. Sie kamen noch an zwei weiteren Räumen vorbei, in die Arndt kurz hineinschaute, da sie nicht abgeschlossen waren. Aber dort war nichts.

Als sie in der Küche angekommen waren, nahm Bremer den Schlüssel aus der Schublade. „Sie sollten den Raum wirklich nicht betreten. Was sie dort sehen werden, wird Ihnen nicht gefallen."

Konnte es sein, dass Arndt plötzlich eine leichte Unsicherheit in Bremers Augen sah? Und war das etwa Angstschweiß auf seiner Stirn?

Arndt hatte etwas in dem Raum gehört. Es war, als hätte jemand auf seinen Ruf nach Elke reagiert. Genau deswegen musste er sofort in diesen Raum.

Streng genommen war Bremer der perfekte Entführer. Dass er ihn nicht gleich aufgesucht hatte, ärgerte ihn. Bremer wohnte in einem abgeschiedenen Haus, etwas entfernt von den Nachbarn. Zudem lebte er allein, er war hochintelligent und ein Computernerd.

Somit war es durchaus möglich, dass Bremer die Nachricht im Darknet für ihn hinterlassen hatte. Es passte alles perfekt zusammen. Die Nachricht aus dem Darknet musste einfach von ihm sein. Arndt spürte, dass er immer nervöser wurde und dass die Hand, in der er die Waffe hielt, leicht schwitzte.

„Nach unten." Er drängte Bremer zurück in den Keller, diesmal mit etwas Abstand. Er wollte sich von diesem Psycho nicht überrumpeln lassen. Bremers Schritte wurden immer langsamer, als ahnte er, was ihn gleich erwartete.

„Und jetzt öffnen Sie die Tür. Keine Dummheiten", sagte Arndt, als sie wieder vor der Kellertür standen. Er versuchte sich seine Nervosität nicht anmerken zu lassen.

Bremer trat an die Tür. „Sie wollen nicht, dass ich sie öffne", erklärte Bremer erneut.

„Machen Sie endlich diese Tür auf", schrie Arndt.

„Öffnen Sie sie doch selbst." Bremer reichte ihm den Schlüssel. Arndt nahm ihn, hielt die Waffe aber nach wie vor auf Bremer gerichtet.

„Wenn Sie sich nur einen Millimeter bewegen, erschieße ich Sie. Sie wissen, dass ich nicht scherze."

Bremer fasste sich an den rechten Oberschenkel. „Wie könnte ich." Seine Worte waren wie Giftpfeile. Arndt hatte ihn damals vor der Verhaftung, als Bremer fliehen wollte, nach mehreren Warnungen in den Oberschenkel geschossen und ihn so an der Flucht gehindert.

Immer wieder zu Bremer schauend, öffnete Arndt vorsichtig die Tür. Ein komischer Geruch schlug ihm entgegen. Es roch wie im Zoo, wie in den Raubtierkäfigen.

„Elke!", sagte er, aber dann erschrak er und warf die Tür sofort wieder ins Schloss. „Sie Schwein, warum haben Sie das nicht gleich gesagt?"

„Was ist los mit Ihnen? Ich habe Sie doch gewarnt und Ihnen geraten, die Tür nicht zu öffnen", reagierte Bremer amüsiert. Er lachte dieses hohe Lachen, das er auch damals in Verhören von sich gegeben hatte und das Arndt so extrem aufgeregt hatte.

Wie konnte ein Mann so lachen?, dachte er angewidert.

In dem Raum hielt Bremer nicht Elke gefangen, sondern Schlangen. Arndt wusste nicht, wie viele es waren und ob sie alle legal gehalten werden durften. Die Geräusche, die er wahrgenommen hatte, waren die Geräusche der Schlangen gewesen. Schon damals hatte sich Bremer als eigenartiger Reptilienfan geoutet. Anscheinend hatte er nichts von dieser Neigung verloren. Aber machte ihn das zu einem Entführer? So oder so, Arndt wollte nicht glauben, dass Bremer nichts mit Elkes Entführung zu tun hatte.

„Wenn Sie weiter lachen, werden Sie den Griff meiner Waffe zu spüren bekommen", schnaubte Arndt. Bremer lachte noch immer, er machte sich offensichtlich über ihn lustig.

„Manche Menschen lernen es nie. Die meisten können auch gar nicht anders, ihr begrenzter Intellekt lässt keine andere Reaktion zu. Es ist erfreulich, zu sehen, dass sich Ihr Intellekt seit unserer letzten Begegnung keinen Zentimeter zum Positiven verändert hat."

„Dieser bescheidene Intellekt hat Sie Superhirn immerhin ins Gefängnis gebracht. Vielleicht sind Sie doch nicht so ein Genie? Die Wahrheit schmerzt immer", erwiderte Arndt. „Genug. Vorwärts."

„Was wollen Sie noch von mir? Sie hatten Ihren Spaß. Elke ist nicht hier."

„Elke? Woher wissen Sie, dass ich wegen Elke hier bin?", antwortete Arndt überrascht. Hatte sich Bremer eben verraten?

„Das ist nicht Ihr Ernst?" Bremer schüttelte ungläubig den Kopf.

Da fiel es auch Arndt wieder ein. Natürlich, er hatte in

seiner Gegenwart Elkes Namen gerufen und jemand wie Bremer war nicht dumm. Der Stress hatte Arndt für einen Augenblick aus dem Konzept gebracht. Noch so einen Fehler durfte er sich nicht erlauben.

„Wurde diese dreckige Nutte also entführt?" Bremers Hand fuhr zur Hosentasche seiner kurzen blauen Jeans.

„Hände schön oben behalten", antwortete Arndt, der seine Waffe noch immer auf ihn gerichtet hielt.

„Das glauben Sie doch nicht wirklich? Ihre Bullenschlampe ist nicht hier. Welchen Grund hätte ich haben sollen, sie zu entführen? Sie wissen doch, dass ich schwul bin. Wenn, dann hätte ich Sie entführt und meinen dicken Schwanz in Ihren …"

„Halten Sie endlich den Mund", wurde Arndt laut und presste den Lauf der Waffe gegen Bremers Wange.

„Ganz ruhig, Straßenköter. Nicht, dass ein unentschuldbares Unglück passiert."

Arndt war es ein Rätsel, wie ein hochintelligenter und gebildeter Mann wie Bremer eine so vulgäre Sprache sprechen konnte.

Weil er ein Psycho ist!, gab er sich selbst die Antwort.

Sie betraten die Küche. „Wir werden jetzt jedes Zimmer absuchen."

„Sie wollen es einfach nicht kapieren, oder? Glauben Sie im Ernst, ein halbwegs intelligenter Krimineller würde diese spießige Fotze in einem Zimmer hier oben gefangen halten?"

„Es reicht. Rechte Hand vorstrecken", sagte Arndt und Bremer gehorchte. Arndt befestigte eine Handschelle an seinem Handgelenk und forderte ihn auf, sich auf den Boden zu setzen, damit er die andere Handschelle am

Heizungsrohr befestigen konnte.

„Mein Anwalt wird sich freuen. Sie wissen anscheinend noch immer nicht, mit wem Sie sich anlegen", wurde Bremer laut.

„Doch, Sie sind das gleiche dämliche Arschloch wie damals."

„Dämlich? Ich bin nicht dämlich", entgegnete Bremer, der augenscheinlich nicht damit klarkam, dass man an seiner Intelligenz zweifelte. Das hatte ihn schon damals zur Weißglut gebracht und Arndt erinnerte sich sehr gut an Bremers Worte bei seiner Verhaftung: „Ich werde Sie bestrafen, so hart, dass Sie vor Schmerz und Verzweiflung kein Auge zutun werden."

Dass er damals keinen physischen, sondern einen psychischen Schmerz gemeint hatte, war Arndt bewusst. Er erinnerte sich auch daran, dass Bremer Elke angeschaut hatte, als er die Drohung an ihn richtete.

Deswegen war Bremer auf der Liste der Verdächtigen. Sie alle hatten sich dahingehend geäußert, Elke entführen zu wollen.

„Geben Sie mir wenigstens eine Zigarette?", bettelte Bremer. Arndt war längst im Wohnzimmer, wo er einen Computer auf einem Bürotisch entdeckt hatte, an den er nun herantrat. Der Bildschirm war noch aktiv, sodass Arndt sehen konnte, welches Programm gerade lief.

„Darknet?", entfuhr es ihm.

Kapitel 18

„Was wollten Sie in Lübeck?", fragte Brandt.

„Wieso in Lübeck?"

„Wir haben auf Ihrem Handy E-Mails von der Deutschen Bahn gefunden. Sie waren die letzten zwei Monate sechs Mal in Lübeck", erklärte Brandt. Er hatte diese Info gerade von Fischer am Telefon erhalten.

„Ja und? Darf ich nicht nach Lübeck? Das ist ein freies Land und ich kann reisen, wohin ich will."

„Sie haben uns gegenüber aber erwähnt, dass Sie mit Ihrer alten Heimat abgeschlossen hätten. Warum kehren Sie dann so oft dorthin zurück?"

„Das war geschäftlich."

„Was für Geschäfte waren das?"

„Das geht langsam zu weit. Was soll der ganze Scheiß? Was werfen Sie mir vor?"

„Beantworten Sie nur die Fragen", forderte Brandt.

„Jetzt hören Sie mir mal zu, Sie beschissener Bulle, ohne meinen Anwalt sage ich kein Wort mehr."

„Das ist Ihr gutes Recht. Es wird aber immer den Beigeschmack haben, dass Sie etwas zu verheimlichen haben", schaltete sich Kramer wieder ein. „In Ihrem eigenen Interesse …"

„In meinem Interesse? Was wissen Sie Gartenzwerg von meinem Interesse? Glauben Sie im Ernst, dass Bullenschweine wie Sie mir helfen? Sie wollen mich doch nur in irgendeine Falle locken, mich zurück in den Knast bringen. Meinen Sie, ich durchschaue das Ganze nicht? Sie haben es auf mich abgesehen, weil Sie mit meinem neuen Leben und meinem Glück nicht klarkommen. Aber ich lasse mir das von niemandem wegnehmen", brüllte Staub und nur die Handschelle hinderte ihn daran, nach Kramer zu greifen.

Brandt hatte genug gehört. Er gab Aydin ein Zeichen, ihn nach draußen zu begleiten. Kramer blieb bei Staub zurück.

„Wir müssen herausfinden, was genau Staub nach Lübeck getrieben hat. Gut möglich, dass er wirklich nichts mit der Entführung zu tun hat."

„Glaube ich auch. So gut schauspielern kann er nicht. Ich werde gleich die Zentrale informieren, dass sie sich diesen Falk schnappen sollen. Spätestens dann wissen wir, ob Staub gelogen hat oder nicht."

„Sehr gut. Außerdem brauchen wir einen Durchsuchungsbeschluss für die Wohnung von Staub, das kannst du auf dem Weg zu unserem nächsten Verdächtigen klären. Wir müssen unbedingt Bender bitten, eine Telefonkonferenz mit dem Lübecker Team abzuhalten. Wir müssen uns besser abstimmen."

„Was machen wir mit Kramer?"

„Der soll sich ruhig weiter mit Staub rumschlagen. Vielleicht kommt er ja doch noch an nützliche Informationen."

„Das glaube ich kaum, Staub würde ihm am liebsten den Schädel einschlagen."

Brandt schmunzelte, schließlich glaubte auch er nicht daran, dass Kramer wertvolle Informationen von Staub erhalten würde.

Als sie im Auto saßen, informierte Aydin die Zentrale, während Brandt ihr nächstes Ziel ansteuerte. Danach rief

Aydin bei Bender an.

„Habt ihr Neuigkeiten?", fragte sie.

„Nicht wirklich. Staub war zwar die letzten zwei Monate sechs Mal in Lübeck, aber er wollte nicht damit rausrücken, weswegen. Kramer ist noch bei ihm. Vielleicht erfährt er den Grund. Und bevor dich wieder zuerst die Zentrale informiert: Staubs Freund Falk Schuster soll ein Pädophiler sein. Der USB-Stick, den wir bei Staub gefunden haben, soll angeblich ihm gehören."

„Seid ihr auf dem Weg zu dem dritten Verdächtigen?", fragte Bender folgerichtig.

„Genau. Wir finden, es wäre sinnvoll, wenn wir später eine Telefonkonferenz mit den Lübecker Kollegen abhalten", antwortete Aydin.

„Willy und ich haben vorhin darüber gesprochen. Heute Abend um 22 Uhr werden wir sie durchführen. Im Besprechungsraum Stockholm. Seid bitte pünktlich. Und haltet mich auf dem Laufenden."

„Machen wir", antworteten Aydin und Brandt synchron. Brandt schaute nachdenklich auf die vorbeiziehenden Häuser und Straßen. Er wusste nicht, warum er gerade jetzt daran denken musste, doch er fragte sich, ob Köln inzwischen seine Heimat geworden war. Natürlich lebte er hier schon seit Jahren. Aber war Köln deswegen seine richtige Heimat oder schlug sein Herz noch immer für Hamburg?

Die Frage würde am einfachsten dadurch zu beantworten sein, wo er eines Tages beerdigt werden wollte.

„Hamburg", flüsterte er leise.

„Wie bitte?", fragte Aydin.

„Nichts", antwortete Brandt.

„Worüber grübelst du schon wieder nach? Du hast doch eben *Hamburg* gesagt, oder?"

„Ich habe mir die Frage gestellt, ob Köln schon meine Heimat ist. Wie ist das bei dir?"

„Meine Heimat ist da, wo meine kleine Familie ist. Wo meine Frau und mein Kind zu Hause sind, bin ich zu Hause."

„Du hoffnungsloser Romantiker", lachte Brandt. „Aber wenn du alt wirst und stirbst, wo willst du dann beerdigt werden?"

„Gar nicht. Ich will, dass man meine Asche auf der Elbe verstreut."

„Und warum nicht auf dem Rhein?"

„Keine Ahnung. Ich bin in Hamburg geboren, habe mir ehrlich gesagt noch nie Gedanken darüber gemacht, aber ich bin ja auch ein paar Generationen jünger als du."

„Du Scherzkeks." Brandt schüttelte schmunzelnd den Kopf. Über den Tod zu sprechen, war nie einfach, obwohl sie von Berufs wegen jeden Tag damit konfrontiert wurden. Der eigene Tod war eine ganz andere Geschichte.

Inzwischen hatten sie Köln-Libur erreicht. Der Stadtteil wirkte nicht wie ein Teil Kölns, sondern eher wie ein kleines eigenständiges Dorf, verträumt und friedlich. Immerhin lagen zwischen dem Polizeipräsidium und Libur auch mehr als fünfzehn Kilometer. Köln war größer, als man gemeinhin annahm.

Brandt steuerte auf die Kuxgasse zu.

„Findest du das nicht schon etwas seltsam, dass die Verdächtigen, die wir aufsuchen, zum großen Teil

Pädophile sind?", fragte Aydin.

„Und Vergewaltiger", korrigierte Brandt. „Sicher hätte Arndt die Liste noch erweitern können, aber irgendwo müssen wir ja anfangen. Und nach dem bisherigen Verlauf hatten beide, die wir befragt haben, ein Motiv, Elke zu entführen. Beide Verdächtige hassen Arndt und sie." Brandt parkte den Wagen.

„Vor allem Arndt", betonte Aydin.

Als sie ausstiegen, sah Brandt bereits Andre Vogel, der sich gerade mit einem Mann über den Gartenzaun unterhielt. So ungern er es zugeben mochte, Vogel wirkte wie der nette Nachbar von nebenan. Er war etwas kleiner als Brandt und leicht übergewichtig. Die Brille verlieh seinem runden Gesicht etwas Freundliches. Er sah wie jemand aus, der gerne lachte und von Grund auf liebenswürdig war, aber niemals wie jemand, der sich an Kindern verging.

Und doch tut er es!

Sie gingen auf ihn zu und für einen kleinen Augenblick sah Brandt, dass sich Vogels Mundwinkel verzogen, als spürte er, dass Gewitterwolken im Anmarsch waren.

„Wir sehen uns, Nachbar", sagte er und ging rasch den Polizisten entgegen. „Sie wollen doch sicher zu mir?", fragte er überaus zuvorkommend.

So merkwürdig sich das anhören mochte, aber Brandt hatte schon öfter die Erfahrung gemacht, dass Kriminelle Polizisten oft erkannten, bevor sie sich ausgewiesen hatten. Brandt hatte sich schon häufig gefragt, woran das lag, schließlich waren sie als Kriminalpolizisten unauffällig angezogen. Vielleicht hing es damit zusammen, dass sie immer zu zweit auftraten, vielleicht auch an ihrem Gang oder an ihrer Ausstrahlung. Walter hatte einmal gescherzt: „Polizisten haben einen ganz bestimmten Körpergeruch." Doch daran wollte Brandt nicht so recht glauben, am Ende waren sie Menschen wie alle anderen, mit dem kleinen Unterschied, dass sie Verbrecher jagten.

„Das ist richtig. Wir sind von der Kriminalpolizei Köln und möchten Sie kurz sprechen", begann Brandt.

„Kommen Sie doch bitte ins Haus. Das müssen wir ja nicht unbedingt in aller Öffentlichkeit tun", sagte Vogel noch immer sehr entgegenkommend. Es war offensichtlich, dass ihm seine Vergangenheit peinlich war.

Gemeinsam betraten sie sein Haus. Alles wirkte penibel aufgeräumt. Es lag nichts da, wo es nicht liegen sollte. Wie es schien, war Vogel ein überaus ordentlicher Mensch, fast schon pedantisch, fand Brandt.

„Möchten Sie etwas trinken?", fragte Vogel zuvorkommend.

„Wissen Ihre Nachbarn, dass Sie ein Pädophiler sind?", fragte Aydin zu Brandts Überraschung frei heraus.

„Nein, deswegen bin ich hergezogen. Hier kann ich einen Neustart wagen. Ich bin geheilt. Ich besuche regelmäßig meinen Betreuer", antwortete Vogel. Er wirkte nun plötzlich angespannt und seine Wangen röteten sich. „Sie sind bestimmt hier, um zu überprüfen, ob mir die Integration gelungen ist. Ich kann Ihnen versichern, dass ich keine minderjährigen Mädchen mehr begehre." Vogel ließ den Beamten gar keine Gelegenheit, etwas zu fragen oder zu erwidern. „Ich habe mich als Malermeister selbstständig gemacht und habe auch schon zwei

Mitarbeiter. Sie sehen, die Resozialisierung ist bei mir gelungen. Ich würde das niemals aufs Spiel setzen. Deswegen habe ich auch eine Entscheidung getroffen."

Gegen seinen Mitteilungsdrang war ein Wasserfall ein zahmes Rinnsal.

„Was für eine Entscheidung?", konnte Brandt endlich dazwischenfragen.

„Ich werde mich kastrieren lassen."

Aydin und Brandt schauten sich kurz an und Brandt sah, dass sein Kollege nicht minder überrascht war. Konnte es sein, dass die Lübecker Kollegen bei Vogel danebenlagen? Wie es schien, wollte er wirklich ein anständiger Mensch sein und ein gutbürgerliches Leben führen.

„Und Sie haben sich diesen Schritt auch gründlich überlegt?", fragte Brandt, weil Vogel das so leicht dahergesagt hatte, als wäre es nichts Besonderes, nicht bedeutender, als sich kurz einen Espresso zu bestellen.

„Ja, mit meinem Betreuer. Ich will keine Gefahr mehr für die Gesellschaft und für Kinder sein. Vielleicht mögen Sie es mir nicht glauben, aber ich liebe Kinder", antwortete Vogel, um sofort hinzuzufügen: „Nicht so, wie Sie denken, sondern als schutzbedürftige, wunderbare kleine Menschen. Wussten Sie, dass ich zwei Nichten habe?"

„Das hat Sie aber nicht daran gehindert, sich am Kind Ihres damaligen Kollegen zu vergehen", war Aydins giftiger Kommentar.

„Dafür schäme ich mich noch immer. Ich weiß nicht, was da in mich gefahren ist, welcher böse Geist von mir Besitz genommen hat ..."

„Das hat nichts mit einem bösen Geist zu tun, das waren Sie. Wir kennen Ihre Akte!", stellte Aydin klar.

„Nicht alles, was in so einer Akte steht, muss stimmen. Ich war in Therapie und ich habe meine gerechte Strafe verbüßt. Jetzt möchte ich nur noch ein normales Leben haben wie jeder andere auch."

„Und Sie glauben, durch die Kastration werden Sie das erreichen? Wird Ihre Lust nach Kindern aufhören?", fragte Aydin.

Brandt musste sich sehr zurückhalten, ihn nicht zu bremsen, Aydin musste endlich lernen, etwas Abstand zu gewinnen. Sie waren nicht hier, um Vogel zu belehren oder zu kritisieren, sondern um herauszufinden, ob er etwas mit Elkes Entführung zu tun hatte. Da half es wenig, ihn gleich zu Beginn des Gespräches in die Knie zu zwingen. Vogel war anders als Staub. Jemand wie Vogel würde dichtmachen und gar nichts mehr sagen. Er kannte diesen Schlag Mensch nur zu gut.

„Davon sind mein Betreuer und ich überzeugt." Vogels Stimme klang jedoch alles andere als sicher und entschlossen. Brandt sah ihm an, dass er ein ganz schlechter Lügner war. Gut möglich, dass Vogel sich selbst belog, vielleicht hatte er aber auch Angst vor dem Eingriff. Gezwungen wurde er jedenfalls nicht dazu.

Oder etwa doch?, überlegte Brandt.

„Kann es sein, dass Ihr Betreuer Sie zu diesem Schritt gedrängt hat?", fragte er daher. Er wollte nur Vogels Reaktion sehen. Der schaute kurz auf den Boden, dann zur Seite.

„Nein, das war meine eigene Entscheidung. Nur so habe ich eine Zukunft."

„Hat Ihr Betreuer Ihnen auch empfohlen, Lübeck zu verlassen?"

„Nein, das war meine Idee. Ich bin gut in meinem Beruf. Handwerk hat goldenen Boden, egal wo in Deutschland. Malermeister werden immer gebraucht. Meine Mitarbeiter verlassen sich auf mich. Ich darf sie nicht enttäuschen."

„Wann waren Sie das letzte Mal in Lübeck?", fragte Brandt, er wollte das Tempo etwas anziehen, denn er wurde das Gefühl nicht los, dass sie bei Vogel unnötig Zeit verloren.

Warum soll ausgerechnet der Elke entführt haben?, dachte Brandt. So viel Mut traute er ihm nicht zu.

„Ich war letzte Woche in Lübeck", antwortete Vogel nun, sehr zu seiner Überraschung.

„Und was war der Grund?"

„Der Geburtstag meiner Großmutter. Sie ist die einzige Person in der Familie, die noch nicht den Kontakt zu mir abgebrochen hat."

„Und Ihre Großmutter kann das bezeugen?", fragte Aydin.

„Wenn es sein muss, ja. Aber ich würde Sie bitten, davon abzusehen. Sie ist nicht bei bester Gesundheit und ich fürchte, wenn die Polizei vor ihrer Haustür steht, würde sie das falsch auffassen."

„Ihr gesundheitlicher Zustand erlaubt es ihr aber schon, alleine zu leben?" Brandt sah seinem Kollegen an, dass er erhebliche Zweifel an dieser Aussage hatte, was ihm nicht anders ging.

„Körperlich ist sie noch fit, ich meine eher das Psychische. Ich will nicht, dass sie sich meinetwegen

Sorgen macht." Vogel war weiterhin bemüht, ruhig zu wirken.

„Wie schaut es mit Ihrer Wut ..."

„Ich spüre diese Wut nicht mehr", unterbrach Vogel Aydin.

„Immerhin haben Sie bei Ihrer Verhaftung vor allem Elke Henschel für alles verantwortlich gemacht und laut den Akten geschworen, dass sie dafür büßen werde", holte Aydin aus.

Genau das war auch für Brandt das berühmte Haar in der Suppe. Dass jemand wie Vogel zu so einer Aussage überhaupt fähig sein konnte, passte nicht zu dem Menschen, den er gerade vor sich hatte.

„Ich weiß nicht, was da in mich gefahren war. Das war nicht ich. Ich hege niemandem gegenüber einen Groll. Es war allein meine Schuld. Ich allein trage die Verantwortung. Und ich bin sehr dankbar, dass ich eine zweite Chance erhalten habe, mich in der Gesellschaft zu beweisen."

Vogels Worte klangen wie auswendig gelernt, dachte Brandt, sie kamen viel zu mechanisch und wirkten mehr heruntergespult, als in einer inneren Haltung begründet. Auf der anderen Seite war Vogel ohnehin eher ruhig. Seine Stimme klang monoton und er sprach langsam.

„Wie lange haben Sie sich in Lübeck aufgehalten?", fragte Brandt.

„Ich bin gestern Abend zurückgefahren."

„Können Sie das beweisen?", hakte Aydin nach.

„Ja, ich habe noch den Tankbeleg. Warten Sie bitte", antwortete Vogel und verließ sie kurz.

„Komischer Vogel", flüsterte Brandt und schmunzelte

zweideutig. Aydin nickte nur.

Dann kam Vogel auch schon zurück und zeigte Ihnen die Quittung. Für Brandt Grund genug, das Gespräch zu beenden. Sie verabschiedeten sich.

„Der hat Elke niemals entführt", sagte Brandt, als sie wieder im Wagen saßen und in Richtung Kölner Innenstadt fuhren.

„Wie kannst du dir da so sicher sein?", wollte Aydin wissen.

„Schau ihn dir doch an. Der hat so große Angst, irgendeinen Fehler zu machen, dass er gar nicht die Eier hat, Elke zu entführen. Die Haft muss ihn gebrochen haben. Warum sonst lässt er sich kastrieren?"

„Ich glaube ihm kein Wort. Der spielt das nur."

„Du übertreibst. Ich kann gut nachvollziehen, dass die Situation für dich als junger Papa nicht einfach ist …"

„Das hat damit nichts zu tun. Ich bin Profi genug, um …"

„Das sieht man. Aber ich glaube, keiner der drei Verdächtigen, die wir aufgesucht haben, ist in Elkes Entführung involviert", fiel er Aydin ins Wort. „Egal. Ich habe Hunger. Wie schaut es bei dir aus?"

„Zu einer Wurst bei Walter sage ich nie Nein und bis zur Telko haben wir eh noch etwas Zeit."

„Sehr gut." Brandt änderte das Ziel. Statt des Präsidiums steuerte er jetzt Walters Imbiss an. Während der Fahrt diskutierte er mit Aydin die bisherigen Ermittlungsergebnisse und nicht nur einmal waren beide uneins, was deren Einschätzung anbelangte.

Sie erreichten den Imbiss und traten ein.

„Das muss Gedankenübertragung sein", begrüßte

Walter sie.

„Wieso? Brauchst du Umsatz?", scherzte Brandt.

„Depp. Nein, ich glaube, ich habe ein paar wertvolle Informationen für euch."

Kapitel 19

Für Elke wirkte das, was gerade geschah, nicht real, eher wie eine Szene aus einem Horrorfilm. Aber ihr Verstand hämmerte ihr ein, dass das hier die Realität war, die nackte, erbarmungslose Realität. Sie kannte den Mann nur zu gut, sie wusste genau, dass er zur Einrichtung einer Szene wie dieser fähig war. Aus diesem Grund brachte sie auch kein Wort mehr über die Lippen.

Der Mann hatte nichts von seinem Irrsinn eingebüßt. Der naive Gedanke, dass sie ihn manipulieren, sein Vertrauen gewinnen und ihn dann überführen könnte, erschien ihr in diesem Augenblick geradezu lächerlich.

Ebenso die Idee mit dem Eimer.

Elke, verdammt, du bist eine der besten Kriminalpolizistinnen der Lübecker Polizei, aber du verhältst dich wie ..., sie wagte nicht, den Gedanken weiterzuspinnen. Langsam bekam sie sich wieder in den Griff.

„Gefällt es Ihnen nicht?", fragte der Mann.

War diese Frage wirklich ernst gemeint? Natürlich, sie wusste es, er meinte das ernst.

Sollte sie das Spiel weiterhin mitspielen, sich herumschubsen lassen wie eine naive, leicht verletzbare Geisel oder sollte sie ihm endlich die Stirn bieten?

Statt zu antworten, nahm sie Platz. Er stellte sich sofort hinter ihren Stuhl, um ihr behilflich zu sein, als hätten sie ein Date.

Ein Date mit ihm? Wie lächerlich ist das?, dachte sie kopfschüttelnd.

„Warum schütteln Sie den Kopf?", fragte er.

„Nur so. Ich habe etwas Kopfschmerzen", log sie, denn am liebsten hätte sie ihn angebrüllt: „Weil Sie ein Freak sind!" Doch sie entschied sich, dass es sinnvoller war, weiterhin vorsichtig zu agieren.
„Ich habe mir extra Mühe gegeben", erklärte er. „Nur für Sie, damit Sie verstehen, warum es vernünftig ist, sich an die Spielregeln zu halten. Mir fällt das auch nicht leicht, aber wir müssen uns alle an Spielregeln halten."
Er wirkt total neben der Spur, dachte Elke, das war nicht zu übersehen. Sie ekelte sich einfach nur noch vor diesem Mann. Ihr Blick fiel auf den „Gast", von dem ihr Entführer beim Betreten des Raumes gesprochen hatte, und ihr wurde wieder übel.
Auf den Tellern waren ein Steak und Pommes dilettantisch angerichtet. Leider lag neben ihrem Teller nur Plastikbesteck, sonst hätte sie keine Sekunde gezögert und dem Mann das Messer ins Auge gerammt. Aus dem Augenwinkel sah sie, dass immerhin die Tür offen war. Ein kleiner Hoffnungsschimmer.
Sie nahm das Plastikbesteck und schnitt etwas von dem Steak ab, was gar nicht so einfach war. Zum einen, weil das Messer absolut ungeeignet war, um damit Fleisch zu schneiden, zum anderen, weil das Steak zäh war wie eine Schuhsohle. Wie konnte man so ein Steak essen? Irgendwie gelang es ihr schließlich doch, etwas davon abzusäbeln, aber nur mühsam konnte sie ihre Abscheu unterdrücken, denn das Fleisch war versalzen. Sie nahm ein paar Pommes auf die Gabel und ließ auch diese in ihrem Mund verschwinden.
„Schmeckt es Ihnen?", fragte er. Im Gegensatz zu ihr hatte er echtes Besteck. Elke sah, dass sein Steak

deutlich saftiger war, zartrosa, da wurde ihr klar, dass er ihr Steak mit Absicht versalzen und hart wie ein Stück Gummi gebraten hatte.

„Genau wie ich es mag", antwortete sie. Sie wollte ihm nicht die Genugtuung geben, ihm zu zeigen, dass das Steak ungenießbar war.

Er schmunzelte, aber seine Mundwinkel wirkten dabei sehr verkrampft, als zwänge er sich förmlich zu dieser Reaktion.

„Möchten Sie Wein?", fragte er.

Elke nickte nur und er schenkte ihr etwas in den Plastikbecher. Allein dass er normales Essgeschirr, Teller aus Porzellan, ein Weinglas und echtes Besteck benutzte und sie nur billiges Plastikgeschirr bekam, sollte ihr wohl zeigen, wie die Rangordnung war. Elke fand das Ganze geradezu lächerlich.

Sie nahm einen Schluck aus ihrem Becher. Immer wieder wanderte ihr Blick zur Tür.

Gib mir nur zwei Sekunden, dachte sie und mit diesem Gedanken kam auch ihr Mut zurück.

„Trinken Sie nicht?", fragte sie.

„Doch", antwortete er und schenkte sich ebenfalls ein.

Elke war das sehr recht. Sollte er trinken, das würde ihn vielleicht unaufmerksam machen. Im besten Falle würde es ihr so gelingen, an das Steakmesser zu kommen, das er benutzte.

„Bin ich nicht großzügig? Ich hoffe, Sie wissen das zu schätzen. Ich könnte Sie auch so richtig leiden lassen. Nach meinem Tag heute hätte ich jeden Grund dafür."

„Ich weiß das zu schätzen", antwortete Elke und es kostete sie viel Kraft, ihren Widerwillen zu verbergen.

Wofür sollte sie sich bedanken? Dafür, dass er ihr eine Schuhsohle zu essen gab und sie in einem kleinen dunklen Raum eingesperrt hielt?

„Die Menschen schätzen mich falsch ein. Ich bin kein Monster und trotzdem behandeln sie mich so."

Elke antwortete nicht, sollte er sich doch den Frust von der Seele reden. Er nahm sein Glas und trank daraus. Anscheinend gingen sein Gerede und der Alkoholgenuss Hand in Hand. Er füllte sich nach, fragte Elke aber nicht, ob sie auch noch etwas Wein wolle. Vielleicht würde ihr Plan tatsächlich aufgehen.

Er setzte das Glas an, dabei lief ein wenig von dem Wein aus seinem Mundwinkel, was ihm herzlich egal zu sein schien. Dann nahm er sein Besteck, schnitt ein großes Stück Fleisch ab und steckte es sich genüsslich in den Mund. Für Elke war es einfach nur widerlich, den Mann beim Essen zu beobachten.

Und es gab noch etwas anderes, was ihr großes Unbehagen bereitete: der zweite Gast am Tisch. Immer wieder streichelte der Mann diesen Gast. Wenn Elke die Akte ihres Entführers nicht gekannt hätte, wäre dies der Moment gewesen, in dem sie laut geschrien hätte, weil sie gewusst hätte, dass sie von einem durchgeknallten Psychopathen gefangen gehalten wurde.

„Die da draußen hassen mich, so wie sie auch dich hassen", begann er wieder. „Weil wir anders sind, sie hassen uns, weil sie uns nicht verstehen. Nein, eigentlich hassen sie uns nicht, eigentlich haben sie Angst vor uns. Heute im Bus haben sie mich das wieder spüren lassen, dabei habe ich nichts getan, ich wollte nur auf meinem Platz sitzen bleiben."

Elke verstand nicht, was er meinte, sie hatte nur eine ungefähre Vorstellung. Gut möglich, dass er mit dem Bus irgendwo hingefahren war und Ärger gehabt hatte. Vielleicht hatte er sich den Fahrgästen gegenüber abfällig geäußert. Sie nahm nicht an, dass er ohne Grund angemacht worden war. *Vielleicht war auch diese dämliche Puppe bei ihm*, dachte sie. Wie konnte ein erwachsener Mann so eine Puppe zu sich an den Esstisch setzen? Es war eine dieser Puppen, die auf den ersten Blick lebensecht aussahen. Offensichtlich sollte sie ein junges Mädchen darstellen. Sie trug ein Sommerkleid, die oberen Knöpfe waren offen und legten einen BH frei, der viel zu groß für sie war. Das Kleid war fleckig. Elke wurde übel bei dem Gedanken, um was für Flecken es sich handeln könnte. War das die Ersatzbefriedung des Mannes, weil er kein echtes Mädchen zur Verfügung hatte? Elke wollte diesen Gedanken lieber nicht weiterverfolgen.

„Sie haben mich gezwungen, auszusteigen. Sie glauben nicht, wie unglaublich wütend ich war, aber ich durfte die Wut nicht rauslassen, Ihretwegen. Ich muss vorsichtig sein, ich bin ja nicht dumm. Tja, und manchmal hat etwas Schlechtes auch seine guten Seiten." Er füllte sein Weinglas erneut, die Weinflasche war inzwischen mehr als zur Hälfte leer. Dann streichelte er der lebendig wirkenden Puppe über die Haare und roch kurz daran. „Das Glück klopft manchmal unverhofft an die Tür."

„Welches Glück?", fragte Elke, war sich aber nicht sicher, ob sie die Antwort wirklich hören wollte.

„Sie hat mich nach der Uhrzeit gefragt, dieses hübsche junge Ding, wie hätte ich da widerstehen können? Das

Schicksal hat sie zu mir geführt."

Elke erstarrte. Jetzt wusste sie, woher die Kratzer an seinem Hals kamen und wessen Blut es war, das auf seinem T-Shirt zu sehen war.

Kapitel 20

„Wie ich sehe, sind wir vollzählig. Tim, kannst du bitte die Leitung zu den Kölner Kollegen aufbauen?", bat Willy. Tim nickte und bediente die Telefonanlage, die Arndt immer an eine Spinne erinnerte. Kurz darauf hörten sie den Signalton.

„Soll ich die Verbindung herstellen?", fragte Tim.

„Was glaubst du, wofür wir das hier machen?" Willy schüttelte verständnislos den Kopf.

Arndt konnte sich sehr gut in die Lage seines Chefs versetzen. Die Anspannung war ihm deutlich anzusehen.

Tim wählte die Nummer und kurz darauf war eine weibliche Stimme zu hören: „Guten Abend, hier ist Kristina Bender, ich hoffe, ihr könnt mich hören."

„Klar und deutlich. Hallo, Kristina, Willy hier."

„Grüß dich. Wir sind vollzählig."

„Sehr gut, dann wollen wir keine Zeit verlieren", antwortete Willy und fuhr sogleich fort, ohne eine weitere Antwort abzuwarten: „Wie ihr alle leider wisst, ist der Grund unserer Konferenz die Entführung unserer allseits geschätzten Mitarbeiterin und Kollegin Elke Henschel. Für das Lübecker Team werde ich nach und nach meine Mitarbeiter aus den verschiedenen Bereichen bitten, uns auf den aktuellen Stand zu bringen. Nachdem das abgeschlossen ist, würde ich dich um das Gleiche bitten. Wobei Zwischenfragen, jedenfalls von meiner Seite aus, in Ordnung sind, solange sie den Ablauf nicht stören. Bist du mit der Vorgehensweise einverstanden?"

„Genau das wäre auch mein Vorschlag gewesen."

Willy nickte und antwortete. „Dann möchte ich zunächst

Arndt bitten, das Wort zu übernehmen."

„Danke", sagte Arndt und hatte plötzlich einen Kloß im Hals. Er schluckte, wurde das Engegefühl aber nicht los. Er nahm seinen Becher und trank einen Schluck Kaffee. „Hallo", begann er dann von Neuem. „Ich wünschte, es gäbe einen anderen Grund für diese Telefonkonferenz."

„Arndt, es tut uns furchtbar leid, was mit Elke passiert ist. Sei bitte versichert, dass wir alles in unserer Macht Stehende tun, um dir und deinen Kollegen zu helfen", ließ sich Brandt vernehmen.

Arndt musste sich eingestehen, dass ihm diese Worte etwas Halt gaben. Es war ihm, als hätte er erst jetzt so richtig begriffen, in was für einer aussichtslosen Situation Elke war, wie sehr er sie vermisste und wie viel Angst er um sie hatte.

„Danke, das weiß ich", sagte er dann. „Von meiner Seite vielen Dank, dass ihr, Lasse und Emre, euch der Sache persönlich angenommen habt. Das bedeutet mir wirklich sehr viel und jeder, der mich kennt, weiß, dass ich solche Worte nicht oft sage. Ich weiß, dass bei euch viele erfahrene und kompetente Kollegen arbeiten, dennoch habe ich bei euch ein besonders gutes Gefühl." Arndt unterbrach sich, so sentimental kannte er sich gar nicht. An Willys Blick erkannte er, dass er sich Sorgen um ihn machte, aber er hatte das jetzt einfach loswerden müssen, egal was Willy und die anderen dachten.

„Vielen Dank für dein Vertrauen", meldete sich nun auch Aydin.

„Wie ihr alle wisst, wurde Elke vermutlich am 21. Januar abends beim Joggen im Pansdorfer Wald auf Höhe des Mühlenteichs entführt." Arndt nahm einen weiteren Schluck aus seinem Becher. „Wir haben daraufhin versucht, eine Liste von Verdächtigen zusammenzustellen, die bestimmten Kriterien entsprechen. Es sind ausnahmslos Männer, die Elke und ich gemeinsam verhaftet haben, die in den letzten 24 Monaten entlassen wurden und die einen Grund haben könnten, Elke zu entführen."

„Was ist mit Verdächtigen außerhalb dieses Kreises? Es wäre immerhin denkbar, dass wir auf der falschen Fährte sind. Welche Parameter wurden genutzt?", fragte Kramer. „Diese Frage stellt sich mir, da ich heute das zweifelhafte Vergnügen hatte, mich mit einem Verdächtigen von der Kölner Liste zu unterhalten."

„Du magst recht haben, aber wir mussten einfach irgendwo anfangen. Es gibt überhaupt keine Hinweise, die auf einen Täter außerhalb dieses Kreises hindeuten. Ich habe alle Anwohner am Mühlenteich befragt, bis auf einen. Dieser wurde dann von Kollegen befragt. Außerdem haben wir eine Befragung bei den Nachbarn durchgeführt, aber niemand hat etwas gesehen, deswegen ist diese Liste unsere einzige Option", erklärte Arndt.

„Wie ich bereits in meiner letzten Memo ausgeführt habe, gehe ich nicht davon aus, dass es sich um eine spontane Entführung handelt. Elke wurde, den Blutspuren am Tatort nach zu urteilen, mit einem harten Gegenstand bewusstlos geschlagen und entführt", äußerte sich nun auch Bernd. „Nach unseren neuesten Erkenntnissen deutet viel darauf hin, dass diese Theorie der Wahrheit entspricht. Ich habe vorhin mit dem Kollegen Kramer in der Sache noch einmal telefoniert und glaube, wir gehen in dieser Einschätzung konform. Oder hat sich deine Meinung geändert, werter Kollege?"

„Dem ist nichts hinzuzufügen", antwortete Kramer und Arndt konnte selbst über den Lautsprecher heraushören, wie viel Stolz in seinen Worten mitschwang. Sogar bei der Lübecker Polizei war es ein offenes Geheimnis, dass Kramer große Bewunderung für Bernd hegte.

„Von meiner Seite aus habe ich alle drei Verdächtigen auf der Liste abgearbeitet. Bevor ich zu meinen Ergebnissen komme, möchte ich kurz auf die bisherigen Erkenntnisse der Polizei Frankfurt und München zu sprechen kommen. Zwei der insgesamt acht Personen wohnen derzeit in diesen Zuständigkeitsgebieten." Arndt unterbrach sich kurz und holte Luft.

Er hatte in seinem Leben schon so viele Besprechungen abgehalten, aber nie war ihm eine so nahe gegangen wie diese. Am liebsten hätte er das Ganze abgeblasen. Jede Minute, die er hier quatschte, war eine Minute, die Elke nicht hatte. Doch seine Professionalität erinnerte ihn daran, dass dieser Gedanke falsch war. Sie mussten ihre Ergebnisse synchronisieren, nur so konnten sie die nächsten Schritte einleiten. Einfach draufloszulaufen, war keine Lösung und erst recht keine Garantie dafür, Elke lebendig aus den Fängen eines Psychopathen zu befreien.

„Den Verdächtigen im Einzugsgebiet München können wir von der Liste streichen. Er befindet sich derzeit wegen eines Herzleidens im Krankenhaus und er war auch nicht in Lübeck."

„Was ist mit dem Frankfurter? Welche Kollegen kümmern sich darum?", fragte Brandt.

„Ich bin da mit einem Axel Krause und einem Linus Rosenbaum in Kontakt", antwortete Arndt.

„Die kennen wir. Sehr ungleiches Team, aber sehr fähig – wenn man sich erst mal an Linus und seine Art gewöhnt hat", erklärte Brandt und Arndt wusste sofort, worauf er anspielte. Linus kam sehr überheblich und von sich eingenommen rüber. Der Flurfunk munkelte, er sei Multimillionär, und keiner konnte verstehen, warum so jemand überhaupt bei der Polizei arbeitete. Arndt war dieses Getratsche völlig egal, er ging davon aus, dass jeder seine Gründe hatte für das, was er tat. Und sicherlich hatte auch Linus seine Gründe dafür, dass er bei der Kripo war. Trotzdem fand er ihn etwas arrogant und überheblich.

„Wie es aussieht, müssen wir den Mann aus dem Raum Frankfurt ebenso aus dem Kreis der Verdächtigen entfernen."

„Warum?", wollte nun Rech wissen, der die Spurensicherung in Köln leitete.

„Er ist seit einem Jahr an den Rollstuhl gefesselt. Unfall beim Skiurlaub."

„Aber er war in Lübeck?", fragte Aydin.

„Das versuchen die Kollegen noch herauszufinden. Sie haben ihn erst vor zwei Stunden angetroffen."

„Verstehe. Und was ist mit den drei Männern aus dem Lübecker Gebiet?", fragte Brandt.

„Gunnar Riek haben wir verhaftet. Er steht unter dem Verdacht, eine junge Frau entführt und missbraucht zu haben", antwortete diesmal Willy.

„Wie bitte?", rutschte es Aydin heraus.

„Sonja Nowak reist seit einigen Monaten durch Europa.

Riek hat sie in Hannover aufgegabelt, als sie per Anhalter eine Mitfahrgelegenheit nach Dänemark gesucht hat."

„Dass man als Frau heute noch per Anhalter fahren kann, ist mir unerklärlich", unterbrach Brandt ihn. Arndt sah, wie Willy zustimmend nickte.

„Er hat sie zu seinem Bauernhof gebracht und dann in einem der Kellerräume seines Stalles gefangen gehalten", fuhr Willy fort. „Sie wird von Psychologen betreut. Sobald mir weitere Informationen vorliegen, gebe ich sie euch weiter. Sie hat unglaubliches Glück gehabt, dass wir zufällig auf sie gestoßen sind, da keine Vermisstenanzeige vorlag. Die Spurensicherung und ein Team von Experten haben den gesamten Bauernhof auseinandergenommen. Wir gehen nicht davon aus, dass Riek mit Elkes Entführung in Zusammenhang steht."

„Bleiben somit nur noch Roland Lübben und Marius Bremer", übernahm wieder Arndt das Wort. „Ich habe euch heute den vorläufigen Bericht dazu geschickt. Ich hoffe, ihr hattet Gelegenheit, einen Blick reinzuwerfen."

„Meine Mitarbeiter haben den Bericht gelesen, danke dafür. Ich gehe davon aus, dass ihr den Bericht von Aydin und Brandt auch erhalten habt."

„Haben wir", antwortete nun Willy.

„Dann möchte ich gleich zu den Gemeinsamkeiten kommen. Beide Männer nutzen das Darknet. Beide sind recht internet- und technikaffin. Wir halten es für keinen Zufall, dass die beiden sich im Darknet rumtreiben, zumal beide sich aus der JVA Lübeck kennen. Ich hoffe, dass Bernd und Tim dazu gleich Näheres für uns haben."

„Fischer steht mit Tim in regem Austausch. Ich hoffe, dass auch er noch etwas dazu beisteuern kann", antwortete Bender.

„Danke", fuhr Arndt fort. „Meinem letzten Bericht konntet ihr entnehmen, dass eine Nachricht im Darknet für mich hinterlassen wurde. Bernd hat die Nachricht nach ihrer Wertigkeit und ihrem Ausmaß analysiert und bewertet. Wir wissen bislang nicht, ob der Absender tatsächlich in die Entführung involviert ist oder nicht. Auch wissen wir nicht, ob überhaupt einer der Nutzer aus dem Darknetforum etwas mit der Entführung zu tun hat. Allerdings muss sich die Entführung schnell rumgesprochen haben."

„Das können wir bestätigen. Jemand, der uns ab und an mit Informationen versorgt, hat uns mitgeteilt, dass die Entführung von Elke gerade *das* große Thema im Milieu ist. Die Tat wird von vielen gefeiert, was leider das Risiko erhöht, dass sich viele Trittbrettfahrer mit der Entführung einer Polizistin rühmen werden. Das dürfte unsere Suche nach dem echten Täter nicht gerade vereinfachen", kommentierte Brandt.

„Stimmt. Deswegen hoffe ich auf Lutz und Tim. Von meiner Seite gibt es leider keine weiteren Neuigkeiten."

„Danke. Ole, kannst du uns kurz auf den neuesten Stand bringen?", bat Willy.

„Von der Spurensicherung gibt es leider auch wenig zu ergänzen, was nicht schon von Arndt erwähnt wurde oder im Bericht steht. Die Blutspuren, die wir gefunden haben, können wir eindeutig Elke zuordnen. Der kalte, harte Boden im Wald hat bedauerlicherweise keine weiteren verwertbaren Informationen offenbart. Die Tatwaffe konnten wir nicht finden, obwohl wir das Gebiet weitläufig abgesucht haben. Wir gehen davon aus, dass der Täter höchstwahrscheinlich einen Knüppel benutzt hat.

Wie eben von Willy erwähnt, haben wir auch den Bauernhof von Gunnar Riek auf Spuren untersucht. In Teilen dauert die Suche auf dem Hof noch an, aber nach unseren bisherigen Erkenntnissen können wir wohl ausschließen, dass Riek in die Entführung verwickelt ist." Ole unterbrach kurz seine Ausführungen und nahm einen Schluck Kaffee. Arndt konnte ihm ansehen, dass er genauso angespannt war wie jeder andere in der Runde. Außer Bernd, der wirkte hoch professionell wie immer.

„Ebenso hat ein Team die Wohnung von Roland Lübben durchsucht. Sein Rechner wurde sichergestellt und die Kollegen von der IT durchsuchen ihn derzeit nach Informationen. Tim wird euch gleich auf den neuesten Stand bringen. In der Wohnung des Tatverdächtigen fanden sich leider keine Hinweise zu Elkes Entführung. Arndt hat den Rechner von Marius Bremer sichergestellt. Leider haben wir keinen Durchsuchungsbeschluss für die Wohnung erhalten."

„Warum nicht?", fragte Bender.

„Der Richter sieht keinen begründeten Verdacht, der sich auf einen Zusammenhang zwischen dem Lesen eines Beitrages im Darknet und der Entführung von Elke stützt. Er braucht zusätzliche Beweise, bevor er einer weiteren Durchsuchung zustimmt", erklärte Willy. „Ich hoffe, dass Tim diesbezüglich neue Informationen für uns hat."

„Das hoffen wir alle", fuhr Ole fort. „Leider war es das an Neuigkeiten von der Spurensicherung."

„Danke, Ole. Tim, was hast du für uns?"

„Lutz und ich arbeiten remote an der Auswertung und

Analyse", begann Tim. „Ich würde ihn gerne in das Gespräch mit einbeziehen."

„Das kannst du machen. Macht Sinn, oder, Kristina?"

„Denke ich auch. Fischer nickt."

„Sehr gut. Wir in Lübeck haben die Rechner von Lübben und Bremer physisch vorliegen. Die Kölner Kollegen haben die Rechner von Ingo Staub und Falk Schuster sichergestellt. Wie das zustande kam, erfahren wir sicher gleich von Lasse und Emre."

„Was habt ihr auf dem Rechner gefunden?", fragte Kramer, der bisher recht ruhig gewesen war. „Ich hatte ja das Vergnügen, mich kurz mit Ingo Staub zu unterhalten."

„Staub wohnt bei seiner Lebensgefährtin Karina Kreuz. Auf dem Rechner, den auch seine Lebensgefährtin nutzt, konnten wir weder Hinweise auf Elke finden noch Material, das in Zusammenhang mit Kinderpornografie steht. Lutz und ich haben die Dateien auf dem USB-Stick, den Staub bei sich getragen hat, analysiert und mit den Daten auf Schusters Rechner abgeglichen. Die Bilder stammen eindeutig von diesem Rechner. Sie wurden also von dort auf den Stick gespielt. Ob der Stick jetzt Staub gehörte oder nicht, können wir nicht sagen, aber von rein technischer Seite her gibt es kein belastendes Material gegen Staub, eben bis auf den Stick, dessen Besitz er leugnet. Es wurden auch keine Hinweise gefunden, dass er sich in letzter Zeit über den Rechner seiner Lebensgefährtin ins Darknet eingeloggt oder solche Seiten aufgerufen hat."

„Also ist Staub als Verdächtiger raus?", fragte Arndt.

„Das müsst ihr entscheiden. Technisch scheint er

sauber zu sein. Was nicht heißt, dass er sich nicht über einen Drittrechner Zugang zum Darknet verschafft hat. Leider wird es schwer, ihm so etwas nachzuweisen, da wir keine Daten finden konnten, die auf diese Variante hinweisen. Sorry."

„Ehrlich gesagt, war das auch unser Eindruck von Staub. So unsympathisch er rüberkommen mag, ich kaufe ihm ab, dass er nichts mit Elkes Entführung zu tun hat", sagte Brandt. Arndt war geneigt, ihm recht zu geben.

„Gut, dann streichen wir Staub von der Liste", kommentierte Willy und schaute in die Runde. „Oder, Kristina? Mein Team nickt zustimmend."

„Hier nicken auch alle. Dem steht nichts entgegen."

„Tim, was hast du noch für uns?"

„Die Rechner von Lübben und Bremer sind viel aufschlussreicher. Lutz, magst du anfangen?", sagte Tim.

„Gerne", antwortete Fischer. „Was wir wissen, ist, dass Lübben ein Pseudonym fürs Darknet nutzt. Den Zugang verschafft er sich über den Tor-Browser. Er war kooperativ und hat uns seine Zugangsdaten genannt, wobei wir durch die Cookies, die im Browser gesetzt waren, auch ohne seine Kooperation an die Zugangsdaten gelangt wären."

Es kam Arndt so vor, als hätte Fischer kurz gelacht, es konnte aber auch ein Räuspern gewesen sein. Die Spinne, durch deren Lautsprecher die Sprache während der Telefonkonferenzen übertragen wurde, konnte solche Nuancen natürlich nie in der gleichen Qualität wiedergeben wie von Angesicht zu Angesicht. Arndt merkte wieder einmal, dass diese virtuelle

Zusammenarbeit nicht sein Ding war. Er brauchte den persönlichen Kontakt zu den Menschen.

„Immerhin konnten wir so etwas Zeit sparen und haben anhand der Cookies und der Software, die wir im Hintergrund haben durchlaufen lassen, sämtliche Inhalte und Daten auslesen können", ergänzte nun wieder Tim. „Leider haben wir auf dem Rechner von Bremer kein belastendes Material gefunden, um den Durchsuchungsbeschluss erwirken zu können. Bremer ist ein Voyeur."

„Ich denke eher, dass Bremer zu clever ist", entgegnete Bernd.

„Genau das lag mir auch auf der Zunge", fügte Kramer hinzu.

„Klar", hörte Arndt Brandt sagen, der sarkastische Unterton war nicht zu überhören.

„Gut möglich. Jedenfalls haben wir nichts, was wir ihm zur Last legen könnten. Das verhält sich bei Lübben anders. Wir konnten einige gelöschte und versteckte Inhalte wiederherstellen und speichern."

„Richtig", übernahm jetzt Fischer. Man konnte meinen, dass die beiden ein über Jahre eingespieltes Team waren, so geübt warfen sie sich die Bälle in der Besprechung zu. „Aus Lübbens Akte geht nicht nur hervor, dass er überdurchschnittlich intelligent ist, sondern auch eine hohe Affinität zum Internet besitzt. Dennoch gibt es, soweit ich informiert bin, derzeit kein Programm, das Daten wirklich endgültig löscht. Selbst der sogenannte NATO-Standard, mit dem das Militär Daten entfernt, kann nicht verhindern, dass mit den richtigen Tools gelöschte Daten wiederhergestellt werden können, eigentlich hilft nur der Austausch der Festplatte."

„Und was habt ihr gefunden?", fragte Brandt.

„Jede Menge Bilder von jugendlichen Mädchen in eindeutigen Posen, darüber hinaus so genanntes Snuff-Material. Das sind Videos, in denen Vergewaltigungen von Minderjährigen bis hin zu deren Tötung gezeigt werden. Ob sie echt sind, werten wir derzeit mit dem BKA aus", schaltete sich Tim ein. „Jedenfalls haben wir jede Menge Material, das Lübben wieder ins Gefängnis befördern wird."

„Habt ihr etwas gefunden, was uns zu Elke führt?", fragte Arndt, den alles andere gerade nicht interessierte. Dass Lübben wieder ins Gefängnis wandern würde, beruhigte ihn zwar, weil er ihn nach wie vor für gefährlich hielt, aber es half nicht, Elke zu finden.

„Bis auf das Forum leider nichts", antwortete Fischer.

„Habt ihr denn wenigstens die Identität desjenigen, der die Diskussion ins Leben gerufen hat?", fragte nun Brandt. Genau diese Frage brannte auch Arndt auf den Nägeln.

„Das ist nicht so einfach. Die Person hat den Beitrag unter dem Pseudonym *NordischbyNature* veröffentlicht", erklärte Tim. „Wer sich dahinter verbirgt, haben wir noch nicht herausgefunden, da der Nutzer nicht nur den Tor-Browser, sondern auch das Tor-Netzwerk nutzt, um anonym und unbemerkt im Netz zu surfen."

„Ich dachte, ihr habt da so kleine Programme?", konnte sich Arndt eine Spitze nicht verkneifen. Natürlich wusste er, wie schwer die Entschlüsselung von Daten oder Identitäten war, nur, wenn sie ehrlich waren, hatten sie bisher nichts, aber auch gar nichts in der Hand. „Was ist mit der Identität des Users, der mir die Nachricht geschrieben hat?"

„So leid es uns tut, aber auch seine Identität konnten wir nicht feststellen. Wir haben zwar über den Usernamen von Lübben versucht, Kontakt mit ihm aufzunehmen, aber weder *NordischbyNature* noch *Bullenpisse10* haben darauf reagiert", antwortete Tim.

„Das kann doch nur bedeuten, dass diese Dreckskerle wissen, dass wir Lübben haben", entfuhr es Arndt.

„Nicht unbedingt. Solche Darknetforen leben zwar von der Verteilung von Informationen, gleichzeitig aber von der Anonymität. Das bedeutet, dass die Benutzer sehr um ihre Identität besorgt sind und dementsprechend keine Informationen über sich preisgeben, auch wenn Forenteilnehmer versuchen, ihr Vertrauen zu gewinnen."

Arndt schüttelte den Kopf. Wenn es nach ihm gegangen wäre, hätte man das komplette Darknet längst verbieten und löschen müssen. Menschen, die sich in den Foren dort tummelten, konnten nur kriminell sein. Welcher normale Mensch nannte sich schon *Bullenpisse10*? Dass mit Bullen die Polizei gemeint war, war vollkommen klar.

„Könnt ihr nicht doch irgendwie an verwertbare Informationen gelangen?", hakte Brandt noch einmal nach.

„Wir sind dran. Es gibt da schon ein paar Optionen. Tim und ich werden heute eine Extraschicht einlegen."

„Danke euch, Jungs", antwortete Willy.

Arndt kannte seinen Chef inzwischen gut genug, um zu wissen, was er mit diesem Satz bezweckte. Er wollte seine und Brandts offene Kritik nicht so ohne Weiteres hinnehmen und gleichzeitig Tim und Fischer Rückendeckung geben.

„Dem kann ich mich nur anschließen. Ich weiß, wie schwierig das ist, daher kann ich euch das nicht hoch genug anrechnen", schloss sich Bender dem Lob an. Vermutlich war das eine Watsche für Brandt, dachte Arndt. Dennoch änderte dieses Lob nichts an der miserablen Situation, in der sie steckten.

„Habt ihr noch was für uns?", fragte Willy.

„Derzeit leider nicht. Wir wissen, wie unbefriedigend die Situation ist", antwortete Tim und schaute dabei kurz zu Arndt. Tims Eingeständnis nahm ihm etwas von seiner hilflosen Wut.

„Bleibt dran. Wir haben keine andere Wahl. Ich fasse noch einmal kurz zusammen: Lübben und Riek sitzen in Lübeck in Untersuchungshaft. In Köln ist es Staub. Aber keiner von ihnen steht bisher unter dem dringenden Tatverdacht, Elke entführt zu haben. Richtig?"

„Ja", antwortete Arndt. „Wir sind von dem abhängig, was die Jungs von der IT herausfinden."

„Vielleicht müssen wir in Erwägung ziehen, den Kreis der Verdächtigen neu zu bewerten", meldete sich Kramer zu Wort.

„Diese Frage habe ich mir auch schon gestellt", ergänzte Bernd. „Wenn ich das Wort übernehmen darf?" Er schaute zu Willy.

„Du wärst eh der Nächste. Bitte, was hast du für uns?", fragte Willy. Er konnte seine Enttäuschung nicht verbergen, obwohl er versuchte, sich nichts anmerken zu lassen.

„Danke", begann Bernd und hielt die

zusammengepressten Hände vor sein Kinn. „Dass wir es hier mit dem Motiv Rache zu tun haben, hatte ich ja bereits erwähnt. Auch, dass das Gefühl der Macht für den Täter eine wichtige Rolle spielt. Der Kreis der Verdächtigen hatte daher absolut seine Berechtigung, denn alle Personen von dieser Liste haben einen Grund, Elke oder Arndt schaden zu wollen. Ich muss übrigens dem ein oder anderen Kollegen widersprechen, wir sind schon ein ganzes Stück weiter, was den Kreis der Verdächtigen anbelangt. Wir wissen, wen wir ausschließen können." Bernd unterbrach sich kurz, um sich mit der Hand über die Lippen zu fahren. „Das kannst du doch bestätigen, oder, Eugen?"

„Ich hätte es nicht besser formulieren können", schoss die Antwort geradezu aus der Spinne heraus. Kramers Stimme klang seltsam hoch und metallisch, als hätte jemand einen Gong geschlagen.

„Danke, etwas anderes hätte ich nicht erwartet." Bernd schaute kurz in die Runde. „Ich habe mir die Beiträge im Forum durchgelesen. Sie sind geradezu gespickt mit wertvollen Informationen und Hinweisen, mit was für einem Täter wir es zu tun haben."

„Und das wäre?" Arndt wusste nicht, ob Bernd sie gerade aufzog oder seine Behauptungen ernst meinte. Was wusste er, was er und die anderen nicht wussten?

„Der Täter spielt mit uns. Er kennt unsere Schritte genau. Er weiß, was wir vorhaben, und er genießt es, uns das zu zeigen. Diese Nachricht an dich, Arndt, war nichts anderes als eine Demonstration seiner Macht. Damit sagt er uns: Nicht ihr, sondern ich bin der Jäger. Er jagt dich in seine Falle, Arndt!", erklärte Bernd, dabei funkelten seine Augen auf, als empfände er Bewunderung für diesen Psychopathen. „Allerdings ist es genau diese Eitelkeit, die ihm zum Verhängnis werden wird, denn wir wissen, wer der Täter ist."

Kapitel 21

„Was haben Sie gemacht?", fragte Elke fassungslos. Sie konnte nicht mehr ruhig bleiben.

Der Mann antwortete nicht, er schaute sie verstört an.

„Was haben Sie getan?", wurde Elke nun laut und dann geschah alles ganz schnell. Sie sprang auf, hob den Tisch an, stieß ihn ihrem Entführer entgegen und rannte aus dem Raum.

„Du Miststück", hörte sie ihn brüllen, als sie den Raum bereits verlassen hatte und den Gang nach links entlang rannte. Da war eine Treppe, die nach oben führte, und dort stand nur eine Tür zwischen ihr und der Freiheit. Sie nahm mehrere Stufen auf einmal und rüttelte an dem Türgriff, doch die Tür war verschlossen.

„Scheiße", fluchte Elke und trat dagegen.

„Lassen Sie das, oder Sie lernen mich von einer anderen Seite kennen", brüllte der Mann, der inzwischen unten an der Treppe stand und zu ihr hochschaute. „Ich habe Ihnen doch gesagt, ich bin nicht dumm. Dachten Sie, Sie könnten einfach abhauen? Ich war gerade dabei, Ihnen zu vertrauen."

„Sie Schwein! Sie haben ein junges Mädchen missbraucht und getötet", rief Elke angewidert. Gleichzeitig prüfte sie ihre Möglichkeiten. Viele gab es nicht. Die alte, schwere Holztür gab nicht nach. Also führte der Weg nur die Treppe herunter, aber da stand dieser grässliche Psychopath. Seine Augen waren weit aufgerissen, seine Mundwinkel zeigten nach unten und er atmete schwer. Keine guten Vorzeichen.

Fürs Erste entschied sie, ihren Standort nicht zu

verändern. Sollte er doch zu ihr hochkommen. Vielleicht würde sie ihn die Treppe runterschubsen können.

Und dann bricht sich das Arschloch den Hals, dachte sie.

„Ich wiederhole mich nur ungern, kommen Sie runter, sonst werde ich sehr böse und Sie wollen mich nicht böse erleben, das wollen Sie bestimmt nicht", wütete er und visierte sie an, als wäre sie ein verängstigtes Beutetier.

„Haben Sie das Mädchen geschändet und ermordet?", fragte Elke. Sie musste es wissen.

„Sie sind nicht besser als die anderen, Sie sind genau wie sie. Ich dachte, Sie würden mich verstehen. Ich bin kein schlechter Mensch."

„Sie haben ein junges Mädchen ermordet", rief Elke und schüttelte angewidert den Kopf.

„Ich habe sie nicht umgebracht", sagte er, seine Stimme hatte etwas an Schärfe verloren. „Dabei hätte ich es tun sollen."

Log er? Elke war sich nicht sicher. „Was ist mit dem Mädchen passiert?", fragte sie.

„Was weiß ich! Wen interessiert so ein dämliches Dorfmädchen. Kommen Sie endlich runter, bevor ich die Geduld verliere."

„Ich glaube Ihnen kein Wort. Woher kommen die Kratzer und das Blut?"

„Ja, ich habe nach ihr gegriffen, ich konnte einfach nicht widerstehen, aber sie hat sich losgerissen und mich dabei gekratzt. Das Blut ist von dem Steak. Als ich es geschnitten habe, habe ich mich verletzt." Er hielt seine Hand hoch und erst jetzt fiel ihr auf, dass um seinen

Zeigefinger ein Pflaster klebte.

Welchen Grund sollte der Mann haben, zu lügen? Sie war seine Geisel, es hätte nichts daran geändert, wenn er ihr die Wahrheit gesagt hätte.

„Und warum haben Sie dann gesagt, dass Ihnen etwas Gutes widerfahren ist?"

„Ich habe Sie immer für eine clevere Frau gehalten, aber anscheinend irre ich mich. Ja, ich wollte sie, sie war so hübsch, so zart und jung, aber es ist besser so für mich. Das hätte nur Ärger gebracht", wich er aus.

Als ob die Entführung einer Polizistin keinen Ärger mit sich brachte. Dennoch schöpfte sie plötzlich Hoffnung. Wenn das Mädchen wirklich lebte, war es denkbar, dass sie dieses schreckliche Erlebnis ihren Eltern erzählte und diese dann die Polizei alarmierten. Das würde sicherlich auch auf Willys Schreibtisch landen und dann würde Arndt nur noch das Mädchen aufsuchen müssen und schon wüssten sie, wer sie entführt hatte.

Doch im gleichen Moment meldete sich ein viel weniger hoffnungsvoller Gedanke. Was, wenn das Mädchen ihren Eltern nicht von diesem Vorfall erzählte, aus Scham? So unlogisch sich das anhören mochte, es geschah leider viel zu oft. Wie sonst ließ sich die heftige #metoo-Debatte, die gerade durch die sozialen Netzwerke und die Medien ging, erklären? Die Scham und die Angst von Mädchen und Frauen waren oft das größte Hindernis, das es zu beseitigen galt.

Als sie wieder nach unten in den Kellergang schaute, stand der Mann plötzlich nicht mehr da.

Kapitel 22

23. Januar 2018

Arndt hatte sehr schlecht geschlafen. Am liebsten hätte er gar nicht geschlafen, aber Willy hatte ihn zu ein paar Stunden Ruhe verdonnert mit den Worten: „Vor morgens um acht kannst du Lübben eh nicht aufsuchen. Und was willst du stattdessen machen? Wie ein wilder Stier durch Lübeck irren?"

Arndt hatte klein beigegeben und war nach Hause gefahren, mit jeder Menge Wut im Bauch. Nicht nur, weil sie gefühlt kein bisschen vorankamen, sondern auch wegen Bernd und seiner überheblichen Art. Da hatte er doch tatsächlich die Stirn gehabt, zu behaupten, sie wüssten, wer der Täter ist.

„So ein Trottel", schimpfte Arndt laut, als er im Wagen saß und zur JVA Lübeck fuhr, um Lübben einen Besuch in der Untersuchungshaft abzustatten. „Wir wissen gar nichts." Er schaute in den Rückspiegel, bevor er nach rechts abbog. Der Berufsverkehr hatte Lübeck, wie jede andere Großstadt, fest im Griff, dementsprechend langsam kam er voran, aber immerhin floss der Verkehr.

Wie konnte Bernd behaupten, dass sie wüssten, wer der Täter ist?

„Der Täter braucht die Aufmerksamkeit," hatte Bernd erklärt. „Er will wissen, wie weit wir mit unseren Ermittlungen sind, das gibt ihm den nötigen Kick. Elkes Geiselnahme ist nur Mittel zum Zweck für dieses Katz-und-Maus-Spiel, weil er viel mehr Interesse an Arndt hat. Wir suchen einen hochintelligenten Mann, der Elke und

Arndt persönlich kennt und den es danach giert, vor allem Arndt gegenüber seine intellektuelle Überlegenheit zu demonstrieren."

Das mochte auf den Entführer zutreffen, es sagte ihnen allerdings noch immer nicht, wer diese Person war. Arndt brauchte Namen, keine Charakterstudien.

Auch Brandt hatte das moniert, genau in dem Moment, in dem Arndt es hatte sagen wollen. Da hatte sich Kramer eingeschaltet und erklärt: „Da irrst du dich gewaltig. Wir haben jetzt ein Persönlichkeitsmuster, das müssen wir nur auf die potenziell Verdächtigen anwenden, was ihren Kreis deutlich eingrenzen dürfte. In den USA wird dieses Verfahren des Predictive Policing bereits erfolgreich getestet und eingesetzt."

Bernd hatte natürlich sofort in die gleiche Kerbe gehauen und ergänzt, dass an der Hochschule Hamburg eine Software entwickelt worden sei, die er jetzt ausgiebig testen dürfe. „Wir füttern das Programm mit jeder Menge Daten. Sobald Willy seine Zustimmung gibt, werde ich die Software mit den Daten unserer potenziellen Verdächtigen füllen. Das Programm wird uns dann eine neue Liste zur Verfügung stellen, die ich mit Arndt gerne final abstimme."

„Wenn es hilft, Elke zu befreien, hast du meine Genehmigung sofort", hatte Willy gesagt. Aber an seinem Gesichtsausdruck hatte Arndt erkannt, dass er an dieses Predictive Policing ebenso wenig glaubte wie er selbst. Bis Computer oder Roboter Polizisten ersetzen würden, war es noch ein langer Weg. Arndt würde das sicher nicht mehr erleben.

Dass dies nur seine persönliche Meinung war, hatte er

am vergangenen Abend übrigens noch deutlich zu spüren bekommen, denn neben Bernd und Kramer waren auch Fischer und Tim von dieser Sache sehr angetan.

Eins aber wusste Arndt genau: Ein vernünftiges Verhör würde so eine Software nicht führen können. Um ein Gefühl dafür zu entwickeln, ob ein Mensch log oder nicht, brauchte man viel mehr als ein Computerprogramm, dafür brauchte man Erfahrung und menschlichen Instinkt. Beides schrieb Arndt sich selbst uneingeschränkt zu.

Sollte Bernd doch die Daten durch das Programm jagen, er setzte mehr Hoffnung in Tim und Fischer und dass es ihnen gelingen würde, herauszufinden, wer sich hinter den Darknet-Pseudonymen befand.

Wie es schien, hatten sich auch die potenziellen Verdächtigen aus Köln eher als Luftnummern erwiesen, das war jedenfalls das Ergebnis ihrer gestrigen Telko gewesen. Er vertraute Brandt und Aydin, die glaubten, dass keiner der drei Verdächtigen Elke entführt hatte.

Inzwischen hatte er die JVA erreicht und parkte seinen Wagen. Kurz darauf betrat er mit einem Mitarbeiter der JVA den Verhörraum, wo Lübben bereits an einem Tisch saß und wartete.

Der Mitarbeiter verließ den Raum.

„Was wollen Sie?", fragte Lübben ungehalten.

Arndt antwortete nicht. Er nahm ihm gegenüber Platz. Lübben wirkte blass, er hatte tiefe Augenränder und seine Haare standen wild zu Berge.

„Für den Mist, den wir auf Ihrem Rechner gefunden haben, werden Sie vermutlich bis an Ihr Lebensende einsitzen müssen."

„Was haben Sie denn gefunden?" Lübben wirkte unruhig, er rutschte auf seinem Stuhl hin und her.

„All diesen Dreck, auf den Sie stehen. Jede Menge Bilder und Videos."

„Die wurden mir untergeschoben", schien Lübben sich herausreden zu wollen.

„Lassen Sie die Lügerei!", wurde Arndt laut. „Ich glaube übrigens nicht, dass Sie direkt etwas mit Elke Henschels Entführung zu tun haben."

„Ja?" Lübben schien ihm nicht zu glauben, er verschränkte die Arme vor der Brust und sah Arndt argwöhnisch an.

„Sonst wäre ich nicht hier. Ich glaube Ihnen, dass Sie eine krankhafte Liebe für meine Kollegin empfinden, aber Sie können sich nur an kleinen unschuldigen Mädchen vergreifen, die Ihnen körperlich unterlegen sind. Vor Frauen wie Elke haben Sie viel zu viel Angst, als dass Sie sie entführen könnten." Arndt hatte sich die ganze Nacht über Gedanken gemacht und war zu dem Schluss gekommen, dass Lübben nicht der Täter sein konnte, so sehr er sich das auch gewünscht hatte. Dennoch erhoffte er sich von ihm Informationen, die ihn zum Täter führten.

„Wenn Sie mich nicht für den Täter halten, was wollen Sie dann von mir?"

„Ich will mit Ihrer Hilfe den Täter überführen." Arndt hatte da so eine Idee, vielleicht zog sie bei Lübben.

„Wie kann ich Ihnen eine Hilfe sein, wenn ich hier festsitze?"

„Indem Sie mir erzählen, wie Sie auf das Forum aufmerksam geworden sind."

Lübben antwortete nicht sofort, er schien nach der

richtigen Antwort zu suchen. Arndt hatte die dunkle Ahnung, dass er mit seiner Frage genau ins Schwarze getroffen hatte.

„Und was springt dabei für mich raus?", fragte er. Sein Misstrauen war ihm deutlich anzusehen.

Arndt konnte das verstehen, so sehr er Lübben auch verabscheute. Immerhin war er derjenige, der Lübben nicht nur damals ins Gefängnis gebracht hatte, sondern auch jetzt für dessen Verhaftung verantwortlich war.

„Mit Sicherheit ein deutlich kürzerer Aufenthalt in der JVA."

„Und warum soll ich Ihnen vertrauen? Sie haben mir diesen ganzen Mist doch erst eingebrockt."

„Weil ich Ihre einzige Option bin", erklärte Arndt. „Und weil Sie wissen, dass ich zu meinem Wort stehe, so wenig ich Sie auch leiden kann."

„Das beruht auf Gegenseitigkeit", erwiderte Lübben. „Wieso mussten Sie nur wieder auftauchen? Ich hatte mein Leben gerade im Griff."

„Deswegen sind Sie auch zurück zu Ihrer Mutter gezogen und legen die gleichen Verhaltensmuster an den Tag wie damals."

„Das stimmt nicht. Ich bin viel selbstbewusster. Erinnern Sie sich noch an unser erstes Gespräch im Verhörraum des Präsidiums? Ich habe vor Unsicherheit nicht einmal gewagt, Sie anzuschauen. Sie waren so unbeherrscht und dominant. Sie haben mir die Luft zum Atmen genommen, mich dermaßen eingeschüchtert, dass ich in dem Moment alles gestanden hätte, damit Sie mich in Ruhe lassen. Nur Elkes Worte haben geholfen, dass ich mich ein wenig beruhigt habe."

Arndt hatte das damals natürlich bemerkt. Lübben war sehr introvertiert gewesen und hatte kaum den Mund aufbekommen, doch was er jetzt schilderte, deckte sich nicht mit seinen Erinnerungen. Letzten Endes war das aber egal, nur in einem musste er Lübben recht geben, er hatte einiges von seiner Unsicherheit und Schüchternheit abgelegt.

„Trotzdem haben Sie ihr gedroht", entgegnete Arndt.

„Weil sie meine Gefühle nicht erwidert hat. Es hat mich verletzt, wie sie Sie angeschaut hat. Ich habe mir so sehr gewünscht, dass sie mich genauso anschauen würde, aber das tat sie nicht. Da sind mir diese grausamen Worte halt rausgerutscht, dabei habe ich sie nur bewundert. Können Sie das nicht verstehen?"

„Darauf erwarten Sie wohl nicht ernsthaft eine Antwort?"

„Sie werden sich niemals ändern. Nicht ich, sondern Sie sollten für einige Monate ins Gefängnis wandern oder gleich in die Psychiatrie. Wer weiß, was da zutage gefördert wird."

„Wenn Sie nicht kooperieren, werden Sie nie mehr aus dem Gefängnis rauskommen, womöglich sogar in der Anstalt landen", baute Arndt wieder seine Drohkulisse auf.

Lübben versuchte zu lächeln, seine Mimik war jedoch dermaßen angespannt, dass es bei dem Versuch blieb. „Ich kann nur wiederholen, dass ich Elke niemals etwas antun würde, ich habe sie auch nicht entführt."

„Aber Sie haben sich in exakt demselben Forum aufgehalten, in dem über Elkes Entführung ..."

„Ich bin zufällig darauf gestoßen", fiel Lübben ihm ins

Wort.

„Zufällig? Wollen Sie mich auf den Arm nehmen?", wurde Arndt laut und bemerkte, wie Lübben sofort zusammenzuckte. Vielleicht war sein Selbstbewusstsein doch nicht so groß, wie er es gerne gehabt hätte. „Wenn ich diesen Raum verlasse, wird es für Sie kein solches Angebot mehr geben. So dumm können Sie doch nicht sein."

„Ich bin nicht dumm", wurde Lübben nun seinerseits lauter.

„Warum sagen Sie mir dann nicht die Wahrheit?"

„Die Wahrheit? Welche Wahrheit?"

„Wer hat Ihnen von dem Forum erzählt?", fragte Arndt. Obwohl er innerlich brodelte, beherrschte er sich, dabei hätte er Lübben am liebsten gepackt und ordentlich durchgeschüttelt.

„Ich bin zufällig darauf gestoßen", blieb dieser bei seiner Antwort.

Arndt glaubte ihm nicht. Noch vorhin hatte er kurz gezögert und dieses Zögern hatte Arndt dahingehend interpretiert, dass Lübben mehr wusste, als er zugeben wollte.

Arndt atmete hörbar aus. So leicht wollte er das nicht hinnehmen, aber er durfte den Druck auch nicht zu groß werden lassen, da Lübben dann komplett dichtmachen würde. Diese Gratwanderung beherrschte Elke deutlich besser als er und aufs Neue merkte er, wie sehr sie ihm fehlte.

„Wie war Ihr Verhältnis zu Gunnar Riek und Marius Bremer?", fragte er. Ob Lübben sie kannte oder nicht, stellte er gar nicht erst zur Debatte, schließlich hatten alle drei wegen ähnlicher Vergehen in der gleichen Haftanstalt gesessen. Er wollte Lübben aus der Reserve locken.

„Wie sollte es schon sein? Wie es halt unter Häftlingen so ist. Warum fragen Sie?", antwortete Lübben. Er wirkte plötzlich wieder ziemlich angespannt, als wäre Arndt auf eine Spur gestoßen, die ihm Sorgen bereitete.

„Zu wem hatten Sie mehr Kontakt?"

„Marius war mir der deutlich Sympathischere. Gunnar war mir zu platt, so eindimensional und einfach zu hohl. Warum interessiert Sie das? Haben die etwas über mich gesagt?"

„Riek hat uns verraten, dass Sie die Schlampe von Bremer waren", provozierte Arndt. So langsam glaubte er zu wissen, wie er Lübben aus der Reserve locken konnte.

„Niemals!", entgegnete Lübben. „Gunnar lügt, wenn er nur das Maul aufmacht."

„Sie sagten doch, er wäre nicht der Hellste. Welchen Grund sollte er haben, zu lügen?"

„Weil er eifersüchtig war."

„Auf Sie?"

„Ja, weil Marius mich respektierte und mochte. Gunnar hat er nicht als würdig erachtet und Gunnar dachte, ich hätte Marius das eingeflüstert."

Hatte Arndt da etwa einen wunden Punkt getroffen? Daran, dass sich die drei im Gefängnis kennengelernt hatten, hatte er nie gezweifelt. Aber dass ihre Bekanntschaft so weit ging, überraschte ihn doch.

„Und deswegen belastet Bremer Sie?"

„Was?" Lübben wirkte angeschlagen, als könnte er

nicht glauben, welche Ungeheuerlichkeit Arndt da gerade von sich gegeben hatte.

„Sie haben richtig verstanden. Wir haben auf Bremers Computer Material gefunden, das eindeutig beweist, dass er in dem Forum ebenfalls Beiträge verfasst hat. Er sitzt wie Sie in Untersuchungshaft. Aber im Gegensatz zu Ihnen hat er gesungen, weil er sich Haftverschonung verspricht. Sie kamen dabei alles andere als gut weg."

„Marius?" Lübben schaute auf die Tischplatte und schüttelte den Kopf. Er griff sich mit beiden Händen ins Haar. Die Kette der Handschelle war lang genug, sonst wäre dieser Versuch kläglich gescheitert. „Wie konnte er mir so in den Rücken fallen?"

So tough Lübben auch rüberzukommen versuchte, am Ende war er noch immer die jämmerliche, eingeschüchterte Gestalt, die er bei ihrer ersten Begegnung gewesen war, das wurde Arndt in diesem Moment deutlich. Lübben brauchte Menschen, zu denen er nicht nur aufschauen, sondern die er bewundern konnte. Bremer hatte offensichtlich im Gefängnis nichts anderes gemacht, als die Rolle von Lübbens dominanter Mutter zu übernehmen.

„Er hält nichts von Ihnen. Er stellt Sie auf eine Stufe mit Riek. Bremer hat Sie die ganze Zeit für seine Zwecke benutzt und jetzt, wo er selbst in Schwierigkeiten sitzt, lässt er Sie über die Klinge springen."

„Er lügt, wenn er behauptet, dass ich den Beitrag im Forum gepostet habe. Das habe ich nicht. Ich würde das Elke niemals antun", entfuhr es Lübben und Arndt sah ihm an, dass hier die pure Angst, gepaart mit Enttäuschung und Wut, aus ihm sprach.

„Er sieht das aber anders. Bremer nutzt seinen Vorteil gnadenlos aus. Es wird schwer, den Staatsanwalt vom Gegenteil zu überzeugen."

„Warum haben Sie mir das nicht gleich gesagt?", wurde Lübben laut.

„Warum hätte ich das tun sollen? Ich habe Ihnen die Gelegenheit gegeben, mir die Wahrheit zu sagen. Also, wenn Sie den Beitrag nicht geschrieben haben, wer dann? Wer hat Sie auf die Diskussion aufmerksam gemacht? Sagen Sie nicht, Bremer, das glaube ich Ihnen nicht."

Lübben verdrehte die Augen und gab ein verächtliches Schnauben von sich. Dann erzählte er zu Arndts Überraschung jede Menge Details über seine Zeit im Gefängnis, genauer über Bremer und ein paar andere Insassen.

Kapitel 23

Der Mann war nicht mehr da. Sie wusste nicht, was das zu bedeuten hatte, aber sie durfte diese Gelegenheit nicht ungenutzt lassen. Sie versuchte die Tür mit Gewalt zu öffnen, doch sie gab nicht nach.

Sie rüttelte stärker am Türgriff – nichts geschah. Es hatte keinen Sinn, sie musste hier weg. Es gab unten noch weitere Räume, gut möglich, dass sie dort Unterschlupf finden würde oder irgendetwas, was sie als Waffe nutzen könnte.

Ein wenig ärgerte sie sich über sich selbst, dass sie wie ein wild gewordener Stier auf die Tür zugelaufen war, statt sich die anderen Räume anzuschauen und sich zu bewaffnen. Aber die Hoffnung, dass die Tür offen war, war einfach zu groß gewesen.

Sie lief die Treppe wieder hinunter und blieb abrupt stehen. Fast wäre sie in den Mann hineingelaufen.

„Wohin so schnell?", fragte er und versuchte sie zu packen. Elke duckte sich und konnte seinem Griff entgehen. Sie zögerte nicht, sondern nutzte die Gelegenheit und trat mit dem rechten Fuß zu. Der Tritt saß. Der Mann fasste sich an den Schritt und schrie auf: „Du Schlampe!" Dann ging er in die Knie.

Elke drückte ihn weg und lief los, doch der Mann ging nicht gänzlich zu Boden, stattdessen langte er reflexartig nach ihrem Bein und brachte sie zu Fall.

Fast wäre sie mit dem Gesicht aufgeschlagen, aber sie konnte sich mit der Hand abstützen. Ihr Atem ging schnell, ihr Herz raste noch schneller. Sie schwang sich wieder auf die Beine und dann rannte sie los. Sie wusste auch schon, wohin: In den Raum, wo er mit ihr gegessen hatte.

Das Messer!

Sie sah den Raum vor sich, es war der einzige, bei dem die Tür weit offen stand. Sie lief hinein, stürzte sich auf den Boden und suchte hastig nach dem Messer.

„Wo ist es?" Sie konnte es nicht finden. Es musste doch hier sein, vorhin erst hatte er damit sein Steak geschnitten. Die Gabel fehlte ebenfalls. Sie schaute nach links und wäre beinahe vor Schreck zusammengezuckt.

Diese scheußliche Puppe starrte sie an. Vor Wut und Ekel schubste Elke die Puppe weg. Dann suchte sie erneut alles ab, sie schaute sogar unter die Stühle, aber das Messer blieb verschwunden.

„Es muss hier sein", dachte sie laut. Inzwischen atmete sie nicht nur schnell, sie begann auch zu schwitzen.

„Suchen Sie das hier?", hörte sie da eine Stimme. Sie drehte sich um. In der Tür stand der Mann und hielt das Messer in der Hand. Seine Mundwinkel zeigten nach unten, seine Augen glühten gefährlich.

Elke saß in der Falle.

„Wieso?", fragte er, während er einen Schritt in den Raum hinein machte. „Wieso ärgern Sie mich? Ich habe mir so viel Mühe gegeben, Ihnen ein Mahl serviert und wie danken Sie es mir?"

„Ein Mahl? Das Fleisch war versalzen und furztrocken", erwiderte Elke, währenddessen suchte sie mit hektischen Blicken nach etwas, was sie zur Verteidigung nutzen konnte. So einfach wollte sie sich nicht geschlagen geben. Jetzt wusste sie auch, wohin der Mann so plötzlich verschwunden war. Er hatte das Messer geholt, damit er sie von der Tür weglocken konnte. Das konnte gleichzeitig nur bedeuten, dass es hier unten keine anderen Waffen gab.

Wo ist die Gabel?, fragte sie sich.

„Sie wissen, dass ich Sie jetzt bestrafen muss, auch wenn ich das nicht gerne tue. Aber Sie müssen lernen, zu gehorchen. Ich bin hier der König, Ihr Gott und Ehemann."

„Sie sind nur ein kranker Psychopath", entfuhr es Elke und dann griff sie nach dem Tisch und schob ihn vor sich, sodass er wie ein Schutzschild für sie war.

„Der Tisch wird Sie auch nicht retten. Sie machen es sich nur schwerer, als es ohnehin schon ist. Nehmen Sie Ihre Strafe an wie ein Mann", der Entführer unterbrach sich. „Ich vergaß, Sie sind ja eine Frau." Er lachte kurz über seinen eigenen Witz, doch sofort zeigten seine Mundwinkel wieder nach unten. Er machte einen weiteren Schritt auf sie zu. Der Tisch stand wie ein Bollwerk zwischen ihnen, Elke wusste jedoch, dass ein Tritt des Mannes reichen würde, um dieses kleine Stück Sicherheit zu verlieren. Jetzt musste sie sich auf ihre Selbstverteidigungskünste verlassen. Jedenfalls würde sie nicht einfach klein beigeben. Sie würde kämpfen.

Sie schaute sich ein letztes Mal um, vielleicht konnte sie die Gabel noch finden, aber sie sah nur in die Augen dieser grässlichen Puppe, die sie weiter reglos anstarrten.

Da hatte Elke plötzlich doch noch eine Idee, wie sie hier lebend herauskommen könnte.

Kapitel 24

„Kaffee?", fragte Aydin, als Brandt in die Küche kam.

„Wäre gut. Hoffentlich ist er stark."

„Der ist perfekt."

„Wie kommst du drauf?"

„Weil ich ihn aufgesetzt habe", antwortete Aydin mit einem breiten Grinsen. Dann nahm er einen Becher, füllte ihn mit Kaffee und reichte ihn Brandt. Beide nahmen einen Schluck, Brandt nickte anerkennend.

„Hab ich doch gesagt." Aydin grinste.

„Selbst am Telefon konnte man gestern raushören, wie dreckig es Arndt geht", sagte Brandt.

„Ich kanns verstehen. Wenn man dich entführen würde, würde ich mir genau so viel Sorgen machen."

„Jetzt sag nicht, dass du mich auch liebst?", zog Brandt seinen Partner auf, aber er wusste natürlich, wie das gemeint war, und fühlte sich insgeheim geschmeichelt, wollte das allerdings nicht so offen zeigen.

„Witzig. Woher willst du wissen, dass Arndt in Elke verliebt ist?"

„Das Thema hatten wir doch schon. Der Mann ist blind vor Liebe, aber leider auch ziemlich blöd. Ewig wird sie nicht auf ihn warten."

„Das ist alles reine Spekulation. Ich hoffe, dass Fischer und Tim das Forum hacken können. Ansonsten stehen wir wieder am Anfang."

„Das hoffe ich auch. An Bernds Schnapsidee glaube ich nicht so recht."

„Das ist aber die Zukunft. Predictive Policing ist wirklich sehr spannend. Das haben wir damals auf der Hochschule behandelt."

„Ich hoffe nicht, dass wir uns irgendwann nur noch auf Computer und Roboter verlassen werden."

„Mit Robotern hat das wenig zu tun", entgegnete Aydin.

„Du Schlauberger. Mir doch egal. Nichts geht über das Bauchgefühl eines Beamten. Und seine Nase."

„Du bist halt alt, deswegen verstehst du das nicht. Trotzdem wird der Fortschritt keine Rücksicht auf deine Meinung nehmen."

„Na dann werden wir ja sehen, ob Bernd den Täter anhand seines Programms findet. Ich für meinen Teil werde jedenfalls nicht untätig dasitzen und warten."

„Bender wollte die weitere Vorgehensweise mit Willy absprechen."

„Genau. Ich denke, nach dem Meeting gestern können wir ausschließen, dass unsere drei Tatverdächtigen etwas mit der Entführung zu tun haben. Zur Not werde ich Bender vorschlagen, dass wir den Kollegen in Lübeck vor Ort helfen", antwortete Brandt.

„Das muss Gedankenübertragung sein. Genau das wollte ich eben auch sagen."

„Das ist keine Gedankenübertragung, du lernst nur langsam, wie ein Polizist zu denken und nicht wie ein Hochschulabsolvent."

„Witzig", sagte Aydin und griff nach seinem Becher. Sie wollten gerade aus der Küche gehen, als Brandts Handy klingelte.

„Ja", meldete er sich. „Hallo, Arndt. Ich schalte dich kurz auf laut, Emre steht neben mir."

„Hallo, Emre."

„Hallo, Arndt."

„Ich hoffe, ich störe euch nicht."

„Ganz und gar nicht. Was können wir für dich tun?", fragte Brandt.

„Ich hatte vorhin ein Gespräch mit Lübben."

„Was ist dabei herausgekommen?", fragte Aydin.

„Vielleicht haben wir einen Glückstreffer gelandet. Lübben hat mir den Namen der Person genannt, die den Hauptbeitrag im Darknetforum verfasst hat."

„Und die Person wohnt im Kölner Einzugsgebiet?", fragte Brandt. Es war mehr eine Feststellung, warum sonst hätte Arndt anrufen sollen?

„Genau, deswegen wollte ich euch bitten, mal bei ihm vorzufühlen. Ich habe die Informationen allerdings nicht ganz sauber erhalten."

„Was meinst du damit?", fragte Aydin.

Arndt erklärte den beiden, dass er Lübben eine unwahre Geschichte aufgetischt habe, um ihn aus der Reserve zu locken.

„Für mich absolut legitim", nahm Brandt ihm gleich eventuell vorhandene Sorgen. Er hätte in dieser Situation genauso gehandelt. „Wird sich das strafmildernd für ihn auswirken?"

„Das muss der Staatsanwalt entscheiden, mich interessiert nur, wer Elke entführt hat. Auf Bernds Analyse kann und will ich nicht warten, auch nicht auf Lutz und Tim, von denen ich mir allemal mehr verspreche als von Bernd."

„Das sehen wir hier genauso. Schick uns doch bitte die Daten per E-Mail, dann fahren Emre und ich sofort los."

„Danke, Jungs, das rechne ich euch hoch an. Ich kann mir gut vorstellen, dass ihr allerhand anderes zu tun habt."

„Hey, das ist doch selbstverständlich. Du würdest das Gleiche für uns tun", antwortete Brandt. Er hatte für einen winzigen Augenblick das Gefühl, dass Arndt seine starke Fassade abgelegt hatte, denn seine Stimme klang plötzlich rau und etwas dünn.

„Jederzeit", sagte Arndt, ohne zu zögern. Brandt zweifelte keine Sekunde daran, dass der Lübecker Kollege das ernst meinte, und er wusste, dass Aydin dasselbe dachte.

„Wir finden sie, wir müssen nur besonnen bleiben. Bernd hat schon recht, wenn er sagt, dass der Täter mit uns spielt, dass er uns leiden sehen will. Diesen Gefallen dürfen wir ihm nicht tun", erklärte Aydin.

„Das stimmt. Aber wir wissen auch, dass mit jedem Tag, den wir sie nicht finden, die Chancen rapide sinken, dass sie …", erwiderte Arndt, beendete den Satz jedoch nicht. Für eine Weile schwiegen sie betroffen.

„Wir finden sie", setzte Brandt noch einmal an. „Schick uns bitte die Daten."

„Mach ich." Danach verabschiedeten sie sich.

„Der arme Kerl. Selbst am Telefon merkt man richtig, wie er leidet", sagte Aydin, während er seinen Becher in die Spülmaschine stellte.

„Ich will mir gar nicht ausmalen, was geschieht, wenn wir Elke nicht lebendig finden."

„So was darfst du nicht mal denken."

„Wir sind Kriminalpolizisten und wir wissen, wie so etwas meistens ausgeht."

„Manchmal bist du echt unmöglich." Aydin schüttelte den Kopf.

„Wieso? Nur weil ich alle Optionen in Erwägung ziehe? Glaubst du, ich will deswegen weniger, dass wir sie lebendig finden?"

„Guten Morgen, die Kollegen", wurde Brandt unterbrochen. Er musste sich nicht umdrehen, um zu wissen, zu wem die Stimme gehörte. Es war Kramer.

„Guten Morgen", antwortete Aydin. Bei Brandt klang die Begrüßung ziemlich gequält.

„Das war doch eine sehr informative und wertvolle Besprechung gestern", sagte Kramer und nahm sich einen Becher aus dem Schrank.

„Wir sind Elke keinen Schritt näher gekommen, ich weiß nicht, wie man da von einer *wertvollen Besprechun*g reden kann."

„Der ewige Pessimist. Ich glaube, Bernd und ich sind dem Täter viel näher, als ihr annehmt. Ich hatte eben eine Telefonkonferenz mit ihm. Es ist erstaunlich, wozu die Technik heute fähig ist. Die Zukunft gehört dem Predictive Policing."

„Komm", sagte Brandt an Aydin gerichtet. Er hatte gerade keinen Nerv für Kramer und dessen überschwängliche Bewunderung für Bernd, das war ihm einfach zu viel.

„Wir sehen uns", sagte Aydin an Kramer gerichtet, bevor er Brandt folgte.

„Bis später", erwiderte Kramer, der augenscheinlich bester Laune war.

„Du hättest ruhig etwas freundlicher sein können", ermahnte Aydin seinen Partner, als sie auf dem Flur waren und zu ihrem Büro gingen.

„Warum? Es war freundlich genug, dass ich einfach nur die Küche verlassen habe. Dieses Geschleime um Bernd nervt total."

„Na und? Er bewundert ihn halt, weil er in seinem Fach eine Koryphäe ist. Ich habe ihn gestern mal wieder gegoogelt..."

„Was? Wieso googelst du ihn?"

„Weil ich etwas über Predictive Policing in Erfahrung bringen wollte. Jedenfalls bin ich da auch auf Bernd gestoßen."

„Ich verstehe nicht, was ihr alle damit habt. Polizeiarbeit findet noch immer auf der Straße statt, da, wo die Verbrecher zuschlagen. Bernd ist mir einfach zu glatt, der ist kein richtiger Polizist."

„Höre ich da etwa Neid heraus?"

„Quatsch."

„Na ja, er sieht schon verdammt gut aus, stylt sich besser als du..."

„Das halte ich für ein Gerücht", unterbrach Brandt ihn.

„Die Lübecker Jungs können sich wirklich glücklich schätzen, jemanden wie ihn in ihren Reihen zu haben. Er hält Vorträge über die Denk- und Verhaltensmuster von Psychopathen in Harvard, Yale und anderen renommierten Universitäten. Seine Analysen und seine Expertisen sind weltweit gefragt. Kein Wunder, dass Kramer zu ihm aufschaut. Bernd spielt in einer ganz anderen Liga."

„Genug geschwärmt. Schau lieber nach, ob Arndt uns die Daten gemailt hat", beendete Brandt diese leidige Lobhudelei. Sollte Bernd doch weltweit geschätzt und bewundert werden, das änderte nichts an dem Eindruck, den Brandt von ihm gewonnen hatte. Irgendetwas stimmte mit ihm nicht. Warum sonst arbeitete ein Mann wie er bei der Lübecker Polizei und nicht an einer der besten Universitäten der Welt wie zum Beispiel Harvard?

Vielleicht war er viel sozialer, als Brandt annahm, vielleicht empfand er die Arbeit bei der Polizei als wertvoller als die in einem Hörsaal. Hier konnte er schließlich mit den Psychopathen und Kriminellen direkt arbeiten, an der Uni blieb das alles meistens Theorie. Im selben Moment fiel Brandt aber wieder ein, dass Bernd an der Uni Hamburg unterrichtete und eine eigene Praxis für psychisch labile Menschen unterhielt.

Unwillkürlich musste er an Linus Rosenbaum denken, den schwerreichen Kriminalpolizisten aus Frankfurt. Er war vermutlich der einzige Kollege in ganz Deutschland, der mit einem Ferrari zur Arbeit fuhr. Auch so ein Mensch, bei dem man sich fragte, warum er sich das antat, er hätte doch ein sehr angenehmes Leben führen können. Aber er nahm Linus ab, dass er Polizist aus Leidenschaft war. So großkotzig er manchmal rüberkam, so idealistisch war er und so intensiv kämpfte er für Gerechtigkeit.

Brandt war überzeugt, wenn jemand etwas aus Leidenschaft und Begeisterung tat, war es völlig egal, aus welcher sozialen Schicht er kam, wie sein Mathelehrer in der achten Klasse, der einen Porsche fuhr.

Was ist mit Bernd? Ihm nimmst du das nicht ab, dachte er selbstkritisch.

„Die E-Mail ist da", holte Aydin ihn aus seinen

Gedanken.

„Und, mit wem haben wir es zu tun?", fragte Brandt. Inzwischen waren sie in ihrem Büro angekommen und griffen nach Jacke und Waffe.

„Sven Peetz. Er ist achtundzwanzig Jahre alt und bisher unauffällig."

„Okay. Wollen wir hoffen, dass Lübben sich keinen Scherz mit Arndt erlaubt hat", sagte Brandt. Während er in seine Jacke schlüpfte, schaute er wie zufällig auf Aydins Sneaker. Er trug immer nur Chucks, in den unterschiedlichsten Ausführungen und Farben. „Das wird nichts mehr mit dir", bemerkte er ironisch.

„Was denn?", fragte Aydin und schien erst jetzt zu merken, worauf sein Kollege anspielte. „Die Schuhe sind neu, da lösen sich die Schnürsenkel leider schneller."

„So ein Quatsch. Das passiert dir andauernd, irgendwann wird dir das im Einsatz noch zum Verhängnis", antwortete Brandt. Dieses Geplänkel war inzwischen so etwas wie ein Running Gag zwischen den beiden. Aydins Chucks hatten es an sich, dass sich die Schnürsenkel immer lösten – oder Aydin war einfach unfähig, sie ordentlich zu binden. Brandt tippte auf Letzteres.

Aydin bückte sich und band den Schnürsenkel erneut.

„Ich kann echt nicht verstehen, wie man mit solchen Schuhen zur Arbeit kommen kann. Wenn ich Bender wäre, würde ich Turnschuhverbot im Dienst verhängen."

„Zum Glück bist du nicht Bender. Ich bin halt ein sportlicher Typ, nicht so steif wie du." Im Gegensatz zu Brandt, der so gut wie immer in Hemd und edler Hose herumlief, trug Aydin am liebsten T-Shirts oder Hoodies.

„Du und sportlich? Wann warst du denn das letzte Mal im Gym?"

„Ich werde mich von dir nicht ärgern lassen. Sobald ich etwas mehr Luft habe, gehe ich und dann wirst du sehen, wie schnell mein Sixpack wieder da ist. Leah nimmt derzeit meine ganze Zeit in Anspruch."

„Welcher Sixpack? Du hattest nie einen", lachte Brandt.

„Witzig. Ich war mehr in Shape als du."

„In deinen Träumen vielleicht", entgegnete Brandt, der sehr viel für seinen muskulösen und sportlichen Körper tat. „Sag mir lieber, wo dieser Peetz wohnt."

„In Deutz."

„Das ist quasi um die Ecke. Komm."

Sie verließen das Präsidium und gingen zu ihrem Dienstfahrzeug, Brandt fuhr und bald hatten sie die Deutzer Freiheit erreicht, von der aus er in die Luisenstraße abbog, in der Peetz wohnte. Brandt parkte vor der richtigen Hausnummer und beide stiegen aus.

„Junger Mann, Sie können hier nicht parken. Wie sollen denn die Autos da noch durchfahren?", wurde Brandt von einem älteren Herrn angesprochen, der auf die recht enge Straße hinwies.

„Wir sind nur kurz hier", antwortete Brandt, er wollte dem Mann nicht gleich auf die Nase binden, dass sie von der Polizei waren.

„Das sagen sie alle und dann verschwinden sie für Stunden in der Spielhalle." Der Mann schüttelte den Kopf und ging weiter, ohne eine Antwort abzuwarten.

„Komischer Kauz", sagte Aydin.

„Eigentlich nicht, immerhin ist er jemand, der Augen und Ohren offenhält. Solche Menschen gibt es zusehends weniger in Deutschland", entgegnete Brandt. Sie gingen zur Haustür.

Auf der Fahrt hatte Aydin ihm sämtliche Informationen vorgelesen, die Arndt ihnen gemailt hatte. Viele waren es nicht, das hatte Brandt stutzig gemacht. Es ließ ihn zweifeln, ob sie bei Peetz wirklich auf wertvolle Auskünfte hoffen durften, die dabei halfen, Elke zu finden.

Brandt drückte die Klingel neben dem Namen Peetz und kurz darauf ertönte der Summer. Es erstaunte ihn immer wieder, dass Menschen die Tür öffneten, ohne zu fragen, wer davor stand. Damit erleichterten sie Kriminellen die Arbeit ungemein, aber anscheinend waren die Menschen auch in dieser Hinsicht einfach zu nachlässig.

Peetz wohnte im ersten Stock und erwartete sie bereits an der Wohnungstür.

„Sie sind ja gar nicht der Pizzamann", sagte er, als er die beiden Beamten sah. Die Enttäuschung stand ihm ins Gesicht geschrieben.

„Pizza um diese Zeit?"

„Klar, warum nicht?", entgegnete er. „Bis 12 Uhr kostet jede Pizza nur 5 Euro. Ein besseres Frühstück kann es nicht geben. Es gibt sogar Studien, die besagen, dass Pizza ein gesünderes Frühstück ist als Müsli." Peetz lachte, wobei sich sein ausladender Bauch ruckartig bewegte. Selbst das schwarze XXL-T-Shirt konnte das nicht kaschieren. Brandt war es schleierhaft, wie ein Mensch sich so gehen lassen konnte.

„Sind Sie Sven Peetz?", fragte Aydin.

„Wenn das auf der Klingel steht, sollte ich das wohl sein", witzelte er.

„Wir sind von der Kriminalpolizei Köln", begann Aydin mit der Vorstellung.

„Ach? Und was wollen Sie von mir?", unterbrach Peetz ihn.

„Uns kurz unterhalten. Dagegen werden Sie doch nichts haben", erklärte nun Brandt und trat einen Schritt in die Wohnung. Man sah Peetz an, dass er sich etwas überrumpelt fühlte, aber er sagte nichts.

„Ziehen Sie sich bitte eine Hose an", sagte Brandt jetzt in schärferem Ton als beabsichtigt. Dass Peetz nur mit einem T-Shirt und einer dieser hässlichen Unterhosen, die vielleicht noch sein Großvater getragen hatte, bekleidet war, nervte ihn.

Peetz' Gesicht wurde knallrot und er schaute nach unten. „Das ist mir jetzt aber sehr peinlich."

„Das hättest du auch freundlicher sagen können", ermahnte Aydin ihn flüsternd, als Peetz in einem Raum, vermutlich dem Schlafzimmer, verschwunden war.

„Warum?" Brandt dachte gar nicht daran, freundlich zu sein, immerhin gab es Indizien dafür, dass Peetz in irgendeiner Weise in die Entführung von Elke involviert war – wobei es natürlich immer noch die Möglichkeit gab, dass Lübben sich einen Spaß erlaubt hatte.

Brandt nutzte die Zeit, um ins Wohnzimmer zu gehen. Wie es schien, bewohnte Peetz eine Zweizimmerwohnung. Im Wohnzimmer stand eine alte, durchgesessene Couch.

„Rate mal, wo er sitzt?", sagte Brandt, da die Couch auf der rechten Seite eine deutliche Kuhle aufwies. Auf dem Couchtisch standen zwei große Colaflaschen, daneben lagen eine geöffnete und eine leere Tüte Chips.

Neben dem Tisch stapelten sich leere Colaflaschen, Verpackungen vom Pizzabringdienst und weitere leere Chipstüten.

Anscheinend bestand Peetz' Hauptbeschäftigung aus Essen. Brandt bemerkte einen PC auf dem Schreibtisch und ging darauf zu.

„Was machst du da?"

„Warte vor der Tür, falls er kommt", bat Brandt und prüfte, ob der Rechner an war.

Aydin entfernte sich, währenddessen drückte Brandt auf eine Taste auf der Tastatur und der Bildschirm wurde hell.

Irgendein Computerspiel erschien. Da Brandt sich privat mit solchen Dingen nicht auseinandersetzte, wusste er nicht, um was für ein Spiel es sich handelte.

Aydin hustete kurz und Brandt wusste, dass Peetz gleich das Wohnzimmer betreten würde. Leider wusste er nicht, wie er den Bildschirm wieder in den Standbymodus schalten sollte, also stellte er sich einfach davor in der Hoffnung, dass der Monitor schnell genug von alleine dunkel werden würde.

„Verzeihen Sie die Unordnung, ich bin derzeit krankgeschrieben", schien Peetz den Zustand seines Wohnzimmers erklären zu wollen.

„Krank? Was haben Sie denn?"

„Der Rücken. Ich kann mich nur schwer bewegen. Mein Arzt sagt, das kommt vom Übergewicht und weil ich mich so wenig bewege. Er meint, ich hätte die Gelenkigkeit eines Fünfzigjährigen", lachte Peetz, doch Brandt sah ihm an, dass das Lachen gequält war. Peetz fühlte sich in seiner eigenen Haut unwohl, das war nicht zu übersehen.

„Ohne Ihnen zu nahe treten zu wollen, aber Sie sollten auf Ihren Arzt hören", antwortete Brandt und sein Blick wanderte zu den Chipstüten und den Colaflaschen.

„Ich weiß, bei Chips und Cola werde ich einfach schwach. Deswegen versuche ich ja, auf Pizza umzusteigen, das macht länger satt."

In Gedanken schlug sich Brandt gegen die Stirn, er konnte nicht glauben, dass Peetz das ernst meinte.

„Pizza sollten Sie auch weglassen. Fett ist nie ein guter Ersatz für Zucker. Es gibt viele Bio-Lebensmittel mit wenig Fett und Zucker, die sehr gut schmecken", sagte Aydin.

„Na ja, Sie naschen bestimmt auch gerne. Ihrem Kollegen nehme ich das ja ab, aber sagen Sie mir nicht, dass Sie abends nicht den ein oder anderen Riegel verdrücken", entgegnete Peetz und zeigte damit, dass er genauso austeilen konnte.

Brandt konnte sich ein kurzes Schmunzeln nicht verkneifen, vor allem als er sah, dass Aydin instinktiv den Bauch einzog.

„Als was sind Sie denn beschäftigt?", fragte Brandt, um vom Thema abzulenken.

„Ich arbeite als IT-Administrator. Ich sehe genau, was Sie denken. Kein Wunder, dass der Junge so fett ist, wenn er den ganzen Tag vorm Bildschirm sitzt und sich nicht bewegt."

Exakt das dachte Brandt, doch er hätte das natürlich niemals gesagt.

„Wenn Sie krankgeschrieben sind, bedeutet das aber auch, dass Sie nicht am heimischen Computer sitzen sollten", erklärte Brandt und hatte eine Idee.

„Tue ich ja auch nicht. Das wäre meinem Arbeitgeber gegenüber ja unfair, wenn ich jetzt die ganze Zeit am PC zocken würde."

Dass sich Peetz mit diesem Satz selbst verraten hatte, schien er nicht zu bemerken. Diese Steilvorlage nutzte Brandt.

„Und warum ist Ihr Rechner dann an?" Er drehte sich um und drückte schnell eine Taste auf der Tastatur, damit es so aussah, als würde der Rechner gerade aus dem Standbymodus hochfahren.

„Der Rechner ist immer im Standby", erklärte Peetz, aber in diesem Moment sah auch er, dass auf dem Rechner ein Computerspiel lief, da Brandt vom Bildschirm wegtrat.

„Und wie nennen Sie das?", fragte nun Aydin. „Das ist doch Star Wars." Im Gegensatz zu Brandt kannte sich Aydin mit Computern und virtuellen Spielen viel besser aus, da er, wie er Brandt gegenüber immer wieder erwähnte, selber gerne spielte. Vor allem dieses komische Pokémon Go auf seinem Handy, was Brandt einfach unerklärlich war.

„Oh, das ist noch von vor ein paar Tagen", schien Peetz nach einer Antwort zu suchen.

„Es sieht mir aber eher danach aus, dass Sie bis eben gespielt haben", entgegnete Aydin. Inzwischen hätte Peetz allen Grund gehabt, zu sagen, dass seine privaten Lebensumstände die Polizei nicht zu interessieren hätten, doch noch immer hatte er sie nicht nach dem Grund ihres Besuches gefragt. Entweder, weil er nichts mit Elkes Entführung und dem Darknetbeitrag zu tun hatte, oder, weil er sie das glauben lassen wollte. So allmählich bekam Brandt den Eindruck, dass Peetz viel ausgefuchster war, als es den Anschein hatte.

Da klingelte es an der Tür und Peetz rief unvermittelt: „Oh, das wird der Pizzabote sein." Kaum hatte er das ausgesprochen, lief er aus dem Wohnzimmer.

Brandt und Aydin schauten ihm verwundert nach.

„Schau doch bitte mal, ob er im Internet irgendwelche Seiten geöffnet hat", flüsterte Brandt.

Aydin trat zu ihm, nahm die Tastatur und betätigte eine Buchstabenkombination, die Brandt sich ohnehin nicht merken konnte.

„Nur das Spiel", flüsterte Aydin, der immer wieder nervös zur Tür schaute. „Ich glaube nicht, dass wir das hier dürfen."

„Spinnst du? Diese Gelegenheit dürfen wir nicht ungenutzt lassen. Schau nach, ob er im Darknet aktiv ist", drängte Brandt, der für die Zurückhaltung seines Partners kein Verständnis hatte.

Obwohl sie schon einige Jahre zusammenarbeiteten und Aydin langsam wusste, wie er tickte, war er für Brandts Empfinden noch immer zu vorsichtig und ängstlich.

Aydin nahm die Maus und öffnete einen Ordner. Dann tippte er etwas in den Computer. Im selben Augenblick hörte Brandt Peetz sagen: „Was machen Sie da an meinem Rechner?"

Kapitel 25

„Tun Sie das nicht. Sie machen mich sehr wütend", brüllte der Mann. Doch Elke hielt die Puppe weiterhin mit beiden Händen fest. Dann bewegte sie die rechte Hand zum Hals der Puppe.

„Wenn Sie mich nicht rauslassen, wird Ihr Liebling gleich kopflos sein", drohte sie und der Mann sah an ihrem entschlossenen Blick, dass sie nicht scherzte.

Das war die Elke, die er damals kennengelernt und die er so sehr gehasst hatte. Auf der einen Seite mochte sie lieb und freundlich wirken, aber tief in ihrem Herzen war sie nichts anderes als eine Hexe. Welche liebe Frau würde auch zur Kriminalpolizei gehen? Keine! Nur Hexen, davon war er jedenfalls überzeugt.

„Lassen Sie Susi los, sonst vergesse ich mich."

„Susi?", fragte Elke spöttisch und er war sich nicht sicher, ob sie ihn auslachte oder ob sie schockiert darüber war, dass seine Puppe einen Namen hatte.

Aber was sollte so schockierend daran sein? Nur weil sie kein Verständnis dafür hatte, hieß das noch lange nicht, dass er gestört war. In Asien war es weit verbreitet, dass Männer Puppen besaßen, zu denen sie ein besonderes Verhältnis hatten. In einer Dokumentation hatte er einmal gesehen, dass da von mehr als zehn Millionen Puppen allein in Japan die Rede war. Es gab sogar Männer, die ihre Puppen heirateten.

Er hatte lange gespart, bis er sich Susi hatte leisten können. Sie war in Japan extra nach seinen Wünschen angefertigt worden und er konnte sich noch sehr gut an ihre erste Begegnung erinnern. Diese Aufregung, diese

Neugierde, als er den schweren Karton geöffnet und sie das erste Mal gesehen hatte. Es war Liebe auf den ersten Blick. Vor allem konnte er an ihr seine sexuellen Wünsche frei ausleben, ohne Sorge haben zu müssen, dass irgendwelche Moralapostel ihn schief ansehen oder gleich wieder ins Gefängnis stecken würden. Außerdem sagte sie nie Nein, egal was er von ihr verlangte.

Was konnte er dafür, dass die Moralvorstellungen der Ewiggestrigen sich nicht mit den seinen deckten. Dennoch musste er darunter leiden. Eigentlich sollte die Gesellschaft ihm dankbar dafür sein, dass er sich Susi besorgt hatte. Sie half ihm dabei, seinen Sexualtrieb, diese unendliche Lust nach sehr jungen Frauen, in den Griff zu bekommen. Wenn Susi bei ihm war, vergaß er für einen Augenblick, wie schön es wäre, ein junges Mädchen zu streicheln.

Er liebte Susi, und genau deswegen würde er niemals dulden, dass diese Schlampe von Polizistin ihr etwas antat. Immerhin hatte er noch das Messer und wenn sie Susi verletzte, würde er das Messer benutzen, auch wenn das Ärger mit sich bringen würde. Aber hier ging es schließlich um Susi, das würde doch jeder verstehen, dachte er ängstlich.

„Lassen Sie Susi in Ruhe", wurde er nun laut und machte einen Schritt auf Elke zu. Die presste sich an den Tisch, den sie zuvor umgekippt hatte, als wäre er ein Schutzschild.

„Ich scherze nicht. Ich werde meine Drohung nicht wiederholen. Entweder Sie machen Platz oder Susi wird sterben!" Und als wollte sie ihren Worten noch mehr Gewicht verleihen, zog sie so heftig an Susis Frisur, dass sie ein ganzes Büschel ihrer samtweichen blonden Haare in den Händen hielt.

Er schrie auf. „Sie Hexe, was haben Sie getan? Nicht weinen, mein Schatz." Er war überzeugt davon, dass Susi gerade ein paar Tränen vergoss. Welches junge Mädchen hätte das nicht getan, wenn man ihr so viele Haare ausgerissen hätte?

„Sie sind noch durchgeknallter, als ich dachte", rief Elke jetzt.

Er merkte, wie eine unbändige Wut in ihm aufstieg. Er biss sich auf die Unterlippe, bevor er wieder etwas sagen konnte. „Sie haben mich die ganze Zeit nur verarscht, genau wie alle anderen. Sie haben mit meinen Gefühlen gespielt. Ich dachte, Sie vertrauen mir, ich dachte, Sie kennen die Spielregeln. Aber das tun Sie nicht. Sie glauben, ich wäre dumm, aber das bin ich nicht. Sie sind böse, genau wie alle anderen Menschen", schimpfte er. „Wie fast alle Menschen", korrigierte er sich schnell. Es war ihm, als würde es Unglück bringen, wenn er den Zusatz nicht ergänzt hätte.

„Messer fallen lassen und den Schlüssel für die Kellertür auch", fauchte Elke jetzt wie eine wildgewordene Katze.

Ja, sie war eine tollwütige Katze, die man dringend bändigen musste, das würde jeder verstehen, dachte er. Trotzdem war er hin und her gerissen. Susi in ihren Händen zu sehen, ihr Leid zu sehen, war schlimm. Er sah ihr an, dass sie um Hilfe bettelte. Aber wenn er Elkes Forderungen nachgab, dann …

Diesen Gedanken wollte er nicht zu Ende denken. Er durfte sie nicht gehen lassen, um keinen Preis der Welt.

„Ich sagte: Messer und Schlüssel auf den Boden fallen lassen!" Ihre Stimme wurde noch fordernder, als sie ohnehin schon war.

„Sie haben mir nichts zu sagen. Was glauben Sie, wer Sie sind? Das ist mein Reich, hier bestimme ich allein", brüllte er, doch sie zeigte keine Reaktion. Sie wirkte selbstbewusst und wütend. Wo war die Elke, die bis eben noch ängstlich wie ein Häschen gewesen war? Die Elke, mit der er sich beim Essen einen Scherz erlaubt hatte?

Und dann riss sie Susi einen Arm aus. Der Schock fuhr ihm durch alle Glieder, er erstarrte. Ihm war, als würde Susi verbluten. Natürlich war da kein Blut, aber er sah es, schließlich hatte er sich lange genug eingeredet, dass sie aus Fleisch und Blut wäre, dass sie eine Seele hätte und ihn begehrte. In dieser Hinsicht waren der Fantasie keine Grenzen gesetzt.

„Gleich reiße ich Ihrer lieben Susi den Kopf ab, dann war es das mit Ihrem Schatz. Sehen Sie nicht, wie sie Sie anfleht, dass Sie ihr helfen sollen? Was sind Sie für ein Freund?"

Sie sieht es auch, dachte er erschrocken. Ja, Susi litt und sie machte ihm Vorwürfe, dass er zuließ, wie sie gequält wurde. Er musste etwas tun.

Da hatte er eine Idee. Er warf den Schlüssel auf den Boden.

„Und das Messer", brüllte sie ihn an.

„Nein, das ist mein Pfand. Wer sagt denn, dass Sie mich nicht abstechen?"

„Machen Sie Witze?", rief sie.

„Nein, ganz und gar nicht. Ich kenne Sie, Sie linke Hexe."

„Legen Sie das Messer auf den Boden."

„Das werde ich nicht. Entweder Sie nehmen den Schlüssel und verpissen sich oder ich muss Susi opfern. So sehr mein Herz blutet, manchmal muss man für eine größere Sache Opfer bringen."

Elke schien verunsichert, was ihm Mut machte, dass sie auf seinen Vorschlag eingehen würde. Natürlich dachte er gar nicht daran, Susi zu opfern. Sie war sein Ein und Alles. Sie hörte ihm zu und war immer für ihn da. Nein, Susi war mehr wert als jeder Mensch, denn für ihn war sie ein Mensch, ein perfekter, ohne Allüren und Zickereien.

„Ich werde Susi oben, wenn ich aus dem Keller bin, auf den Boden legen."

„So nicht. Sie lassen Susi jetzt sofort los", entgegnete er.

„Woher soll ich wissen, dass Sie dann nicht nach mir greifen? So klappt das nicht."

„Gut, dann eben, wenn Sie auf der Treppe sind."

Elke schien zu überlegen, schließlich nickte sie. „Keine Dummheiten", sagte sie, als sie langsam den Schlüssel aufhob und sich der Tür näherte.

Der Mann machte ihr Platz und ließ sie ziehen, folgte ihr aber.

Sie erreichten die Treppe und Elke stieg die Stufen hinauf, dabei schaute sie immer wieder zu ihm herunter. Er wartete, bis sie an der Tür war.

„Jetzt geben Sie mir Susi", sagte er. Elke steckte jedoch zunächst den Schlüssel ins Schloss, drehte ihn und die Tür öffnete sich.

Dann warf sie ihm die Puppe entgegen. Er fing Susi auf

und sah, wie Elke versuchte, aus der Tür zu stürzen. In diesem skurrilen Moment konnte er nicht anders, er musste schallend lachen.

„Ich sagte doch, ich bin nicht dumm."

Kapitel 26

Das Gespräch mit Lübben hatte Arndt zumindest in einer Sache bestätigt: Bremer war nicht sauber. Aber bedeutete das gleichzeitig, dass er etwas mit Elkes Entführung zu tun hatte?

Er wusste es nicht, war jedoch gewillt, das herauszufinden. Was bei Lübben funktioniert hatte, konnte auch bei ihm funktionieren, wobei er Bremer für gerissener hielt. Also machte er sich auf den Weg zu ihm.

Arndt hoffte, dass die Kölner Kollegen in der Zwischenzeit etwas herausfanden, was ihnen helfen würde. Tim hatte schnell ein paar Erkundigungen über Sven Peetz eingeholt, aber leider sprachen sie nicht gerade dafür, dass Peetz kriminell veranlagt war. Trotzdem konnte er nicht glauben, dass Lübben sich einen Namen ausgedacht hatte, um ihn zu ärgern. Nein, Lübben hatte nach dem Strohhalm gegriffen, der ihm eine etwas mildere Strafe garantierte. Jemand wie er war nicht fürs Gefängnis gemacht, daran bestand für Arndt kein Zweifel. Allerdings bedeutete das noch lange nicht, dass Brandt und Aydin etwas Neues bei ihm in Erfahrung bringen würden.

Arndt hatte Willy zusätzlich um einen Durchsuchungsbeschluss gebeten. Falls die Kölner Kollegen keine wertvollen Informationen erhielten, würde man auf diese Weise Peetz' Wohnung durchsuchen und vor allem seinen Computer beschlagnahmen können. Allerdings war Willy wenig optimistisch, dass der Richter dem so einfach zustimmen würde, gerade wenn man bedachte, dass Peetz als unbescholtener Bürger galt und bislang unklar war, in welcher Beziehung Lübben zu ihm stand. Dennoch wollte er auch Bender darum bitten, dass sie sich für einen Durchsuchungsbeschluss starkmachte. Köln lag schließlich außerhalb des Zuständigkeitsgebietes der Lübecker Polizei, außerdem wollte sich Willy während Arndts Abwesenheit mit Lübben unterhalten, in der Hoffnung auf weitere verwertbare Informationen.

„Die Zeit, diese verdammte Zeit", platzte es aus Arndt heraus. Er schlug mit der rechten Hand gegen sein Lenkrad und schaute aus dem Seitenfenster, wo ein kalter Wind die Bäume am Straßenrand schüttelte. Statt die A1 zu nehmen, fuhr er über die A226, da der Verkehr auf der Autobahn um diese Zeit unberechenbar war und er nicht im Stau stecken wollte. „Zeit", knurrte er erneut. In solchen Momenten wurde ihm bewusst, wie kostbar die Zeit war und wie fahrlässig Menschen mit ihr umgingen, als wäre sie unbegrenzt vorhanden. Doch das war sie nicht.

Er folgte dem Heiligen-Geist-Kamp und bog auf die Travemünder Allee ab, von der aus er auf die A226 gelangte. Hier und da bremste ihn der Verkehr ab, aber irgendwie mogelte er sich durch und erreichte gute zwanzig Minuten später sein Ziel.

Ein leichter Nebel lag über Sereetz und hüllte das Haus von Bremer schaurig ein.

„Elke ist hier nicht", sagte er zu sich, schließlich war er bereits in Bremers Keller gewesen. Wenn er sie dort gefangen hielt, hätte er das mitbekommen. „Es sei denn, er hat ihr den Mund zugeklebt und sie gefesselt. Ich muss Bremer eine Falle stellen, egal wie."

Er trat an die Haustür und klingelte. Wie beim ersten Mal glaubte er, Musik zu hören, aber diesmal war sie nicht so laut. Er klingelte ein zweites Mal und spielte mit dem Gedanken, sich Zugang zum Keller zu verschaffen und alle Räume erneut zu durchsuchen. Gut möglich, dass Bremer gerade so beschäftigt war, dass er das nicht mitbekam, und wenn doch, wusste Arndt, dass Bremer ihn wieder anzeigen würde. Wegen des letzten Zwischenfalls hatte er das schon getan, aber Willy hatte Arndt die Sorge genommen, dass er mit ernsthaften Konsequenzen würde rechnen müssen. Letzten Endes war ihm das auch egal, sollte Bremer doch so viele Anzeigen gegen ihn anstrengen, wie er wollte.

Arndt war gerade einen Schritt von der Tür weg getreten, als diese geöffnet wurde.

„Was wollen Sie denn?", moserte Bremer.

„Mich mit Ihnen unterhalten", antwortete Arndt und drängte sich an ihm vorbei in den Flur. Fast wäre Bremer bei dem kleinen Rempler gestürzt.

„Passen Sie doch auf. Sie Idiot", reagierte Bremer gewohnt provokant.

„Sie wissen, dass das gerade eine Beamtenbeleidigung war, dafür kann schnell ein Bußgeld von mehr als tausend Euro fällig werden."

„Sie sind in meine Wohnung geplatzt und ich wäre fast gestürzt."

„Sie stehen noch auf den Beinen, wenn ich mich nicht irre. Essen Sie doch einfach mal ein bisschen mehr, bei Ihren Spargelbeinen reicht ja schon der kleinste Windstoß."

„Was wollen Sie von mir? Sie haben auf meinen Rechnern nichts gefunden. Ich habe mit der Entführung Ihrer Kollegin nichts zu tun."

„Das sagen Sie, wahrscheinlich würde ich das in Ihrer Situation auch sagen."

„In was für einer Situation soll ich denn bitte sein?" Es war nicht zu übersehen, dass Bremer hochgradig nervös war, so ruhig er auch zu wirken versuchte.

„Hören Sie immer über Kopfhörer Musik?", fragte Arndt, er spielte damit auf den Kopfhörer an, den Bremer um den Hals trug.

„Na und?"

„Komisch, warum kann man die Musik dann bis auf die Straße hören, müsste es nicht leise sein? Ach nein, warten Sie, das sind ja gar keine Musikkopfhörer. Wahrscheinlich bin ich nicht so technikaffin wie Sie und so schlau erst recht nicht, aber ich weiß, dass diese Kopfhörer eher für Computerspiele oder fürs Internet genutzt werden." Arndts Sohn hatte ihn im Urlaub gefragt, ob er solche Kopfhörer haben dürfe, und als Arndt sich nach dem Grund dafür erkundigt hatte, hatte Sebastian geantwortet, dass die Spiele damit „noch cooler" klingen würden.

Arndt wusste, dass seine Ex-Frau seinem Sohn erlaubte, Computerspiele zu spielen. Er selbst war dagegen, da er glaubte, Sebastian wäre noch zu jung für so etwas. Ihn beschlich häufig der Verdacht, dass seine Ex seinen Sohn auf diese Weise ruhig stellte, denn in seinen Augen waren diese technischen Produkte, die man Kindern zum Spielen gab, für nichts anderes gedacht.

Gab man Kindern ein iPad, ein Smartphone oder eine Spielekonsole in die Hand, waren sie ruhig und quengelten nicht, weshalb sich die Eltern auch keine Gedanken darum machen mussten, was sie mit ihrem Kind stattdessen anstellen sollten. Für Arndt war das eine Seuche der Moderne. Daher durfte Sebastian, wenn er bei ihm war, erst gar nicht an seinem Handy spielen, das seine Mutter ihm bereits gekauft hatte. Ob das wirklich etwas brachte, bezweifelte er jedoch, da sein Sohn die meiste Zeit bei seiner Mutter war.

„Vielleicht tust du dich auch einfach schwer damit, zu akzeptieren, dass der technische Fortschritt für Kinder inzwischen ganz normal ist und dass sie früh lernen müssen, damit umzugehen", hatte seine Ex ihm vorgeworfen, woraufhin er etwas erwidert hatte, was zu einem handfesten Streit geführt hatte.

„Man kann diese Kopfhörer auch für Musik benutzen", entgegnete Bremer und holte Arndt aus seinen Gedanken.

„Und deswegen konnte ich gerade draußen laute Musik hören?" Arndt glaubte ihm kein Wort. Die Frage war nur, warum weigerte sich Bremer so offensichtlich, es zuzugeben?

„Und wenn schon? Es geht Sie nichts an, was ich mit meinen Kopfhörern anstelle", zischte er. „Wollen Sie mir nicht endlich den Grund Ihres Besuches nennen und dann freundlicherweise mein Grundstück verlassen?"

„Bevor ich zu Ihnen gefahren bin, habe ich mir Ihre Akte in der JVA angeschaut", begann Arndt. Das war nicht einmal gelogen. „Es stehen einige interessante Dinge darin."

„Ich war ein vorbildlicher Häftling, sonst hätte man mich bestimmt nicht vorzeitig entlassen. Sie haben einfach ein Problem damit, zu akzeptieren, dass sich Menschen ändern können. Wahrscheinlich darf ich Ihnen das nicht mal übel nehmen, da Ihr schmaler Intellekt mehr nicht verkraftet."

„In Ihrer Akte steht auch, dass Sie die Fähigkeit besitzen, andere Häftlinge an sich zu binden. Sie seien jemand, der es versteht, andere mit Worten zu manipulieren."

„Ich manipuliere niemanden", erwiderte Bremer. „Das steht mit Sicherheit nicht in den Gefängnisakten."

Bremer hatte recht, es stand da so nicht drin. Nachzulesen war hingegen, dass die Häftlinge ihm große Bewunderung und Respekt entgegenbrachten, was in Arndts Augen letztlich nichts anderes bedeutete. Bremer beeinflusste seine Mitmenschen und das hatte er auch bei Lübben getan. Immerhin hatte dieser das eingestanden.

Zum Glück war Arndt mit jemandem bei der JVA befreundet und so war es für ihn kein Problem gewesen, nicht nur an diese Informationen zu gelangen, sondern ebenso Erkundigungen über Bremer einzuholen. Leider sagte seinem Kumpel Christian der Name Sven Peetz nichts. Jedenfalls war dieser Name weder von Lübben noch von Bremer während ihrer Zeit in der JVA in einer Weise genannt worden, dass es aktenkundig geworden wäre.

„Sie wissen genau, an welchen Stellschrauben Sie drehen müssen, die meisten Häftlinge, mit denen Sie es zu tun hatten, waren psychisch labil und Ihnen nicht gewachsen, es war für Sie ein Leichtes, sie zu manipulieren."

„Verdammt, das stimmt nicht", platzte es aus Bremer heraus. „Was wollen Sie mir unterstellen?"

„Ihre impulsive Reaktion sagt mir, dass ich recht habe. Wie war Ihr Verhältnis zu Lübben?", fragte Arndt und musste wieder an das Gespräch mit Christian denken. Er wollte ihm weitere Informationen darüber besorgen, wer in der Gruppe um Bremer zu den ihm Hörigen gehörte. Es konnte immerhin nicht schaden, sich diese Personen näher anzuschauen, wenn sie denn schon auf freiem Fuß waren.

Immer wieder schwirrte ihm der Name Peetz im Kopf herum, aber ihm wollte einfach keine Verbindung einfallen. Tim hatte auf die Schnelle ein paar Informationen zusammengetragen, während er sich mit Christian unterhalten hatte, und diese hatte er später ungefiltert an Brandt und Aydin weitergeleitet. Peetz war ein bedeutendes Puzzleteil, davon war Arndt überzeugt.

„Sie vermuten viel zu viel und wissen gar nichts. Sie sind wie ein Wurm, der die Welt vor lauter Sand nicht sieht."

„Ich wiederhole mich ungern: Wie war Ihr Verhältnis zu Roland Lübben?"

„Wie schon? So wie zu den anderen Mitinsassen. Man hat sich in der wenigen Freizeit, die man hatte, gegrüßt, das wars auch schon."

„Sicher?" Arndt ließ ihn nicht aus den Augen. Bremers Blicke hingegen wanderten überallhin, nur nicht zu ihm. Er scheute den Blickkontakt, weil er wusste, dass er log.

„Ja, was soll ich mit einem Versager wie Lübben?",

wurde Bremer laut.

„Lübben hat etwas anderes ausgesagt", ließ Arndt die Katze aus dem Sack und fixierte Bremer weiterhin. Die Mundwinkel des schmächtigen Mannes verzogen sich, als fühlte er sich verraten oder bloßgestellt.

„Was dieser elende Wicht sagt, interessiert mich nicht. Dieser Feigling."

„Sollte es aber, er hat Sie nämlich belastet."

Bremer erschrak, er rang sichtlich um Fassung.

„Womit soll diese Pfeife mich belastet haben?", fragte er dann.

„Damit, dass Sie den großen Anführer gespielt haben und alle an Ihren Lippen hingen."

„Das ist alles, was Sie haben?" Bremer schien irritiert.

„Natürlich nicht. Er behauptet außerdem, dass Sie die Mithäftlinge manipuliert hätten, auch ihn. Sie seien geradezu besessen von dem Gedanken gewesen, meine Kollegin und mich schlecht zu machen."

„Er lügt", rief er.

„Das sehen wir bei der Lübecker Kripo nicht so. Lübben versucht seinen Arsch zu retten. Wir haben jede Menge belastendes Material auf seinem Rechner gefunden."

„Diese miese Ratte, ich wusste, dass er beim kleinsten Windstoß kippt", entfuhr es Bremer.

„Dies miese Ratte hat Sie schwer belastet. Er behauptet, dass Sie die Idee mit dem Beitrag im Darknetforum hatten."

„Er lügt, das sind nichts als Lügen. Roland war schon immer voller Komplexe. Er lügt, wenn er nur den Mund aufmacht, weil er süchtig nach Anerkennung ist."

„Das sehen wir und der Staatsanwalt anders. Wenn Sie keine vernünftige Erklärung für all das haben, werden wir Sie verhaften. Und bei einer erneuten Verurteilung wird es diesmal mit Sicherheit keine Strafminderung geben."

„Ich habe diesen Beitrag nicht geschrieben und es war auch nicht meine Idee. Sie werden doch nicht jemandem mit einer so stark ausgeprägten Profilneurose wie Roland Glauben schenken?"

„Warum sollten wir Ihnen Glauben schenken?", entgegnete Arndt, der wusste, dass sein Konstrukt von Anschuldigungen auf sehr wackligen Beinen stand. Aber welche andere Wahl hatte er? Bremers Reaktion war immerhin Beweis genug, dass er etwas verschwieg, dass er etwas fürchtete und dass Arndt auf dieses Etwas gestoßen war.

„Weil ich nicht lüge. Roland wollte diesen Forumsbeitrag", brach es aus ihm heraus. „Ich habe ihn davor gewarnt. Die Polizei ist nicht dumm, lass den Scheiß, du wirst damit auf die Nase fallen. Aber er wollte nicht auf mich hören. Er dachte, es wäre eine lustige Idee. Und damit niemand Verdacht schöpft, hat er Peetz gebeten, den Beitrag zu schreiben."

„Das bedeutet, dass Sie und Lübben zu diesem Zeitpunkt wussten, dass meine Kollegin gefangen gehalten wird", schlussfolgerte Arndt. Bremers überraschter Gesichtsausdruck war ihm Bestätigung genug. Beide hatten also von Elkes Entführung gewusst, Bremer hatte sich in seiner Wut verplappert.

Hieß das aber nicht gleichzeitig, dass sie in ihre Entführung involviert waren? Arndt zögerte keine Sekunde, er zog seine Waffe, entsicherte sie und zielte auf Bremer. „Wo ist Elke?", brüllte er ihn an.

„Ich weiß es nicht. Ich habe Ihre Kollegin nicht entführt. Ich habe Roland davor gewarnt, es zu tun, weil ich keinen Ärger haben wollte. Aber Roland war wie besessen von ihr. Er glaubte, dass Elke und er zusammengehörten und nur Sie ihm im Wege stünden. Er wollte Ihnen Angst machen. Ich weiß nicht, woher er wusste, dass Ihre Kollegin entführt wurde. Ich habe keinen Grund, zu lügen."

„Ich glaube Ihnen kein Wort. Wo ist Elke?" Arndt drückte den Lauf der Pistole an Bremers Schläfe.

„Verdammt, lassen Sie den Scheiß. Ich schwöre Ihnen, ich habe nichts mit der Entführung zu tun. Das Ganze war Rolands Idee. Er hat Ihre Kollegin entführt", sprudelte es angstvoll aus ihm heraus.

Kapitel 27

Elke saß in der Falle, das dämliche Grinsen des Mannes machte ihr Angst. Wie hatte sie so unvorsichtig sein können? Aber wer hätte auch ahnen können, dass der Keller zwei Zugangstüren hatte? Sie war so sicher gewesen, dass der Schlüssel ihr Weg in die Freiheit wäre, nur deshalb war sie auf den Vorschlag dieses Verrückten eingegangen, ihm seine dämliche Sexpuppe zurückzugeben, sobald sie an der Tür war.

Die Freiheit war zum Greifen nahe gewesen, diese Erkenntnis trieb ihr die Tränen in die Augen. Jetzt befürchtete sie das Schlimmste.

Arndt, wo steckst du?, fragte sie sich in all ihrer Verzweiflung. Doch weder Arndt noch ihre anderen Kollegen schienen diesem Dreckskerl auch nur annähernd auf der Spur zu sein. Sie war auf sich allein gestellt, nur waren ihre Optionen mit diesem Versuch rapide gesunken. Streng genommen hatte sie keine einzige mehr.

„Ich habe Ihnen doch gesagt, ich bin nicht dumm. Aber Sie wollten mir nicht glauben. Ja, blöd, dass es zwei Türen gibt. Die zweite wurde vor Jahren bei einer Modernisierung hinzugefügt", schien er erklären zu wollen, warum dieser verdammte Keller zwei Türen hatte.

Du hättest auf dem Messer bestehen müssen, ärgerte sie sich jetzt.

„Kommen Sie runter, bevor ich mich vollkommen vergesse", brüllte er unvermittelt. Alles in ihr wollte, dass sie da blieb, wo sie war. Sollte er doch versuchen, sie von hier oben wegzuholen. Mit einem gekonnten Tritt hätte sie ihn vielleicht die Treppe runterschubsen können. *Vielleicht aber auch nicht*, war ein banger Gedanke.

„Ich wiederhole mich nicht. Kommen Sie sofort runter!"

Was, wenn die Tür nur klemmt?, schöpfte sie kurz Hoffnung und rüttelte noch einmal daran, doch nichts geschah.

„Verdammt, Sie Miststück, kommen Sie runter", brüllte er weiter.

Elke zuckte zusammen und beschloss, ihre Position nicht zu verändern. Diese Wut und dieser Hass, die sie in den Augen ihres Entführers sah, sagten ihr, dass ihr unten Schlimmes drohte. Er wirkte vollkommen kopflos, wie ein Wahnsinniger.

„Gut, Sie wollen es nicht anders. Warum müssen Sie mich so wütend machen? Sie sind wie alle Frauen, immer müssen Sie mich wütend machen, immer spielen Sie mit meinen Gefühlen." Der Mann legte seine Puppe auf den Boden und betrat die erste Treppenstufe. Seine Augen funkelten gefährlich, seine Mundwinkel zeigten nach unten und eine dicke Ader pulsierte an seinem Hals.

Elke versuchte ihre Angst nicht zu zeigen, sich auf ihre Erfahrung im Nahkampf zu verlassen. Sie musste ihn überrumpeln, ihn die Treppe herunterstoßen, aber er hatte ein Messer. Die Klinge blitzte auf, sie schien zu lachen, als wünschte sie sich, sich in Elkes Körper zu bohren.

„Sie sind selbst schuld, das kommt alles nur davon, dass Sie nicht hören wollen. Sie allein tragen die

Verantwortung, das wird jeder verstehen. Ich war zu gnädig und nachlässig mit Ihnen. Sie hatten es gar nicht verdient, aber ich war trotzdem so nett zu Ihnen, weil ich ein gutes Herz habe. Sie hingegen haben es bespuckt und beschmutzt, dafür werden Sie bezahlen."

„Ich trete Ihnen in die Eier. Ich bin eine erfahrene Kriminalbeamtin. Mein Rat an Sie ist: Lassen Sie das Messer fallen, bevor ich Sie verletze", versuchte Elke aus ihrer Not einen Vorteil zu schlagen, so lächerlich das auch wirken mochte. Kampflos wollte sie sich dem Mann jedenfalls unter keinen Umständen stellen. Starke Worte konnten durchaus Eindruck hinterlassen.

Der Mann wirkte allerdings nicht im Geringsten beeindruckt. Ganz ruhig nahm er eine Stufe nach der anderen und kam ihr immer näher. Seine ungepflegten Zähne kamen kurz zwischen seinen Lippen zum Vorschein und ein übler Mundgeruch schlug ihr entgegen. Es war schon skurril: Da befand sie sich in Todesgefahr und machte sich Gedanken über den Mundgeruch dieses Psychopathen.

Allerdings war ihr etwas aufgefallen: Der Mann schaute immer wieder auf die Treppe, wenn er die nächste Stufe nahm, und genau da sah sie ihre Chance, das Unmögliche doch möglich zu machen und den Mann zu überwältigen. Inzwischen trennten sie nur noch wenige Stufen und ihr Entführer grinste, als er die entscheidende Stufe erklomm.

Elke hatte nur darauf gewartet, denn in diesem Augenblick ging sein Blick wieder nach unten und nicht zu ihr. Sie zögerte nicht und holte mit dem rechten Fuß zu einem gezielten Tritt aus. Sie traf seinen Arm, sodass das Messer zu Boden flog. Der Angriff hatte ihn offensichtlich überrascht, er wankte kurz. Elke setzte noch einmal nach und trat dem Mann in den Bauch. Er verlor das Gleichgewicht und stürzte.

Kapitel 28

„Sie halten schön Ihren Mund, bevor ich richtig ungemütlich werde", erhob Brandt seine Stimme, während Aydin weiterhin etwas in die Tastatur tippte.

„Lassen Sie das", sagte Peetz, aber Brandt sah ihm an, dass er Angst hatte. Seine Blicke wanderten hektisch zwischen ihm und Aydin hin und her. Es verriet Brandt, dass sie etwas gefunden hatten, das sie zu Elke führen konnte. Schließlich hatten ihre bisherigen Ermittlungen keine Früchte getragen, eine richtige Hilfe waren sie bislang nicht gewesen. Mit Peetz konnte sich das Blatt wenden.

„Er ist es", sagte Aydin angestrengt.

Brandt zögerte nicht. Er zog seine Waffe, entsicherte sie und richtete sie auf Peetz, der völlig überrumpelt war und schützend seine Hände vors Gesicht hielt.

„Und jetzt reden wir", sagte Brandt. Dann wandte er sich zu Aydin: „Was hast du?"

„Wie es ausschaut, ist er der Admin des Beitrags. Aber ich würde gerne Fischer einschalten." Er nahm sein Handy und rief Fischer an. Nach einer kurzen Erklärung stellte er auf Lautsprecher.

„Dürfen Sie das?", fragte Peetz.

„Sie halten jetzt den Mund", erwiderte Brandt sichtlich gereizt. „Fischer, kannst du auf den Rechner zugreifen?", fragte er seinen Kollegen.

„Klar, wenn er im Internet ist und ihr eine kleine Software installiert, die für die Fernwartung verwendet wird."

Aydin lud die von Fischer genannte Software auf den

Computer. „Erledigt. Ich habe das Programm geöffnet", erklärte Aydin und Fischer bat ihn um ein paar weitere Dinge, die Brandt jedoch nicht interessierten.

„Jungs, jetzt habe ich die Kontrolle über den Rechner", sagte Fischer und wie von Zauberhand wanderte der Mauszeiger über den Bildschirm. „Gebt mir drei Minuten."

Fischer hatte nicht zu viel versprochen, drei Minuten später stellte er fest: „Der Forumsbeitrag wurde von diesem Rechner aus geschrieben, daran gibt es keinen Zweifel. Am besten, ihr bringt den Rechner mit. Vielleicht finden wir noch weitere Spuren."

„Danke. Kannst du bitte Bender informieren, dass wir einen Durchsuchungsbeschluss und einen Haftbefehl benötigen?"

„Wird gemacht", antwortete Fischer und beendete das Gespräch.

„So hatte ich mir das nicht vorgestellt", rutschte es Peetz heraus.

„Dafür werden Sie für lange Zeit ins Gefängnis wandern", reagierte Brandt kühl.

„Sie machen Witze?", sagte Peetz mit einem kurzen Auflachen, doch es wirkte sehr nervös.

„Habe ich seit unserer Ankunft nur einen Witz gemacht? Wenn Sie mir nicht augenblicklich die Wahrheit sagen, warum Sie den Beitrag geschrieben haben, werde ich dafür sorgen, dass man Sie zu den wirklich gefährlichen Jungs in die Zelle steckt."

Peetz schluckte und wurde plötzlich blass. Brandt wurde noch nicht so recht schlau aus ihm, Peetz wirkte einfach nicht wie der typische Kriminelle.

„Es war so eine bescheuerte Idee", setzte Peetz an. Er

stotterte, als hätte er große Angst, mit der Wahrheit herauszurücken. Oder als wäre ihm das Ganze etwas peinlich. Seine Hand fuhr zu der Pizzapackung, die er vorher auf dem Couchtisch abgelegt hatte.

„Finger weg von der Pizza!", ermahnte ihn Brandt. „War das die Idee von Roland Lübben?", fragte er. Peetz schüttelte den Kopf, seine Augen wanderten zur Pizza, aber er traute sich nicht. Brandt überlegte, ob er ihm das glauben sollte. Wenn Lübben nichts davon wusste, woher kannte er dann Peetz?

„In welcher Verbindung stehen Sie zu ihm?", bohrte Aydin nach.

„Wir haben uns in einem MMORPG-Forum kennengelernt."

„In einem was?", fragte Brandt.

„Das ist ein Forum für Rollenspielfans", erklärte Aydin.

„Genau. Wir beide zocken gerne. Ich habe ihn vor einigen Monaten das erste Mal persönlich kennengelernt, ich war bei ihm. Als er mir erzählt hat, dass er berühmt ist, weil er mal im Knast war, war ich schon beeindruckt."

„Ist nicht Ihr Ernst?", sagte Aydin.

„Was schauen Sie mich so vorwurfsvoll an? Ich dachte, es wäre cool, so wie er zu sein. Aber noch cooler fand ich Marius. Der hat echt Eindruck bei mir hinterlassen."

„Sie kennen Bremer?", fragte Brandt und musste schlucken. Konnte es sein, dass Lübben und Bremer gemeinsame Sache gemacht hatten? Dass sie es am Ende nicht nur mit einem, sondern mit zwei Entführern zu tun hatten?

„Ja, er war gerade bei Roland zu Besuch. Wir haben uns auf Anhieb verstanden. Ich meine, für mich war das total aufregend. In meinem Leben passiert nicht viel. Ich wollte schon immer berühmt sein, aber so echt. So wie Marcel, der ist ja auch über Nacht berühmt geworden."

Brandt schüttelte angewidert den Kopf. Er konnte nicht glauben, was er da gerade hörte. Wie konnten Menschen jemanden wie Marcel Heße, diesen Psychopathen, bewundern? Zum Glück hatte man ihn verhaftet, bevor er weitere unschuldige Menschen ermordete. Heße hatte es den Beamten auch recht leicht gemacht, da er Bilder von sich und der Tat ins Netz gestellt hatte, daher wusste man sofort, mit wem man es zu tun hatte. Allein das genügte für Brandts Einschätzung, dass Heße krank im Kopf war. Welcher Verbrecher stellte schon Fotos ins Netz, auf denen sein Gesicht zu erkennen war?

Nur geltungssüchtige Killer, dachte Brandt. Wie es schien, wollte Peetz ein Scheibchen von solch zweifelhaftem Ruhm abhaben, um dem langweiligen Alltag zu entfliehen.

„Sind Sie extra nach Bad Schwartau gefahren, um Lübben kennenzulernen?", fragte Brandt, der kaum nachvollziehen konnte, warum ein junger Mann aus Köln extra nach Norddeutschland fuhr, nur um jemanden wie Lübben kennenzulernen.

„Nein, die Gelegenheit hat sich einfach so ergeben. In Lübeck fand ein Onlinespiele-Turnier statt, das ich mir unbedingt anschauen wollte. Immerhin waren dort die Großen der Szene, sogar aus Südkorea", erklärte Peetz.

Brandt konnte sich ein verständnisloses Schnauben kaum verkneifen. Obwohl er nichts mit Computerspielen anfangen konnte, wusste er, dass es inzwischen richtige Ligen gab, in denen die Spieler nicht nur um den Ruhm, sondern um viel Geld spielten. Aydin hatte ihm das einmal gesteckt, denn im Gegensatz zu ihm fand sein junger Partner das sehr spannend.

Ob Peetz die Wahrheit sagte, war leicht herauszufinden, daher fragte Brandt noch einmal nach dem genauen Namen des Turniers und Aydin nickte auf Peetz' Antwort, was ihm sagte, dass es dieses Turnier wirklich gab.

„Und Bremer haben Sie erst bei Lübben kennengelernt? Gehe ich recht in der Annahme, dass Sie nach dem Turnier zu Lübben gefahren sind?"

„Roland war so nett und hat mir angeboten, bei ihm zu schlafen. Wobei ich sagen muss, dass ich mir im Nachhinein lieber ein Hotelzimmer genommen hätte."

„Warum?"

„Na ja, die Mutter ist schon sehr merkwürdig. Hat mich doch glatt gefragt, ob ich der Liebhaber von Roland bin. Als ob ich schwul wäre. Dieser Gedanke ist einfach eklig." Peetz verdrehte die Augen, als wäre er noch immer fassungslos, wie man ihm so etwas unterstellen konnte.

Welcher Schwule würde dich schon nehmen?, dachte Brandt sarkastisch. Er konnte es einfach nicht leiden, wenn Menschen so abwertend über andere sprachen, aber er behielt den Kommentar lieber für sich.

„Was hat seine Mutter zu Bremer gesagt? Er war ja auch dort", erkundigte sich Aydin.

„Ich glaube, sie hatte ein wenig Angst vor ihm, sie war ihm gegenüber recht wortkarg. Vielleicht hat seine starke Persönlichkeit sie eingeschüchtert. Ich muss gestehen, mich hat er verunsichert. Der Mann hat eine Aura, da bekommst du eine Gänsehaut." Als wollte Peetz seinen Worten Gewicht verleihen, umklammerte er seine Oberarme, als wäre ihm kalt.

„Haben beide am selben Abend von ihrer kriminellen Vergangenheit erzählt?", fragte Brandt. Dass ihr Treffen abends stattgefunden haben musste, stand außer Frage.

„Ich glaube, der Alkohol war daran schuld. Irgendwann fing Roland an zu prahlen. Ich glaube, er wollte bei Marius Eindruck schinden. Ich dachte erst, er scherzt. Aber je mehr wir tranken, desto mehr glaubte ich ihm. Als ich dann zugab, was für ein Versager ich bin und dass ich auch gerne berühmt wäre, bemerkte ich, dass Marius plötzlich Interesse an meiner Person hatte. Vorher hatte ich das Gefühl, dass er mich nicht sonderlich mochte. Ich glaube, er hielt mich für dumm, aber das bin ich nicht."

Nach dem, was in der Akte von Bremer stand, und dem, was die Lübecker Kollegen über ihn erzählt hatten, konnte sich Brandt gut vorstellen, was für ein unangenehmer Kerl dieser Bremer sein musste.

„Und das hat Ihnen imponiert?", fragte Aydin.

„Natürlich. Ich sagte doch, der Mann hat eine Aura, da lechzen Sie danach, dass er Sie bemerkt. Es war wie ein Ritterschlag für mich, dass er Potenzial in mir gesehen hat. Ich glaube, Roland war etwas eifersüchtig auf mich. Marius hat mir immerhin jeden Tag geschrieben und ich habe ihm am Ende alles geglaubt, ich konnte ihm nicht widersprechen. Warum auch? Der Mann ist megaintelligent, der weiß, was er tut. *Wenn ich will, kann ich über Nacht berühmt werden,* hat er gesagt. *Ich glaube an dich, aber tust du das auch?* Wie hätte ich da noch an mir zweifeln können? *Kann ich dir vertrauen?*, hat er mich gefragt. Natürlich konnte er mir vertrauen. Ich hätte alles für ihn getan."

Bremer war ein Menschenfischer der übelsten Sorte. Er wusste, wo er ansetzen musste, um labile Menschen wie Peetz zu manipulieren und für seine Zwecke zu missbrauchen. Aber war Lübben auch in dieses falsche Spiel involviert?

„Kam es noch zu einem weiteren Zusammentreffen?"

„Leider nicht. Eigentlich wollten wir uns nächste Woche bei Hermann ...", antwortete Peetz, unterbrach sich jedoch mitten im Satz, um schnell hinzuzufügen: „Sie halten mich sicherlich für sehr naiv und dumm, oder? Aber ich bin nicht dumm."

„Nur weil jemand sagt, er sei nicht dumm, macht ihn das nicht zu einem intelligenten Menschen. Es sind Ihre Taten, die Sie zu dem machen, der Sie sind. Und was Sie getan haben, war verdammt dumm", antwortete Brandt, obwohl er wusste, dass er nicht zu heftig auf ihn losgehen durfte, schließlich wussten sie noch nicht, ob Peetz direkt in die Entführung involviert war. „Warum wollten Sie sich nächste Woche treffen?"

„Ich bin nächste Woche in Hamburg, da hat sich das einfach angeboten. Ich glaube, Marius hatte eine Überraschung für mich, so bedeutungsvoll hat er sich ausgedrückt. Aber daraus wird wohl nichts, oder?" Peetz schaute erst Aydin, dann Brandt an, und irgendwie wurde Brandt das Gefühl nicht los, dass Peetz noch immer nicht begriff, in welch großen Schwierigkeiten er steckte. Langsam verstand er, warum sich Bremer und Lübben gerade ihn ausgesucht hatten. Er war an Naivität kaum zu überbieten.

„Und wie ist es dazu gekommen, dass Sie den Beitrag geschrieben haben?", fragte Aydin.

„Das war Marius' Idee. Darf ich?" Peetz' Blick wanderte zur Colaflasche. Entweder hatte er Durst oder er wollte seine Nervosität und Anspannung in den Griff bekommen.

„Nur einen Schluck. Sie sollten sich angewöhnen, Wasser zu trinken", antwortete Brandt, der einfach nicht verstehen konnte, wie Menschen heute noch literweise diesen ungesunden Industrieschrott trinken konnten, wo man doch über die Folgen aufgeklärt war.

„Ich trinke Wasser, nur heute war mir nach Cola", erwiderte Peetz, als hätte er Brandts Gedanken erraten. Dann griff er zur Flasche und gönnte sich einen großen Schluck.

„Herr Bremer hat Sie also gebeten, den Beitrag zu veröffentlichen?", fragte Aydin.

„Ja", antwortete er, nachdem er die Flasche wieder abgesetzt hatte.

„Und Sie haben das einfach getan? Haben Sie ihn nicht nach dem Grund gefragt? Immerhin ging es in dem Post um nichts weniger als die Entführung einer Polizeibeamtin", sagte Brandt.

„Ich fand das irgendwie lustig." Peetz hob die Schultern und verzog die Mundwinkel.

„Lustig?" Brandt konnte nicht glauben, was er da hörte. „Sie fanden es lustig, so einen Beitrag zu schreiben?"

„So wie Sie das sagen, klingt das schon komisch. Wir wollten euch Bullen ein wenig ärgern, das war der Sinn der ganzen Aktion."

„Bullen heißt das schon mal gar nicht", zischte Brandt.

„Wollen Sie mir weismachen, dass Sie nicht wussten, dass es sich um eine tatsächliche Entführung handelt?"

„Ehrlich gesagt nicht."

„Wann hat Bremer Sie um diesen Gefallen gebeten?"

„Das war letzte Woche, aber ich habe den Beitrag erst Sonntagabend veröffentlicht, nachdem Marius sein Go gegeben hat."

Die Zeit stimmt, dachte Brandt. Bremer musste die Entführung minutiös geplant haben, warum sonst hätte er Peetz eine Woche vorher um den Beitrag bitten sollen? Die Angaben deckten sich zudem mit der Aussage von Bernd, der behauptet hatte, es sei gut möglich, dass Elke beobachtet worden sei, bevor man sie entführt habe.

„Und wann wussten Sie, dass es sich um eine echte Entführung handelt?", wollte Aydin wissen.

„Na ja, als die ersten Beiträge reinflatterten, kam ich schon ins Grübeln, und als ich dann auf der Seite der Lübecker Nachrichten las, dass eine Polizistin mit demselben Namen als vermisst gilt, war mir das irgendwann klar."

„Und da sind Sie nicht auf die Idee gekommen, vielleicht mal die Polizei zu benachrichtigen?" Brandt stand kurz vor der Explosion. Am liebsten hätte er diesen Trottel gepackt und geschüttelt.

„Ehrlich gesagt nicht. Irgendwie war das alles zu spannend und aufregend. Plötzlich war ich jemand und ich hatte außerdem Marius mein Wort gegeben, niemandem etwas davon zu erzählen. Aber ich schwöre Ihnen, dass ich nichts mit der Entführung zu tun habe."

„Lübben wusste aber auch davon, oder? Schließlich hat er auch Beiträge geschrieben", klinkte sich Aydin wieder ein.

„Ja klar wusste er von der Aktion. Wir haben das Ganze ja nur für ihn gemacht. Der Idiot ist verliebt in die Polizistin und mit der Sache sollte dieser Arndt Schumacher erschreckt werden, das jedenfalls haben sie mir so erzählt, als ich den Beitrag vorbereitet habe. Das mit der Entführung kam erst später."

„Wieso sollte Schumacher erschreckt werden?"

„Weil Lübben ihn hasst und schrecklich eifersüchtig auf ihn ist. Er ist der festen Überzeugung, dass Schumacher zwischen ihm und Elke steht."

Kapitel 29

Elke hatte gesehen, wie ihr Entführer gestürzt war, und sie hatte nicht eine Sekunde überlegt. Sie war die Treppe heruntergelaufen und hatte ihm in den Magen getreten, um schnell nach dem Messer greifen zu können und ihn ein für alle Mal unschädlich zu machen und diese verdammte Hölle zu verlassen.

Sie weinte. Freude und Trauer lagen oft so verdammt dicht zusammen.

„Nicht weinen", schluchzte sie, aber gegen die Tränen war sie machtlos.

Der Mann hatte sie überwältigt. Jetzt war sie wieder in ihrer Zelle und sie hatte ein wenig geschlafen, das glaubte sie zumindest. Ihr Kopf pochte wie verrückt und sie hätte alles für eine starke Schmerztablette gegeben.

Wie spät es wohl ist?, überlegte sie. Letzten Endes war das egal, sie war zurück in der Hölle und es würde kein Entrinnen geben. Sie war dem Mann hoffnungslos ausgeliefert.

Du hättest dein Bein schneller zurückziehen müssen. Sie machte sich heftige Vorwürfe, denn sie hatte ihn unterschätzt. Als sie ihm ein zweites Mal in den Magen hatte treten wollen, hatte er plötzlich ihren Fuß mit seinen riesigen Pranken umklammert und sie ins Stolpern gebracht.

Wieder stiegen die Tränen in ihr auf, aber sie war nicht fähig, sie zu unterdrücken.

Und dann glaubte sie, Geräusche zu hören. Nein, es war eine Tatsache, sie vernahm die Schritte ihres irren Entführers, der sie gleich besuchen würde.

Die Tür wurde geöffnet und der Mann trat ein.

„Es ist Ihre Schuld, Ihre Schuld", sagte er und schaute sie wie abwesend an. „Ich habe Ihnen doch gesagt, Sie sollen mich nicht wütend machen."

Elke wollte etwas erwidern, aber ihre Stimme versagte. *Du hast doch eben noch mit dir selbst geredet?*, flüsterte sie – zumindest nahm sie an, dass sie diese Worte flüsterte.

Nein, sie hatte nicht mit sich gesprochen, das wusste sie jetzt. Sie hatte es sich nur eingebildet. Es waren ihre Gedanken gewesen, keine Laute.

Nun werde ich wohl wahnsinnig, dachte sie und fühlte sich noch verwundbarer, als sie ohnehin schon war.

„Sie allein tragen die Verantwortung für das, was geschehen ist. Sie haben mir nicht zugehört, weil Sie überheblich sind wie alle Menschen. Aber ich bin nicht dumm."

Halten Sie endlich Ihren Mund. Ich kann dieses: Ich bin nicht dumm nicht mehr hören!, wollte sie ihm entgegenschleudern, doch sie konnte nicht. Ihr Kopf pochte immer verrückter, als würde er gleich platzen.

„Sie verstehen einfach nicht. Sie haben nie verstanden. Glücklicherweise haben sich für mich inzwischen die Vorzeichen geändert. Es ist alles doch nicht so schlimm, wie ich befürchtet habe. Jedenfalls für mich, für Sie allerdings ..." Der Mann sprach nicht weiter, seine Augen blitzten auf. Er stand jetzt genau neben ihr und schaute auf sie herab. Seine Iris erschien ihr schwarz wie ein Stück Kohle.

Hilflos starrte Elke den Mann an. Sie lag im Bett, daran gab es keinen Zweifel. Sie wollte sich bewegen, aber sie war wie gelähmt. War es die Angst, die sie so lähmte? Erinnerungsfetzen schossen durch ihr Gehirn.

Nein, es war nicht die Angst, es war etwas anderes. Sie erinnerte sich wieder an den Kampf, wie der Mann sie zu Fall gebracht und sich dann wie ein wildes Tier auf sie gestürzt hatte. Immer wieder hatte er auf sie eingeschlagen. Sie hatte versucht, die Schläge mit den Händen abzuwehren, aber der Mann war wie eine Bestie über sie hergefallen. Am Ende hatten sie die Kräfte verlassen, sie hatte das Bewusstsein verloren und war erst wieder im Bett aufgewacht.

Jetzt wusste sie, warum sie sich nicht bewegen konnte. Der Mann musste ihr die Wirbelsäule gebrochen haben und dieser pochende Schmerz war echt, den bildete sie sich nicht ein. Denn was sie schon seit Langem schmeckte, waren nicht nur Tränen, sondern auch Blut. Sie blutete am Kopf, das wurde ihr schlagartig bewusst, und sie befürchtete das Schlimmste.

Dass sie ihren Mund nicht aufbekam, lag an dem gebrochenen Kiefer. Jeder Versuch, etwas zu sagen, wurde von einem stechenden Schmerz quittiert, der es ihr unmöglich machte, auch nur ein Wort zu sagen. Jetzt, wo ihr das klar wurde, wünschte sie sich, es lieber nicht zu wissen. Die Gewissheit, schwer verletzt in den Händen eines Wahnsinnigen zu sein, war alles andere als motivierend. In diesem Moment war sich Elke sicher, dass sie niemand mehr würde retten können und dass sie schon bald sterben würde. Sie hatte nur noch einen Wunsch: dass er sie nicht mehr lange leiden ließ.

Der Mann schaute sie mit einem vernichtenden Blick an, als wäre sie Abschaum.

„Sie sind die Dumme, nicht ich", sagte er und fügte hinzu: „Aber keine Sorge, bald werden Sie alles verstehen."

Kapitel 30

„Keine Dummheiten, Sie wissen, was sonst geschieht", drohte Arndt.

„Sie würden gerne schießen. Das sehe ich in Ihren Augen", sagte Bremer, der jetzt seine Hände hochhielt.

„Geben Sie mir nur einen Grund. Abschaum wie Sie wird keiner vermissen", schleuderte Arndt ihm seinen Hass entgegen. Warum hätte er lügen sollen? Es gab keine Zeugen. „Was meinen Sie damit, dass Lübben meine Kollegin entführt hat?"

Bremers Mundwinkel verzogen sich zu einem schiefen Lachen. „Ist das so schwer zu verstehen? Sie sprechen doch Deutsch?"

Ohne darüber nachzudenken, schlug Arndt mit dem Griff seiner Pistole auf Bremers Kopf, der schrie auf und fasste sich an die Stelle.

„Hat Lübben meine Kollegin entführt?", fragte Arndt erneut.

„Ja, verdammt. Das sagte ich doch."

„Wo ist sie?"

„Das weiß ich nicht."

„Und woher wissen Sie dann, dass er sie entführt hat?" Arndt glaubte ihm kein Wort.

„Er hat es mir gesagt, hat geprahlt, was für ein Genie er ist. Ich glaube, er wollte mich damit beeindrucken, und ich muss zugeben, dass ich ihm das nicht zugetraut hätte, diesem Großmaul."

„Wenn es so war, warum haben Sie mir das nicht gleich erzählt, als ich Sie aufgesucht habe?"

„Warum sollte ich? Bin ich die Polizei?"

„Genug geschwätzt. Ich verhafte Sie."

„Sie können mich nicht so einfach verhaften."

„Und ob. Sie haben von einer Entführung gewusst, diese aber nicht der Polizei gemeldet, damit haben Sie sich der Mitwisserschaft strafbar gemacht. Wir werden das Gespräch im Präsidium fortführen."

„Sie wissen, dass ich bereits morgen wieder auf freiem Fuß bin, ich habe einen verdammt guten Anwalt", blaffte Bremer.

„Hände nach vorne und keine Dummheiten", sagte Arndt, der ihm stattdessen am liebsten die Faust zwischen die Zähne gerammt hätte. Aber das hätte nichts gebracht, dafür kannte er ihn zu gut.

Er legte ihm die Handschellen an, dann gingen sie zum Dienstwagen. Er ließ Bremer auf der Rückbank Platz nehmen, hinter dem Beifahrersitz. Danach nahm er ihm eine Handschelle ab, um sie unter der Kopfstütze des Beifahrersitzes durchzuführen und an seinem anderen Handgelenk zu befestigen.

„Verdammt, muss das sein? Ich kann mich ja kaum bewegen."

„Das ist nur, damit Sie keine Dummheiten machen", antwortete Arndt und setzte sich hinters Steuer.

„Wenn sie unvermutet abbremsen, schlage ich mir alle Zähne aus."

Arndt erwiderte darauf nichts, er startete den Motor und erwischte sich bei dem Gedanken, dass ihm die Vorstellung, Bremer könnte sich während der Fahrt die Zähne ausschlagen, gar nicht so schlecht gefiel.

Auf der Fahrt zum Polizeipräsidium klingelte sein Handy. Er nahm das Gespräch an. Es war noch auf

Lautsprecher gestellt.

„Hallo, Arndt", grüßte Brandt ihn.

„Habt ihr was?", fragte er.

„Ja, wir sind gerade bei Sven Peetz. Es war nicht schwer, ihn zum Reden zu bringen. Ein wirklich naiver Trottel, der gerne im Mittelpunkt stehen möchte. Das perfekte Opfer für jemanden wie Bremer."

Arndts Puls stieg, hatte sein kleines taktisches Manöver bei Lübben doch Früchte getragen? Im Rückspiegel konnte er sehen, wie Bremers Miene versteinerte. Es gab bei jedem Verbrechen einen Schwachpunkt und in diesem Fall war es offensichtlich Peetz.

„Was hat er erzählt?", fragte Arndt. Er ließ das Gespräch bewusst weiter über die Freisprecheinrichtung laufen, um die Reaktionen von Bremer besser verfolgen zu können.

„Die Idee für die Entführung stammte von Lübben."

„Habe ich doch gesagt, ich bin unschuldig", platzte es aus Bremer heraus. Seine Augen waren weit aufgerissen und er atmete schwer.

„Wer war das?", fragte Brandt.

„Ich habe eben Bremer verhaftet. Er sitzt bei mir im Auto auf der Rückbank, aber keine Sorge, er kann keine Dummheiten machen", erklärte Arndt. Für einen Moment machte sich der Gedanke in ihm breit, dass Bremer vielleicht doch recht hatte und er unschuldig war.

„Gut, das hätten wir dir nämlich sonst dringend geraten. Bremer war auch in die Entführung involviert", antwortete Brandt. „Emre verhört Peetz derzeit. Wir werden ihn mit aufs Präsidium nehmen."

„Sven lügt, diese Schwuchtel", rief Bremer, der jetzt wie wild versuchte, seine Hände zu befreien. Arndt wurde das Ganze zu bunt. Nachdem er sich vergewissert hatte, dass die Fahrbahn frei war, machte er eine spontane Vollbremsung. Bremer knallte mit dem Kopf gegen den Beifahrersitz und schrie auf.

„Halten Sie Ihren verdammten Mund", brüllte Arndt. Es reichte jetzt! Während sie diesen Verbrechern mühsam jede Information aus der Nase ziehen mussten, verloren sie wertvolle Zeit, schließlich wurde Elke noch immer irgendwo gefangen gehalten.

Wenn sie nicht schon tot ist, dachte er unwillkürlich und eine Gänsehaut lief ihm über den Rücken.

„Hat Peetz erzählt, wo sie Elke gefangen halten?"

„Leider nicht. Angeblich kennt er den Ort nicht. Er behauptet, dass er das Ganze anfangs nur für einen Scherz gehalten und deswegen mitgemacht habe. Von der Entführung hat er erst aus den Lübecker Nachrichten erfahren."

„Glaubst du ihm?", fragte Arndt.

„Ich bin geneigt, ihm zu glauben."

„Gut, informiert mich bitte, sobald ihr was Neues habt."

„Machen wir. Du bitte auch", antwortete Brandt und beendete das Gespräch.

„Ich rate Ihnen dringend, endlich die Wahrheit zu sagen. Sie sitzen richtig tief in der Scheiße. Wenn Sie jetzt kooperieren, wird der Staatsanwalt mit sich reden lassen", sagte Arndt nach hinten gewandt, dabei schrie alles in ihm danach, rechts ranzufahren, um die Wahrheit aus Bremer herauszuprügeln.

„Sven ist ein Spinner. Ich habe Ihre Kollegin nicht

entführt", beharrte Bremer.

Arndt schwieg und gab Vollgas.

Im Präsidium übergab er Bremer den Kollegen, damit sie ihn in den Verhörraum brachten, danach eilte er zu Willy.

„Die Zentrale hat mich und Kristina gerade informiert", sagte Willy sichtlich nervös.

„Wir müssen unbedingt Lübben herbringen. Ich muss beide ins Kreuzverhör nehmen. Bremer ist ein eiskalter Hund, aber Lübben wird reden, wenn wir den Druck erhöhen."

„Ich sorge dafür, dass Lübben hergebracht wird. Du solltest Bernd mit ins Verhör zu Bremer nehmen."

„Warum?" Arndt schüttelte verständnislos den Kopf. Er wollte sich Bremer alleine vorknöpfen, Bernd war ihm dabei im Weg.

„Vertrau mir. Jemand wie Bremer kriegst du nur zum Reden, wenn du ihm intellektuell ein Schwergewicht wie Bernd gegenüberstellst."

So ungern Arndt es zugeben mochte, Willy hatte recht. Bremer hielt sich für ein Genie, so agierte und verhielt er sich auch. Bernd konnte vielleicht wirklich eine Hilfe sein.

„Gut, aber ich habe die Gesprächsführung. Wo ist Bernd?"

„Ich habe ihn schon benachrichtigt. Er dürfte auf dem Weg in den Verhörraum sein. Außerdem ist ein Team zu Bremers Haus unterwegs. Der Staatsanwalt und der Richter sind auf unserer Seite."

„Ich hoffe, dass Bernd nicht ohne mich anfängt", erwiderte Arndt, er traute ihm alles zu. Dass sie einen Durchsuchungsbeschluss hatten, freute ihn allerdings.

Vor allem, weil Bremer nicht mehr vor Ort war und keine Spuren verwischen konnte.

Willy nickte nur.

„Sag mir bitte Bescheid, sobald Lübben da ist", sagte Arndt.

„Mach ich. Wollen wir hoffen, dass sie uns das Versteck verraten. Ich will mir gar nicht ausmalen, was Elke alles durchgemacht hat. Aber solange beide hier sind, kann ihr nichts geschehen." Willy schien Hoffnung zu schöpfen.

Arndt nickte, doch gleichzeitig meldete sein Bauchgefühl, dass hier etwas nicht stimmte. Ein Puzzleteil hatten sie noch nicht gefunden, oder war das nur der Druck, der Arndt einen Streich spielte?

Er verließ das Büro und eilte zum Verhörraum. Als er eintrat, fand er genau dir Situation vor, die er befürchtet hatte. Bernd sprach bereits mit dem Tatverdächtigen.

„Schön, dass du da bist", sagte Bernd, stand auf und reichte Arndt die Hand.

„Ich wusste gar nicht, dass die Lübecker Polizei so eine Koryphäe in ihren Reihen hat", sagte Bremer. Er schien sichtlich beeindruckt, dass jemand wie Bernd bei der Polizei arbeitete. „Schade, dass dieses Gespräch durch die Anwesenheit eines Tölpels deutlich im Niveau sinken wird, dabei hatte ich gerade angefangen, dem Ganzen etwas Positives abzugewinnen."

„Sie sollten nicht so über meinen geschätzten Kollegen sprechen. Immerhin hat er Sie verhaftet, was Sie in die deutlich schlechtere Position gebracht hat. Aber sicherlich werden Sie großes Interesse daran haben, Ihre Verhandlungsposition zu verbessern", erwiderte Bernd, während Arndt Platz nahm. Der musste sich sehr beherrschen, Bremer nicht gleich eine zu verpassen.

„Er hat mich aufgrund einer Lüge verhaftet. Was dieser fette Sven sagt, ist einfach erstunken und erlogen."

„Was meinen Sie, wem der Richter eher glauben wird? Einem verurteilten Sexualstraftäter oder einem unbescholtenen Bürger, der sich hat einwickeln lassen?", fragte Arndt. „Ich bin überzeugt davon, dass die Kollegen etwas finden werden, was die Aussage von Peetz bestätigen wird. Dann sind Sie richtig am Arsch. Sie werden nie wieder die Sonne sehen."

„Was heißt, etwas finden? Eine Hausdurchsuchung ohne meine Anwesenheit ist rechtswidrig", polterte Bremer.

„Das stimmt nicht. Aber Sie haben natürlich das Recht, eine Vertretung zu benennen", kommentierte Bernd nüchtern, jedoch deutlich freundlicher als Arndt.

Bremer presste die Lippen zusammen und warf Arndt einen vernichtenden Blick zu. Es war offensichtlich, dass er niemanden als Vertretung hatte, was Arndt nicht wunderte. Wer wollte schon mit so jemandem befreundet sein?

„Mein Kollege hat recht. Der Richter wird den Aussagen von Peetz mehr Glauben schenken als Ihnen, und wenn Roland Lübben ebenfalls gegen Sie aussagt, werden Sie sehr schlechte Karten haben, fürchte ich. Sie sollten die wenigen Optionen, die Sie noch haben, nutzen und jetzt aussagen."

„Das sieht Roland ähnlich. Ich habe ihn schon immer für einen Schwächling gehalten, aber dass dieser Feigling alles erzählt, um seinen Hals aus der Schlinge zu ziehen, ist schon ein Tiefschlag."

Arndt war nicht sicher, ob Bremer diese Worte so meinte, wie er sie sagte, oder ob er nur Zeit gewinnen wollte. Schließlich hielt er nichts von Lübben, warum sollten dessen Worte dann wie ein Tiefschlag für ihn sein? War es nicht vielmehr so, dass er damit hätte rechnen müssen, dass Lübben ihn verriet?

Nein!, schoss es Arndt durch den Kopf. Bremer war enttäuscht, weil er sich Lübben deutlich überlegen fühlte und glaubte, dass Lübben ihm gehorchte, dass er alles für ihn tun und seine Macht niemals infrage stellen würde.

„Wollen Sie wirklich, dass jemand wie Lübben Ihnen ein Bein stellt? Sie sind doch der Kopf. Sie sind der Lenker des Ganzen, das Genie", sagte Bernd. „Roland Lübben und Sven Peetz sind nur Ihre Handlanger. Ohne Sie sind die beiden gar nicht überlebensfähig."

Bremers Gesichtszüge entspannten sich und Arndt hätte am liebsten laut losgelacht. Würde er tatsächlich auf solche Schmeicheleien hereinfallen? Dabei sollte es ihn nicht wundern, schon bei seiner ersten Verhaftung vor einigen Jahren war klar geworden, dass Bremer stark ausgeprägte narzisstische Züge hatte. Deswegen hielt Arndt sich jetzt auch zurück. Wenn es Bernd gelang, einen Zugang zu Bremer zu bekommen, war ihm das nur recht. Schließlich ging es um die Befreiung von Elke und nicht um irgendwelche Eitelkeiten.

In diesem Moment spürte Arndt, wie sein Handy vibrierte.

„Darf ich dich kurz draußen sprechen?", bat er Bernd. Der nickte und folgte ihm vor die Tür. Der Anruf konnte nur von Willy sein, Lübben war also da.

„Lübben wurde gerade hergebracht", sagte er auf dem Flur zu Bernd. „Ich kümmere mich um ihn und du dich um Bremer. Ich habe das Gefühl, dass du alleine mit ihm besser zurechtkommst."

„Das ist eine vernünftige Idee. Wir finden Elke", antwortete Bernd und klopfte Arndt auf die Schulter. Als er sich zur Tür drehte, bemerkte Arndt, dass sich Bernds Gesichtszüge kurz veränderten, als wäre ihm etwas übel aufgestoßen.

Das bildest du dir nur ein, wischte Arndt den Gedanken weg und nahm sein Handy. Er hatte recht. Willy hatte ihn angerufen. Er rief zurück und bekam die Bestätigung, dass Lübben in Verhörraum vier warte. Arndt ging sofort los.

Als er eintrat, verließ der Kollege, der bis dahin auf Lübben aufgepasst hatte, den Raum.

„Was soll dieser Mist?", fragte Lübben.

„Mit diesem Mist tue ich Ihnen einen großen Gefallen. Ihr Mentor ist bei uns."

„Marius?", entfuhr es Lübben. Er wirkte plötzlich angespannt. Kleine Schweißperlen bildeten sich auf seiner Stirn.

„Sven Peetz hat gesungen."

„Sie haben mir Straferlass garantiert."

„Den werden Sie auch bekommen, wenn wir Elke haben", antwortete Arndt, angestrengt darum bemüht, ruhig zu bleiben. Dass man Abschaum wie Lübben überhaupt mit Samthandschuhen anfassen musste, war ihm zutiefst zuwider.

„Was hat Ihnen Sven erzählt? Sie dürfen ihm nicht

alles glauben. Er ist geil drauf, im Mittelpunkt zu stehen, das ist mir schon damals aufgefallen. Das ganze Ding hat er nur für Marius durchgezogen, um Eindruck zu schinden. Damit er bei ihm höher in der Gunst steht als ich."

Konnte stimmen, was Lübben sagte? Es klang jedenfalls gar nicht so unlogisch. So wie Brandt Peetz beschrieben hatte, traute Arndt ihm das ohne Weiteres zu. Die ganze Sache hatte nur einen Haken: Peetz wohnte in Köln, das bedeutete, er hätte öfter nach Lübeck reisen müssen, um Elke zu beschatten und später zu entführen. Daher war es eher denkbar, dass Peetz einen Komplizen hatte, der Elke überwachte.

Was, wenn Lübben Elke beschattet und Peetz sie entführt hat?, überlegte Arndt, da er sich nicht vorstellen konnte, dass Bremer ihm dabei geholfen hatte. Für solche Drecksarbeit war sich das Genie bestimmt zu schade.

„Bremer behauptet, dass Sie Peetz geholfen haben", versuchte Arndt ihn aus der Reserve zu locken. Falls seine Theorie nicht aufging, war das Risiko natürlich groß, dass Lübben begriff, dass er nur bluffte.

„Der würde alles behaupten, nur um mich zu belasten. Ich sagte Ihnen doch schon, ich habe Elke geliebt. Ich hätte ihr nie etwas zuleide getan. Ich liebe sie noch immer und wünsche mir nichts sehnlicher, als dass sie unversehrt befreit wird."

Jetzt konnte sich Arndt nicht mehr beherrschen. Er langte mit der Hand über den Tisch und packte Lübben am Pulloverkragen. „Sie tragen die Verantwortung dafür, dass meine Kollegin gefangen gehalten wird, wenn Sie mich noch einmal anlügen, verspreche ich Ihnen, dass Sie im Gefängnis die Pussy von einem richtig üblen Knastbruder werden."

„Lassen Sie mich los", jammerte Lübben. Arndt ließ ihn los und setzte sich wieder. Seine Geduld war langsam am Ende. Er wollte endlich wissen, wo man Elke versteckt hielt.

„Peetz hat ausgesagt, dass es Ihre Idee gewesen sei, meine Kollegin zu entführen. Wenn Sie mir jetzt nicht reinen Wein einschenken, werde ich das Gespräch beenden. Dann gibt es keinen Deal mit dem Staatsanwalt. Peetz und Bremer haben gegen Sie ausgesagt. Sie sitzen viel tiefer in der Scheiße, als Sie wahrscheinlich begreifen wollen. Wenn Sie jetzt nicht auspacken, werden Sie die volle Strafe erhalten, während sich Bremer ins Fäustchen lacht, weil er Sie genarrt hat. Auch Peetz wird sich aus der Verantwortung stehlen und Sie bleiben der Dumme."

Lübben schluckte und seine Augen wurden feucht. Arndt war sich nicht sicher, ob das nur gespielt war, oder ob er endlich begriff, wie schlecht seine Position war.

„Wenn Sie Elke wirklich lieben, dann sagen Sie mir, wo sie ist, bevor etwas Schlimmes passiert", versuchte Arndt weiter zu ihm durchzudringen.

„Das war alles nicht so geplant. Ich wollte nie, dass Elke etwas geschieht, das müssen Sie mir glauben. Das war alles Marius' Idee." Lübben weinte nun, er strich sich mit der Hand über die Augen, um die Tränen wegzuwischen. Arndt gab ihm Zeit, denn er hoffte, dass Lübbens Wille endlich gebrochen war. „Auch wenn ich es Ihnen jetzt sage, Sie können sie nicht mehr retten", sagte

Lübben und schaute Arndt in die Augen. Er wirkte plötzlich wie jemand, der wusste, dass er etwas Schlimmes getan hatte.

„Wo ist sie?", fragte Arndt, krampfhaft bemüht, ruhig zu bleiben. Dass Lübben gesagt hatte, er könne sie nicht mehr retten, hatte seinen Puls in die Höhe schießen lassen. Was sollte das bedeuten? War Elke schon tot?

„Ich wollte es nicht, das müssen Sie mir glauben. Ich würde Elke nie etwas zuleide tun, aber Marius hielt es für den perfekten Plan. *Wenn erst einmal Gras über die Sache gewachsen ist, werdet ihr glücklich werden,* hat er gesagt, aber ich glaube, er hat von Anfang an gar nicht vorgehabt, dass Elke am Leben bleibt oder dass ich mit ihr glücklich werde. Er hat mich benutzt wie alle anderen." Lübben hielt sich die freie Hand vors Gesicht und versuchte gleichzeitig, auch die Hand zu heben, die mit der Handschelle am Tisch befestigt war.

„Wo ist Elke?", brüllte Arndt, Panik überkam ihn.

„Ich weiß es nicht. Den Ort kennt nur Marius", antwortete Lübben. Er war nun wirklich am Ende, Arndt glaubte ihm. Ohne zu zögern, stürzte er aus dem Raum und lief in den Verhörraum zurück, wo Bernd Bremer vernahm. Von draußen meinte er, Gelächter zu hören. Wutentbrannt platzte er in das Gespräch und warf sich auf Bremer, um ihm seine Faust zwischen die Zähne zu schieben.

Bremer stürzte vom Stuhl, seine am Tisch fixierte Hand blieb in der Luft hängen. Arndt schlug erneut auf Bremer ein, dieser schrie.

Bernd sprang auf und versuchte Arndt zu stoppen, doch der war wie blind vor Wut. Er hatte ausgeblendet, dass er Polizist war und dass das, was er gerade tat, gegen alle Vorschriften verstieß. In diesem Moment war ihm alles egal. Der Gedanke, dass Elke tot sein könnte, ließ ihn alle Regeln vergessen.

„Wo ist Elke, Sie Schwein?", brüllte Arndt und schlug ein weiteres Mal zu. Bremer versuchte die Faustschläge mit der freien Hand abzuwehren, aber gegen Arndts Kraft war er machtlos. „Wo halten Sie Elke versteckt? Lübben hat alles gestanden", schrie Arndt. Endlich gelang es Bernd, seinen Kollegen von weiteren Fausthieben abzuhalten.

„Sie werden Elke niemals finden", entfuhr es Bremer. Damit hatte er sich endgültig verraten. Jetzt hatte Arndt Gewissheit, dass Bremer wusste, wo sie versteckt gehalten wurde. Nur Bernd war es zu verdanken, dass Arndt nicht vollends die Kontrolle verlor.

„Sie elender Feigling. Keiner hört mehr auf Sie. Alle haben Sie verraten. Sie sind ein Nichts, ein Trittbrettfahrer und Blender", brüllte Arndt.

„Hermann wird mich niemals verraten", schrie Bremer und verstummte augenblicklich, da er seinen Fehler bemerkte.

Kapitel 31

Ihr war kalt, sie trug nur ein dünnes Kleid. Alles wirkte fremd. Von der Ferne glaubte sie Geräusche wahrzunehmen. Waren es Vögel, Frösche oder Menschen? Sie konnte es nicht zuordnen. Es war, als würde das Leben an ihr vorbeiziehen, sie nur eine Zuschauerin sein, nicht mehr Teil dieses ganzen. Sie sah einen Steg. Dieser zog sie magisch an. Je näher sie dem Steg kam, desto nebliger wurde es.

Jetzt sah sie, dass sie irgendwo am Meer war, ob es die Ost- oder Nordsee war, konnte sie nicht sagen. Vielleicht war es auch ein anderes Meer oder ein großer See, es war einfach zu viel Nebel.

Sie ging weiter und erreichte den Steg. Etwas drängte sie dazu, dass sie weitergehen musste. Auf dem Boden des Stegs sah sie Blutspuren. War es ihr Blut? Wenn nicht, wessen Blut war es, welches Schicksal war dieser Person ereilt?

Sie folgte den Blutspuren, fast glaubte sie, dass sie schweben würde, und dann erreichte sie das Ende des Steges.

Der Nebel war so dicht, dass sie keinen Meter weit schauen konnte. Aber da war dieses Geräusch. Das Wasser plätscherte und dieses Geräusch kam immer näher. Das Geräusch von einem Boot?

Und dann sah sie was es war, der Tod kam, um sie zu empfangen.

„Komm Elke", sagte der Tod.

Kapitel 32

„Hermann hält sie gefangen", sagte Arndt, als er in Willys Büro trat.

„Beruhig dich erst mal", sagte Willy, dem sicher nicht entgangen war, dass Arndt sich gerade geprügelt hatte.

„Beruhig dich? Elke wird von irgendeinem Psychopathen gefangen gehalten, der Bremer hörig ist, und du sagst, ich soll mich beruhigen?" Arndt konnte nicht still stehen.

„Ja, verdammt. Glaubst du, du erreichst etwas, indem so aufgebracht bist? Wir alle wollen Elke lebendig zurückhaben, dafür müssen wir bei klarem Verstand sein. Tim ist gerade dabei, die Datenbank nach diesem Hermann zu durchsuchen. Ich habe die Leitung der JVA gebeten, mich zu informieren, ob ein Hermann zur gleichen Zeit wie Bremer bei ihnen einsaß. Wir kriegen das Schwein, aber dafür brauche ich einen Arndt Schumacher, der zurechnungsfähig ist und keinen Bockmist mehr baut. Ist das klar? Und jetzt setz dich endlich." Willys Stimme wurde zum Ende hin immer lauter. Arndt hatte zuerst Tim aufgesucht, bevor er zu Willy geeilt war.

Er holte tief Luft und nahm Platz. Natürlich wusste er, dass Willy recht hatte. Verstand und Emotionen standen sich manchmal im Wege, das spürte er bei sich selbst in diesem Moment ganz besonders.

Willys Telefon klingelte, er nahm das Gespräch an und schaltete auf Lautsprecher.

„Hallo, Willy, Brandt und Aydin sind gerade bei mir", meldete sich Bender. „Vielleicht haben wir was für euch.

Fischer hat uns erzählt, dass ihr auf der Suche nach einem Hermann seid. Ist das richtig, Arndt?"

„Ja, ich gehe davon aus, dass er Elke gefangen hält. Er ist ein Lakai von Bremer."

„Dann haben wir ihn. Peetz hat bei dem ersten Gespräch diesen Namen erwähnt, er wollte nächste Woche einen Hermann besuchen. Dort wollte er sich mit Bremer und Lübben treffen. Wir haben ihn sofort erneut befragt, als Fischer uns den Namen genannt hat. Bei dem Mann handelt es sich um Hermann Papke."

„Wo wohnt er?", fragte Arndt. Der Name Papke sagte ihm etwas, aber er konnte ihn zu diesem Zeitpunkt noch nicht richtig zuordnen.

„Wenn Peetz nicht gelogen hat, wohnt er in Bad Oldesloe. Fischer sollte die Daten inzwischen an Tim geschickt haben. Wir sind gerade dabei, die Anschrift zu prüfen", antwortete Brandt.

„Das werden wir auch tun", sagte Willy. „Vielen Dank für die Information."

„Können wir sonst noch behilflich sein? Ich kann die Jungs mit dem Hubschrauber zu euch schicken", sagte Bender.

„Vielen Dank, Kristina, bei Bedarf komme ich darauf zurück."

„Okay. Wenn was ist, meldet euch. Wir sind auf Bereitschaft."

„Ich weiß, das rechne ich euch hoch an", antwortete Willy und beendete das Gespräch.

„Ich fahre sofort hin", sagte Arndt und sprang auf.

„Was, wenn die Anschrift nicht stimmt?"

„Warum sollte sie das nicht? An so viele Zufälle glaube

ich nicht", entgegnete Arndt, er wollte keine Zeit mehr verlieren.

„Wir sollten das SEK-Team einschalten."

„Nein, Willy!", erwiderte Arndt scharf. „Das muss ich alleine klären. Papke rechnet nicht mit mir, das verschafft mir einen Vorteil. Ein SEK-Team könnte Elkes Leben gefährden."

Willy schaute ihn an und ließ seine Augen schmal werden, als würde er nachdenken. Dann stand er auf.

„Was machst du?", fragte Arndt.

„Ich werde dich begleiten."

„Warum?"

„Um dich und Elke zu schützen. Du hast diese Wut in dir, da werde ich dich nicht alleine auf Papke loslassen. Ich will am Ende nicht meine beiden besten Polizisten auf einmal verlieren."

„Ich krieg das hin, vertrau mir. Du warst doch schon seit Jahren nicht mehr ..."

„Glaubst du, ich bin eingerostet?", unterbrach Willy ihn bissig und richtete sich auf.

Leider dachte Arndt genau das über seinen Chef. Schließlich wusste er nicht, was sie in Bad Oldesloe erwartete, und Willy könnte eher hinderlich als hilfreich sein.

„Lass mich das alleine machen. Ich weiß, was zu tun ist."

„Genug geschwatzt. Ich komme mit. Basta! Als dein Vorgesetzter sage ich dir, dass das eine Anweisung ist, der du Folge zu leisten hast. Und wenn dir das nicht passt, bleibst du hier", brummte Willy und ging zum Schrank an der rechten Bürowand. Er öffnete ihn und holte eine Schutzweste heraus, die er sich anlegte.

„Das solltest du auch tun", bemerkte er, während er seine Jacke darüber zog und eine Waffe einsteckte.

„Die ist im Wagen."

„Na dann los, worauf wartest du noch?"

Sie eilten zum Parkplatz. Arndt bretterte Richtung Autobahn, begleitet von Blaulicht und Martinshorn. Während der Fahrt besprachen sie, wie sie vorgehen wollten, und Willy telefonierte mit einigen seiner Mitarbeiter. Kurz vor Bad Oldesloe rief Tim an.

„Er ist unser Mann. Die JVA-Leitung hat uns eben mitgeteilt, dass Hermann Papke wegen der Belästigung einer Zehnjährigen kurze Zeit bei ihnen einsaß. Aufgrund eines psychologischen Gutachtens, das ihm eine geringe Intelligenz bescheinigte, kam er nach einem knappen Jahr wieder auf freien Fuß. Er hat im Gefängnis Kontakt zu Lübben und Bremer gehabt. Bremer war wie ein Guru für ihn. Er hat im Gefängnis wohl regelrecht an seinen Lippen geklebt und hätte alles für ihn getan."

„Das ist er", bestätigte Arndt und erhöhte die Geschwindigkeit.

„Danke, Tim. Stimmt die Anschrift?"

„Ja, da ist er seit vier Jahren gemeldet. Was die psychische Abhängigkeit von Bremer noch untermauert, ist, dass Papke ihn in den letzten Jahren regelmäßig in der JVA besucht hat. Er war der einzige Besuch, den Bremer hatte."

Willy beendete das Gespräch und Arndt schüttelte angewidert den Kopf. Wie konnten sich Menschen nur derart von anderen manipulieren lassen, dass sie bereit waren, alles für sie zu tun?

Papke muss geistig zurückgeblieben sein, dachte Arndt. Das war allerdings eine Erklärung, mit der er sich einfach nicht zufriedengeben konnte, denn was auf Papke zutraf, traf auch auf Millionen anderer Menschen zu, die sich von Menschenfängern für ihre Zwecke missbrauchen ließen. Ein Blick in die Tageszeitungen bestätigte das nur. Viele waren zu leicht zu beeinflussen, das wusste er nicht erst seit gerade eben.

Arndt fuhr von der A1 ab und steuerte weiterhin mit Höchstgeschwindigkeit auf ihr Ziel zu. Als sie laut Navi noch einen knappen Kilometer vor sich hatten, schaltete er Martinshorn und Blaulicht aus. Er wollte Papke nicht warnen. Dann bog er in die Klaus-Groth-Straße ab und fuhr weiter auf den Anna-Heitmann-Weg. Fünfzig Meter vor Papkes Haus hielt er an.

„Bleib du im Wagen", bat er Willy, doch diesen Gefallen tat sein Chef ihm nicht, er stieg mit aus.

Arndt hatte nichts anderes erwartet. Er öffnete den Kofferraum, nahm seine Schutzweste heraus und zog sie über. Danach öffnete er die Tür zur Rückbank und nahm seine Jacke, um sie über die Weste zu ziehen.

„Bleib hinter mir", sagte er zu Willy. Das Adrenalin schoss durch seinen Körper, als hätte er sich eine Dosis Aufputschmittel gespritzt. Er sah Willy an, dass dieser nicht minder angespannt war.

„Wie besprochen", sagte Willy, als sie sich vor dem Grundstück trennten. Das Haus lag etwas abgelegen. Unzählige Bäume darum herum gaben ihm Schutz und unterstützten die Einsamkeit. Ein perfekter Ort, um eine Geisel zu verstecken, dachte Arndt. Ein kalter Schauer schüttelte ihn.

Während Willy zur Haustür ging, machte Arndt einen kleinen Umweg, um sich von hinten an das Haus heranzuschleichen. So ganz wohl war ihm bei der Sache nicht, schließlich wusste er nicht, wie gefährlich dieser Papke war. Was, wenn er Willy einfach erschoss?

Nein, Arndt wischte diesen Gedanken sofort beiseite. Immerhin war es Willys Idee gewesen. Manchmal konnte Google auch der Polizei eine gute Hilfe sein. Während der Fahrt hatte Willy sich über Google Earth einen Eindruck von der Umgebung verschafft. Dabei war ihm gleich aufgefallen, dass Papkes Haus recht einsam lag und somit die perfekten Voraussetzungen dafür bot, das Gebäude von zwei Seiten einzukreisen.

Arndt duckte sich und näherte sich der Hauswand. Willy stand noch vor der Haustür. Arndt schlich weiter an der Rückseite des Hauses entlang, auf der Suche nach einem Eingang. Solche Häuser hatten immer einen zweiten Eingang zum Keller oder einen zum hinteren Teil der Wohnräume. Es war eines dieser typischen Einfamilienhäuser aus den Fünfzigerjahren, die man in Deutschland sehr häufig sah. Gut möglich, dass Papke das Anwesen von seinen Eltern geerbt hatte.

Arndt sollte recht behalten, wenig später entdeckte er eine Treppe, die nach unten führte. Er schaute rasch in alle Richtungen und als er glaubte, dass ihn niemand sehen konnte, eilte er leise die Treppe nach unten. An sich konnte auch nur Papke ihn hier beobachten. Das wachsame Auge der Nachbarn musste er an dieser Stelle nicht fürchten.

Die Tür war verschlossen, nichts anderes hatte er erwartet. Er nahm sein Spezialwerkzeug und öffnete das

Schloss mit wenigen Handgriffen. Mit der entsicherten Waffe in der Hand drückte er vorsichtig die Tür auf und betrat den Keller.

Licht drang hinein, sodass er keine Taschenlampe brauchte. Er schlich den Kellergang entlang und versuchte gleich die erste Tür zu öffnen. Sie war nicht abgeschlossen. Langsam betrat er den Raum. Der Raum war leer. Er verließ ihn und glaubte inzwischen, seinen eigenen Puls hören zu können, er schlug wie verrückt. Kurz überlegte er, ob er nicht nach oben gehen sollte, statt hier im Keller nach Elke zu suchen.

Aber wenn sie hier versteckt gehalten wurde, könnte er es sich niemals verzeihen, sie nicht sofort befreit zu haben. Er hoffte nur, dass Willy Papke lange genug hinhalten konnte, um ihn dann zu verhaften.

Er hatte ihn extra ermahnt, kein Risiko einzugehen. Solche Einsätze war sein Chef immerhin seit Jahren nicht mehr gewohnt. Die Aufregung in so einer Situation durfte man nicht unterschätzen. „Halt ihn hin, erzähl ihm, du wärst von der Gemeinde. Und erst, wenn er dich in die Wohnung lässt und du siehst, dass er unbewaffnet ist, ziehst du die Waffe", hatte Arndt ihm geraten. Willy hatte gereizt reagiert: „Glaubst du, ich bin erst seit gestern bei der Kripo? Ich war ein berüchtigter Straßenpolizist, viel berüchtigter, als du es jemals sein wirst."

Es half nichts, Arndt musste sich jetzt voll auf ihn verlassen. Da hörte er plötzlich Schritte. Schnell öffnete er die Tür zum nächsten Raum, die glücklicherweise nicht verschlossen war, und verbarg sich dort.

„Lassen Sie diese Spielchen. Kommen Sie raus. Ich habe Sie gesehen", brüllte eine Stimme, die nur Papke gehören konnte. Aber was war mit Willy?

Arndt brach der Schweiß aus allen Poren.

„Ich bin nicht dumm, ich weiß, dass Sie von der Polizei sind. Kommen Sie raus, sonst erschieße ich Ihren fetten Kollegen."

„Nicht, Arndt", hörte er Willy rufen. Er war offensichtlich in den Fängen von Papke.

Kapitel 33

Welche andere Wahl blieb ihm, als aus dem Raum zu treten?

„So ist es brav", sagte Papke. Er hielt eine Waffe auf Willy gerichtet. „Und jetzt legen Sie die Pistole weg."

„Tu das nicht. Erschieß ihn. Nimm keine Rücksicht auf mich."

„Waffe runter", wurde Papke laut.

Arndt zögerte, weil er wusste, dass sie dann völlig wehrlos wären. Papke traute er alles zu. Er musste ihre Ankunft gesehen haben, anders konnte er sich nicht erklären, wie Willy in seine Fänge geraten war.

„Hör nicht auf ihn, das ist eine Anweisung. Erschieß ihn und rette Elke."

„*Sei wachsam,* hat Marius zu mir gesagt, *diesen durchtriebenen Bullen darfst du nicht unterschätzen. Er ist listig wie ein Fuchs,* hat er gesagt. Ich weiß, Marius, ich bin nicht dumm. Ich habe dieses Dreckspack kommen sehen", sagte Papke. Seine Augen waren weit aufgerissen. Auf seinem Pullover waren einige Blutflecken zu sehen. Arndt wollte sich gar nicht ausmalen, woher sie stammten.

„Herr Papke, machen Sie keine Dummheiten, noch ist es nicht zu spät. Lassen Sie die Waffe fallen und ich lege beim Staatsanwalt ein gutes Wort für Sie ein", versuchte Arndt, zu ihm durchzudringen.

„Sie listiger Fuchs. Das hat schon dieser Fette versucht. Was glauben Sie, wer ich bin? *Er wird versuchen, dich zu überrumpeln,* hat Marius gesagt, *weil er glaubt, dass du dumm bist. Du darfst dich von seinen*

Worten nicht täuschen lassen. Er ist ein Raubtier, er lächelt dich an, um dich im nächsten Moment zu zerfleischen, hat Marius gesagt. Marius hat recht, er hat immer recht", entgegnete Papke und Arndt verstand nun, warum Willy das Äußerste von ihm verlangte.

Da sah er, dass Willy am Kopf blutete. Wahrscheinlich hatte es eine Auseinandersetzung zwischen den beiden gegeben. Papkes wirrer Blick sagte ihm, dass er zu allem fähig war. Deshalb würde Arndt seine Waffe nicht ablegen. Diesen kleinen Vorteil durfte er sich nicht so einfach nehmen lassen.

„Herr Papke, wir haben Bremer und Lübben verhaftet, außerdem Sven Peetz."

„Das glaube ich Ihnen nicht. Sie lügen, Sie Fuchs, Sie listiger, schmieriger Fuchs."

„Wir lügen nicht. Was glauben Sie, wie wir Ihre Anschrift herausgefunden haben?", mischte sich Willy ein. „Ich bin der Leiter der Lübecker Mordkommission und ich versichere Ihnen, dass wir über Strafminderung reden können, wenn Sie die Waffe runternehmen."

„Ich glaube Ihnen kein Wort. Marius ist der Meister, er wird niemals geschnappt. Sein Plan ist perfekt, obwohl ich, ehrlich gesagt, nicht verstanden habe, warum er Roland diesen Gefallen tun wollte. Aber auch dafür hat er eine Antwort, sonst wäre er nicht der Meister. Marius ist ein Genie, Sie sind nur ein windiger Anfänger."

„Wir haben Bremer. Er hat Sie verraten. Er hat uns Ihr Versteck genannt, damit er seinen Kopf aus der Schlinge ziehen kann. Er behauptet, dass Sie die ganze Drecksarbeit für ihn erledigt haben, weil er sich die Hände nicht schmutzig machen wollte, und dass Sie bei einer Verhaftung das ganze Risiko tragen würden. Er hat Sie nur benutzt, er hat Sie niemals als ebenbürtig akzeptiert", versuchte Arndt einen erneuten Vorstoß.

„Sie lügen!", brüllte Papke und drückte den Lauf der Pistole noch fester gegen Willys Stirn. Der schien einen Schrei zu unterdrücken, Arndt konnte sich vorstellen, wie sehr der Druck schmerzte.

Seinen Chef in dieser Situation zu sehen, war nicht leicht für ihn. Jetzt ging es nicht nur um Elke, sondern auch noch um Willy, den er retten musste.

„Wenn Sie wollen, rufen wir im Präsidium an, dann stelle ich eine Verbindung zu Marius Bremer her", holte Arndt ein Ass aus dem Ärmel. Die Idee dazu war ihm spontan gekommen.

„Nein, nein, ich glaube Ihnen nicht. Sie sind ein Fuchs, ein gerissener Bastard. Bremer hat mich vor Ihnen gewarnt. Sie versuchen es mit jedem Trick, aber das funktioniert bei mir nicht. Ich bin nicht dumm." Papke atmete schwer.

Er schien so sehr unter Bremers Einfluss zu stehen, dass er offensichtlich jede Vernunft über Bord geworfen hatte. Sein Verhalten ähnelte dem eines Sektenanhängers.

„Was können wir tun, damit Sie uns glauben?", fragte nun Willy.

„Einfach den Mund halten." Papkes Blick wanderte durch den Kellergang, als suchte er nach einem Halt.

„Nehmen Sie mich, statt Willy. Bremer wäre stolz auf Sie. Ich bin Arndt Schumacher. Niemanden hasst er mehr. Aber lassen Sie Willy gehen. Er hat mit dem Ganzen hier nichts zu tun."

„Glauben Sie wirklich, ich wüsste nicht, wer Sie sind?", blaffte Papke. „Dass Sie sich nicht mehr an mich erinnern können, verrät viel von Ihrer Überheblichkeit. So ungehorsam Elke auch war, sie hat mich sofort erkannt."

Papke kam Arndt in der Tat nicht unbekannt vor, aber er war sich sicher, dass er ihn nicht verhaftet hatte. An einen unterbelichteten Kinderschänder mit der Statur Papkes hätte er sich erinnert. Nur, wenn Elke ihn kannte, bedeutete das dann nicht, dass er ihn ebenfalls kennen musste? Immerhin ermittelten sie zusammen.

Da fiel es ihm endlich wie Schuppen von den Augen: Elke hatte vor einigen Jahren einen Kollegen bei der Verhaftung von Papke unterstützt. Sie hatte den Namen einmal beiläufig erwähnt, kein Wunder, dass Arndt ihn längst vergessen hatte.

Doch etwas anderes machte ihm gerade viel größere Sorge: Papke hatte gesagt, dass Elke ungehorsam gewesen sei, und er hatte in der Vergangenheit von ihr gesprochen. Bedeutete das, dass sie tot war? Dass Papke bewusst versuchte, ihn zu täuschen, glaubte Arndt nicht, dafür hielt er ihn nicht für raffiniert genug.

„Herr Papke, nehmen Sie mich, töten Sie mich, aber lassen Sie Willy und Elke frei", bat Arndt erneut. Er ließ seine Stimme extra flehend klingen, um glaubwürdiger zu wirken. Allerdings fiel ihm das gerade auch nicht schwer, da er wirklich der Verzweiflung nahe war.

„Ich werde auf Ihre Tricks nicht reinfallen. Ich bin schlau, aber das trauen Sie mir anscheinend nicht zu, Sie halten sich selbst für besonders raffiniert. Sie glauben, Sie wären was Besseres. Sie, der Straßenbulle, der meint, über dem Gesetz zu stehen. Ich habe die

Schusswunde gesehen, die Sie Marius zugefügt haben. Mit einer Waffe in der Hand sind Sie stark. Sie sind genauso widerlich, wie er sie immer beschrieben hat. Alles, was er gesagt hat, stimmt. Ich hasse Sie."

Es war schon Wahnsinn, welcher Gehirnwäsche Papke sich unterworfen hatte. Seine Stirn war von Schweißperlen bedeckt, ein deutliches Zeichen, dass auch er nervös war. Aber solange sie redeten, konnte er keine Dummheiten anstellen.

„Was, wenn Marius Bremer seine Anweisungen für Sie geändert hat?", fragte nun Willy.

„Wie, geändert? Warum sollte er das tun? Er hat mir gesagt, ich darf niemals die Stellung verlassen. Niemals auf jemand anderen hören als auf ihn. Und wenn die Bullen auftauchen, soll ich Elke …" Papke unterbrach sich, als hätte er eben etwas verraten, was er auf keinen Fall hätte preisgeben dürfen.

Arndt lief es eiskalt den Rücken herunter, Willy wirkte wie erstarrt. Und dann wurde es ihm schlagartig klar: Elke war tot! Erschossen von diesem Verrückten, dieser Marionette von Bremer. Eine unbändige Wut schoss in ihm hoch, aber jede falsche Reaktion hätte Willy das Leben kosten können.

„Befehle ändern sich. Bremer hat Ihnen neue Anweisungen gegeben", versuchte Arndt in dieselbe Kerbe zu schlagen wie sein Chef.

„Nein, nein, Marius' Anweisungen waren eindeutig. Sie versuchen mich hinters Licht zu führen. Lassen Sie das, ich bin kein Kind. Es reicht jetzt! Lassen Sie die Waffe fallen!" Papke schien plötzlich verunsichert. Konnte es sein, dass sie erste Zweifel gesät hatten? Arndt war sich nicht sicher, aber wie sollte er das auch sein? Er hatte es hier mit einem geisteskranken Killer zu tun. Wie sollte man so einen Menschen und sein irrationales Verhalten richtig einschätzen können?

Und dann ging alles ganz schnell.

„Erschieß das Arschloch", brüllte Willy, der wohl sah, dass Papke kurz unaufmerksam war. Er trat Papke mit voller Wucht auf den Fuß. Arndt zögerte nicht und schoss. Im selben Moment schoss auch Papke und Arndt warf sich auf den Boden. Er konnte noch sehen, wie Willy versuchte, sich zu ducken, und dabei fiel.

Arndt sprang sofort wieder auf die Beine, die Waffe in der Hand. Er stürzte auf Papke zu, der ebenfalls am Boden lag. Eine Blutlache bildete sich um seinen Körper. Arndt schaute auf ihn herab, doch Papke reagierte nicht. Er stupste ihn mit dem Fuß in die Seite, nichts geschah. Papke war tot. Arndt hatte kein Mitleid mit ihm.

Jetzt eilte er zu Willy, der noch immer auf dem kalten Boden lag. Auch neben Willy war Blut zu sehen. Arndt befürchtete das Schlimmste. Er beugte sich zu seinem Gesicht herunter, um zu sehen, wie schwer sein Chef verletzt war.

„Willst du mich küssen, oder was soll das?", ätzte Willy. Er konnte nicht ahnen, wie erleichtert Arndt über diese Worte war. Sein Chef lebte. Wie es aussah, hatte er nur einen Streifschuss am Oberarm abbekommen. „Hilf mir lieber hoch."

Arndt half ihm auf.

„Ich dachte …"

„Dafür wirst du nicht bezahlt. Trotzdem, gut reagiert", bemerkte Willy. So war sein Chef ihm gegenüber schon immer gewesen. Anerkennung und Tadel in einem Satz, nie zu viel des Lobes. Zuckerbrot und Peitsche. Elke gegenüber war er ganz anders, für sie hatte er immer lobende Worte übrig. Aber Arndt wusste, wie Willy es meinte, und das Einzige, was jetzt zählte, war, dass sein Chef lebte.

„Komm, lass uns Elke suchen", sagte Willy. Im Gehen beugte er sich kurz zu der Leiche.

„Er ist tot", erklärte Arndt.

„Das ist mir bewusst", sagte Willy und nahm Papke einige Schlüssel aus der Tasche. „Jede Wette, dass einer davon zu Elkes Versteck gehört."

Wenn sie denn noch lebt, dachte Arndt wieder in großer Sorge. Natürlich wagte er nicht, diesen Gedanken laut auszusprechen, doch nach dem, was Papke von sich gegeben hatte, mussten sie mit dem Schlimmsten rechnen.

Willy eilte voraus. Sie durchsuchten alle Kellerräume, konnten Elke aber in keinem von ihnen finden. Ihre Angst wurde immer größer.

„Lass uns oben nachschauen", sagte Willy und nahm die Treppe, die direkt in die Küche führte. „Ruf einen Rettungswagen."

Arndt fragte nicht warum, schließlich hatten sie Elke noch nicht gefunden. Je länger ihre Suche dauerte, desto wahrscheinlicher war es, dass sie bereits tot war. Er nahm sein Handy und rief die Zentrale an mit der Bitte, einen Rettungswagen zu schicken. Er fragte nicht nach Spürhunden, auch nicht nach Verstärkung. Sie würden Elke finden, daran zweifelte er nicht. Aber in welchem Zustand?

Inzwischen waren sie im Wohnzimmer angelangt. Arndt schaute aus dem Fenster und sah in den Garten. Da bemerkte er, dass es noch ein weiteres kleines Haus auf dem Grundstück gab, das, wie es aussah, vor einigen Jahren modernisiert worden war, jedenfalls der Fassade nach zu urteilen. Sie wirkte deutlich frischer als die des Haupthauses. Er konnte sich auch schon denken, wer dort gewohnt hatte: Papke selbst! Sicherlich hatten seine Eltern im Haupthaus gelebt und für ihren durchgeknallten Sohn das Nebenhaus modernisiert.

Nachdem sie alles abgesucht hatten, gingen sie in den Garten und zum Nebenhaus. Von Elke fehlte weiterhin jede Spur und Arndt sah, dass auch Willy tiefe Sorgenfalten hatte, sich seine Befürchtungen aber nicht anmerken lassen wollte. Arndt teilte seine Besorgnis.

Der Garten war riesig. Arndt schätzte ihn auf mehr als tausend Quadratmeter. Das meiste davon wurde als Rasenfläche genutzt. Es gab allerdings auch eine betonierte Fläche und ein Gewächshaus sowie eine Sandfläche. Diese weckte Arndts Neugierde. Es sah so aus, als wäre der Sand mehrfarbig.

Ein Zeichen, dass dort vor Kurzem gegraben worden war?

Arndt musste schlucken. Konnte es sein, dass der Dreckskerl Elke im Garten vergraben hatte? Er versuchte sich nichts anmerken zu lassen, da Willy nichts dazu sagte, anscheinend hatte er den Sand nicht bemerkt. Sie erreichten das Nebengebäude und Willy benutzte einen der Schlüssel, um die Tür zu öffnen.

„Hier gibt es auch einen Keller", stellte er fest, als sie in der Küche waren. Arndts Gedanken waren weiterhin bei der ungleichmäßigen Stelle im Sand und der bohrenden Frage, ob seine Kollegin dort begraben lag. Die Frau, die ihm mehr bedeutete, als er zugeben wollte.

Willy versuchte einen Schlüssel, um die Kellertür zu öffnen, doch er passte nicht. Er nahm einen anderen und dieser passte. Nachdem er die Tür geöffnet hatte, fanden sie eine weitere Tür vor sich.

„Was soll das denn?", rutschte es Arndt heraus. Statt sich hier mit Türschlössern herumzuschlagen, hätte er sich am liebsten eine Schaufel geschnappt und wäre hinausgerannt, um den Garten umzugraben. Alles in ihm sagte ihm, dass Elke da draußen begraben lag.

„Sicherlich wegen der Modernisierung", sagte Willy, er wirkte deutlich gefasster als er. Er nahm einen weiteren Schlüssel, der auf Anhieb passte, und öffnete auch die zweite Tür, dann drückte er auf einen Lichtschalter, der auf Augenhöhe an der kahlen Wand befestigt war.

Nacheinander gingen sie die Treppe hinunter in den Keller. Der erste Raum, den sie betraten, war leer. Der nächste bot ein skurriles Schauspiel. Ein offenbar ehemals festlich gedeckter Tisch lag mitten im Raum, jemand hatte ihn umgeworfen, auf dem Boden verstreut lag Geschirr aus Plastik und Porzellan, darunter Scherben einer Weinflasche und eines Weinglases. Essensreste lagen dazwischen.

Hier hatte ein Kampf stattgefunden, so viel stand fest. Ob es der Kampf gewesen war, bei dem Elke um ihr Leben gekämpft und verloren hatte? War das alles erst vor Kurzem passiert oder hatte Papke einfach keinen Grund gesehen, wieder Ordnung zu schaffen? Letzten Endes war es egal, Papke würde ihnen darauf keine

Antwort mehr geben.

In Gedanken war Arndt wieder im Garten. Er versuchte dem Drang, endlich hinauszulaufen, zu widerstehen. Ebenso dem Drang, zu weinen. Seine Gefühle drohten mit ihm durchzugehen so kurz vor der Gewissheit, dass Elke doch tot war.

Sie verließen den Raum und traten vor die anscheinend letzte Tür in dem Keller. Willy versuchte sie zu öffnen, aber sie war verschlossen. Während er nach dem richtigen Schlüssel suchte, bemerkte Arndt, wie die Hände seines Chefs zitterten.

Der Schlüssel passte, Willy öffnete vorsichtig die Tür. In dem Raum brannte Licht. In der Mitte der kleinen, fensterlosen Kammer stand ein Bett. Elke lag darauf, doch sie regte sich nicht.

Willy eilte zu ihr, Arndt folgte ihm auf dem Fuß.

„Elke, wir sinds! Willy und Arndt. Halte durch!", rief er, ohne zu wissen, ob sie ihn überhaupt hörte. Noch immer bewegte sie sich nicht. Sie sah fürchterlich aus. Papke hatte sie übel zugerichtet.

„Elke, wir sind bei dir", flüsterte Arndt kaum hörbar, als er sich zu ihr beugte, um zu schauen, ob sie atmete oder einen Puls hatte. Nie hatte er sich elender gefühlt. Das Ganze erinnerte ihn an die Entführung von Sebastian, wo das gleiche, ohnmächtige Gefühl ihn übermannt hatte – ihn, der kaum Gefühle an sich heranließ, geschweige denn zeigte, weil es ihm nicht männlich erschien. Aber jetzt brach alles über ihn herein und er konnte nicht verhindern, dass er weinte. Sie so zu sehen, zerriss ihn. Am liebsten wäre er zu Papke zurückgelaufen, um ihn noch einmal zu töten. Nicht nur ihn, auch Lübben und vor allem Bremer, der der Kopf dieser ganzen kranken Entführung war.

„Alles wird gut. Du bist in Sicherheit", sagte Willy erneut. Auch ihm standen die Tränen in den Augen. Sie wirkten auf Arndt wie der Beweis dafür, dass Elke tot war.

Mit verschleiertem Blick wandte er sich wieder ihr zu und in diesem Moment sah er, wie sich ihre Augenlider bewegten. Ganz schwach, aber sie hatten sich bewegt.

„Streng dich nicht an. Der Rettungswagen ist gleich da", sagte er und er wusste nicht, ob er zuerst lachen oder noch mehr weinen sollte. Er war so erleichtert, dass er am liebsten die ganze Welt umarmt hätte. Da hörte er die Sirenen eines Rettungswagens und er wusste, alles würde wieder gut werden. Elke lebte, das war das Einzige, was jetzt zählte, und die Tränen der Verzweiflung wandelten sich in pure Freudentränen.

Kapitel 34

26. Januar 2018

„Als könnte ich hellsehen", sagte Walter sichtlich gut gelaunt. Er hatte gerade ein paar Würstchen auf den Grill gelegt, als Brandt und Aydin den Imbiss betraten.

„So schwer ist das auch wieder nicht, wir sind immerhin Stammgäste."

„Ihr seid Familie", ergänzte Walter und mit diesen drei Worten nahm er Brandt die Lust, ihn wie gewöhnlich ein wenig aufzuziehen, weil er es plötzlich für nicht angemessen hielt.

„Wir sind Familie", nickte Aydin und reichte Walter die Faust, damit er abschlagen konnte.

„Dem ist nichts hinzuzufügen", sagte Brandt und reichte Walter die Hand. Dieser amerikanische Faustgruß lag ihm ganz und gar nicht. Jedenfalls nicht bei Walter.

„Kollege Brandt muss noch lernen, wie man sich in coolen Kreisen grüßt", schmunzelte Aydin und klopfte ihm auf die Schulter.

„Ja, ja", entgegnete Brandt locker, „lern du lieber mal, deine Schnürsenkel richtig zu binden."

Aydin schaute auf seine Sneakers, aber als Brandt lachte, wusste er, dass sich sein Kollege einen Scherz auf seine Kosten erlaubt hatte.

„Der klappt immer wieder", lachte Brandt weiter.

„Was gibt es Neues von Elke?", fragte Walter, da sie ihn in den letzten Tagen nicht besucht hatten.

„Sie lebt. Papke hat sie übel zugerichtet, aber sie wird

keine bleibenden Schäden davontragen. Es geht ihr deutlich besser. Unser gesamtes Team hat vorhin mit ihr telefoniert. Sie ist noch im Krankenhaus, kann es aber in ein paar Tagen verlassen. Was mit ihrer Psyche ist, weiß natürlich niemand", antwortete Brandt. Er war noch immer von Erleichterung erfüllt, dass man sie lebend gefunden hatte.

„Papke, wer ist das?", wollte Walter wissen und wendete die Würstchen. Der Grillgeruch stieg Brandt in die Nase und er konnte es kaum noch abwarten, bis eine leckere Currywurst in seinem Magen landen würde.

Er achtete zwar sehr auf seine Ernährung, aber für Walters Currywurst brach er alle guten Vorsätze. Auf den wunderbaren Geschmack konnte er einfach nicht verzichten.

„Der Mann hat Elke entführt, im Auftrag von Lübben und Bremer. Dank Peetz sind wir ihm auf die Spur gekommen", sagte Aydin.

„Jungs, erzählt mal von Anfang an, was genau passiert ist, so komme ich da gerade echt nicht mit."

„So wie Junior das schildert, kann es auch keiner verstehen. Lübben und Bremer saßen im selben Gefängnis. Elke und Arndt haben beide zu unterschiedlichen Zeiten verhaftet. Besonders Bremer schien das mächtig zu wurmen, weil sein Ego einfach nicht akzeptieren konnte, dass ein Straßenpolizist wie Arndt ihn zur Strecke gebracht hat."

„Du meinst, dass er Arndt nicht als geistig ebenbürtig angesehen hat?", fragte Walter.

„Genau. Bremer weigert sich zwar, auszusagen, aber Lübben ist umso gesprächiger gewesen, denn er rechnet mit Strafmilderung. Bremer ist hochintelligent, angeblich sogar Mitglied bei Mensa, so einem Netzwerk für Hochbegabte. Er hat im Gefängnis die kranke Idee verfolgt, Arndt und Elke die Verhaftung heimzuzahlen. Dafür brauchte er aber Verbündete, oder sagen wir: Ausführer. Lakaien, die nach seiner Nase tanzen. In der Haft hat er auch Roland Lübben kennengelernt, der angeblich in Elke verliebt ist und sich von Bremers Intelligenz und Persönlichkeit stark hat beeinflussen lassen", führte Brandt weiter aus.

„Ich sags ja immer wieder: Die Gebildeten müsst ihr fürchten. Die lassen die einfachen Menschen die Drecksarbeit machen, für die sie sich selbst zu schade sind", kommentierte Walter und schüttelte verächtlich den Kopf.

„So ist es. Lübben wollte Bremer beeindrucken, ohne zu ahnen, dass Bremer in Wahrheit ihn für sein schmutziges Spiel missbrauchte. Bremer hatte eine kleine Gruppe von Anhängern im Gefängnis, darunter Hermann Papke. Ein unterbelichteter Triebtäter, der noch stärker an Bremers Lippen hing als Lübben."

„Wenn er tatsächlich so eine geistige Null war, wundert mich das nicht. Im Knast fressen die Starken die Schwachen, so war das schon immer. Am schlimmsten trifft es aber immer noch die Einfältigen. Wenn die niemanden haben, der hinter ihnen steht, sind sie den Machtspielen im Bau hoffnungslos ausgeliefert", erklärte Walter, während er eine Rindswurst vom Grill nahm und sie mit einem Stück Toast an Aydin reichte.

Brandt verstand genau, was Walter meinte, schließlich hatte der Imbissbudenbesitzer zu seiner Zeit als

Kleinkrimineller nicht nur einmal das Innere eines Gefängnisses kennenlernen dürfen.

Aydin biss bereits hungrig in seine Rindswurst und Walter ermahnte ihn lachend: „Verbrenn dich nicht."

„Und was ist mit meiner?", fragte Brandt.

„Die Currywurst braucht noch ein bisschen. Sei nicht so ungeduldig."

„Ich habe Hunger. Weißt du was, die Rindswurst da sieht doch ziemlich fertig aus. Die nehme ich."

„Seit wann isst du Rindswurst?", fragte Aydin überrascht.

„Ganz einfach, da mein Kollege mit den türkischen Wurzeln keine Currywurst mag, will ich mal probieren, wie lecker die Rindswurst schmeckt."

Walter schüttelte nur den Kopf, nahm aber die Wurst vom Grill und reichte sie Brandt mit einem Stück Toast über den Tresen.

Brandt nahm sich etwas Ketchup dazu und kostete das erste Stück. Es war noch sehr heiß, doch der hervorragende Geschmack und ein Bissen Toast ließen ihn die Hitze vergessen.

„Und? Verstehst du jetzt, warum ich die Rindswurst so mag?", fragte Aydin.

„Ehrlich gesagt nicht. Nichts geht über eine leckere Currywurst", erwiderte Brandt mit vollem Mund.

„Willst du damit sagen, dass dir die Wurst nicht schmeckt?", meckerte Walter und wollte schon nach dem Rest greifen, aber Brandt zog den Pappteller weg.

„Das kannste vergessen. Die esse ich jetzt. Ich habe nur gesagt, dass deine Currywurst einfach leckerer ist."

„Das glaube ich nicht", entgegnete Aydin.

„Tja, das wirst du nie wissen, wenn du sie nicht probierst."

„Erzähl mir lieber, was danach passiert ist. Bremer hat Lübben und Papke für seinen teuflischen Plan gewinnen können, richtig?", lenkte Walter ab.

„Ja", antwortete Aydin.

„Und wer hat Elke entführt?"

„Das war Papke", erklärte Brandt. „Die drei haben sich bei der Überwachung von Elke abgewechselt, sodass sie nicht auffielen. Und da Elke leider die Angewohnheit hat, sonntags immer um die gleiche Zeit joggen zu gehen, war es nicht schwer, sie im Pansdorfer Wald zu überraschen und zu überwältigen. Papke hat sie dann zu sich nach Hause gebracht und dort versteckt gehalten, um weitere Anweisungen abzuwarten."

„Jetzt wird es aber noch abstruser", fiel Aydin seinem Kollegen ins Wort. „Bremer hat Lübben glauben lassen, dass sie Elke entführen würden, damit sie ihm gehört. Lübben ist besessen von ihr, seit er sie das erste Mal gesehen hat."

„Da läuft es einem ja eiskalt den Rücken runter", sagte Walter und schüttelte sich. „Deine Currywurst ist übrigens fertig." Er nahm sie vom Grill, schnitt sie in kleine Stücke und reichte sie Brandt mit einem Stück Toast.

Brandt hatte gerade die Rindswurst aufgegessen, also hatte er jetzt den direkten Vergleich. Der Unterschied war deutlich und er musste wieder einmal feststellen, dass nichts über Walters Currywurst ging. Es war wie eine Geschmacksexplosion.

„Dann nehme ich aber noch eine Rindswurst", sagte Aydin, als er sah, wie Brandt genüsslich seine Currywurst verputzte.

„Im Gegensatz zu dir kann ich mir das erlauben", zog Brandt ihn auf und klopfte Aydin auf den Bauch. Der zog den Bauch sofort ein und drehte sich weg.

„Wie die Kinder", sagte Walter und gab einen missbilligenden Schnalzlaut von sich. „Du kannst so viele haben, wie du willst", sagte er zu Aydin und legte noch paar Würstchen auf den Grill. „Um auf den Fall zurückzukommen: Bremer hatte andere Pläne?", fragte er dann neugierig.

„Sieht so aus. Wir wissen es nicht genau, weil er beharrlich schweigt. Aber Arndt geht davon aus, dass Elke nur ein Köder war, um ihn selbst in die Falle zu locken."

„Das verstehe ich nicht. Sie hätten doch gleich Arndt entführen können, warum Elke?"

„Dummerchen", lachte Brandt. „Das Risiko, dass bei Arndt etwas schiefgelaufen wäre, war einfach zu groß und so hatte Bremer sie beide. Denn jetzt kommt Peetz ins Spiel."

„Das wird mir langsam echt zu kompliziert. Ganz ehrlich, ich hätte einfach dem Arndt eins auf die Rübe gegeben und ihn entführt. So schwer kann das doch nicht sein, aber so ist das, wenn man zu intelligent ist, da muss man die Dinge verkomplizieren. Also gut, welche Rolle spielte dieser Peetz?"

„Peetz war wie Papke absolut beeindruckt von Bremer, der das wusste und schamlos ausnutzte. Er umschmeichelte ihn, um ihn für seinen Plan zu gewinnen, was ihm dann auch gelang."

„Und woher kannte er Peetz? Aus dem Gefängnis?"

„Nein, über Lübben. Peetz und Lübben kennen sich von einem MMORPG", erklärte Aydin.

„Einem Online-Rollenspiel, verstehe." Walter nickte.

Aydin fing an zu lachen.

„Habe ich was Falsches gesagt?", fragte er.

„Ganz und gar nicht. Aber im Gegensatz zu dir wusste der Kollege Brandt nicht, was das ist."

„Der lebt auch hinterm Mond. Bei ihm ist die Zeitrechnung mit der Erfindung der Schreibmaschine stehen geblieben", witzelte Walter und Aydin lachte noch mehr. Brandt konnte sich ebenfalls ein Schmunzeln nicht verkneifen, manchmal war Walter wirklich schlagfertig.

„Lübben glaubte, dass Peetz nur Beiträge im Darknet posten sollte, um die Polizei zu ärgern. Aber Bremer hatte ihm eine andere Aufgabe zugedacht. Er muss geahnt haben, dass wir im Rahmen unserer Ermittlungen irgendwann auf Peetz stoßen würden. Für diesen Fall sollte der Name Hermann fallen, damit wir auf die Spur von Papke stießen."

„Hat Peetz das gestanden?"

„Ja, das hat er. Im Gegensatz zu Bremer ist er nicht so verschwiegen und seine Loyalität war in dem Moment zu Ende, als der Staatsanwalt ihm die möglichen Konsequenzen erklärt hat. Genau deswegen glaube ich auch Arndts Ausführungen."

„Verstehe. Bremer hat also gehofft, dass Arndt wutentbrannt zu Papke fahren würde, um Elke zu suchen. Aber Papke wäre vorbereitet gewesen und hätte Arndt eine Falle gestellt. Richtig?"

Brandt nickte wohlwollend.

„Aus dir könnte ein guter Kriminalpolizist werden",

sagte Aydin anerkennend.

Brandt fuhr fort: „Wie bei jedem Plan gab es auch hier Schwachstellen. Arndt wollte alleine zu Papke, aber sein Chef Willy hat ihn begleitet und es ist ihnen gelungen, Papke zu überwältigen und Elke zu retten."

„Kranke Welt." Walter wirkte kurz nachdenklich, als wäre ihm ein unangenehmer Gedanke durch den Hinterkopf gehuscht. Dann nahm er die Rindswurst und reichte sie mit einem Stück Toast an Aydin. „Kann die Lübecker Polizei denn beweisen, dass es sich so abgespielt hat?"

„Der Staatsanwalt ist davon überzeugt. Lübben und Peetz haben gesungen, da wird Bremer sein Schweigen nicht viel nützen. Die Beweise wiegen einfach zu schwer. Auch wenn man ihm nicht nachweisen können sollte, dass er seine Komplizen für seinen privaten Rachefeldzug ausgenutzt hat, wird er wahrscheinlich nie wieder auf freien Fuß kommen, bei seinen Vorstrafen."

„Das will ich hoffen. Aber genug von den Mördern und Psychopathen. Ich bin froh, dass Elke am Leben ist, das ist das Einzige, was zählt", sagte Walter.

Brandt und Aydin nickten.

„Wir fahren morgen nach Lübeck und wollen sie im Krankenhaus besuchen. Das ist, glaube ich, das Mindeste, was wir tun können", sagte Aydin und biss von seiner Wurst ab.

„Das finde ich schön, da wird sie sich freuen. Was haltet ihr davon, wenn ich euch begleite? Zwei Tage kann ich den Imbiss mal zulassen und etwas Abwechslung würde mir echt guttun."

„Wie können wir da Nein sagen, du hast dich ja selbst

eingeladen", scherzte Brandt, der jedoch sofort bemerkt hatte, dass Walter angespannt wirkte. Konnte es sein, dass es ihm gelegen kam, Köln für ein paar Tage zu verlassen? Brandt war in den letzten Monaten immer wieder aufgefallen, dass Walter etwas umtrieb, worüber er nicht sprechen wollte. Einmal hatten zwei dubiose Männer aus dem Rockermilieu seinen Imbiss verlassen, als Aydin und er gerade gekommen waren. Walter hatte versucht, das Ganze herunterzuspielen, Brandt war allerdings das Gefühl nicht losgeworden, dass da etwas nicht stimmte. Trotzdem war er nicht näher darauf eingegangen.

„Hey, das ist eine geniale Idee. Du kannst bei meinen Eltern schlafen. Tolga würde ausflippen vor Freude", reagierte Aydin fast euphorisch.

„Klar, weil er geil auf Walters Currywurst ist, der kleine Gauner. Ich weiß echt nicht, wie er die ganzen Würstchen in seinen kleinen Magen bekommt. Es waren doch acht oder neun bei seinem letzten Besuch hier in Köln, wenn ich mich nicht irre", sagte Brandt grinsend. Er meinte das aber keineswegs böse, er mochte Tolga – wer mochte Aydins kleinen Bruder nicht? Tolga hatte das Downsyndrom und war der herzlichste und liebste Mensch, den Brandt kannte.

„Tolga darf so viele Würstchen essen, wie er will. Und wer sich mit ihm anlegt, legt sich mit mir an", stellte Walter klar, denn auch er hatte ihn fest in sein Herz geschlossen, das wusste Brandt.

„Super, dann holen wir dich morgen um 8 Uhr ab", sagte er. Er freute sich, dass Walter mitkam.

Kapitel 35

27. Januar 2018

Arndt klopfte kurz an, bevor er das Krankenzimmer betrat. Elke saß halb aufrecht in ihrem Bett und las ein Buch. Sie trug noch einige Verbände und hatte zahlreiche blaue Flecken an Armen, Oberkörper und Gesicht, aber das war nichts im Vergleich zu dem, wie sie ausgesehen hatte, als er sie im Keller auf dem Bett gefunden hatte.

Im ersten Moment hatte er das Schlimmste befürchtet. Glücklicherweise hatte sich vieles als weniger dramatisch herausgestellt, als es zunächst schien. Einige Rippen waren geprellt, was ihr das Gefühl gegeben hatte, gelähmt zu sein. Ihr Kiefer war ebenfalls in Mitleidenschaft gezogen, aber man hatte ihn richten und fixieren können. Innere Organe waren glücklicherweise nicht betroffen.

Was ihre Psyche anbelangte, konnte keiner eine genaue Prognose abgeben, doch Arndt war optimistisch, denn er wusste, dass Elke eine starke Frau war. Das hatte sie zuletzt erst wieder unter Beweis gestellt, als sie sich so aufopferungsvoll um ihre krebskranke Schwester gekümmert hatte.

Sie ist stark, sie schafft das, dachte Arndt und begrüßte sie mit einem fröhlichen: „Moin!"

„Moin, Moin", antwortete sie und legte das Buch zur Seite. Ihre Augen strahlten und sie lächelte, dabei kamen ihre Grübchen zum Vorschein, die Arndt so mochte.

„Wie gehts dir?", fragte er.

„Schon besser, danke. Und dir?"

Arndt musste schmunzeln. Da war Elke im Krankenhaus und machte sich Gedanken über seinen Zustand. Aber so war sie nun einmal und dafür bewunderte er sie sehr. Nein, es war viel mehr als nur Bewunderung, wenn er ehrlich zu sich war.

„Mich kann so schnell nichts aus der Bahn werfen", versuchte er einen Scherz.

„Ich weiß, mein Held. Ich kann dir gar nicht genug danken …"

„Quatsch, sag so was nicht. Du würdest das Gleiche für mich tun. Außerdem war es Teamarbeit zwischen den Kölnern und uns."

„Kristina Bender und ihr Team haben gestern angerufen, das hat mich total gefreut. Konntet ihr alles rekonstruieren?"

„Ja, konnten wir, aber das soll jetzt nicht deine Sorge sein. Das Einzige, worum du dich kümmern musst, ist, dass du bald wieder gesund wirst. Ich brauche dich." Die letzten Worte sagte er sehr leise. Über seine Gefühle zu sprechen, fiel ihm einfach nicht leicht. Vor allem, weil er nicht wusste, ob sie ähnlich fühlte.

„Du fehlst mir auch", sagte sie und lächelte beinahe schüchtern, dann schaute sie zur Seite.

Arndt musste schlucken, er spürte ein ganz merkwürdiges Gefühl im Bauch. „Ich weiß, dass ich kein einfacher Kerl bin, und mit Gefühlen tue ich mich schwer. Aber ich glaube …" Arndt unterbrach sich, denn es klopfte an der Tür. Willy trat ein.

„Hallo, mein Engel. Ich hoffe, es geht dir besser", begrüßte er sie. Die Erleichterung über ihre Befreiung stand ihm noch immer ins Gesicht geschrieben.

„Wenn ich dich sehe auf jeden Fall", scherzte Elke, musste danach allerdings kurz husten.

„Brauchst du was?", fragte Willy. „Nervt dich Arndt? Dann schmeiß ich ihn raus."

„Nein, ehrlich gesagt ganz und gar nicht. Ich freue mich, dass ihr beide hier seid. Ich könnte mir keinen besseren Chef und Kollegen wünschen. Ich habe euch beide sehr lieb." Ihre Augen wurden feucht und Arndt sah, dass Willy ebenfalls gerührt war.

„Wir haben noch eine Überraschung für dich", sagte er schnell, als es wieder an der Tür klopfte und Aydin, Walter und Brandt eintraten.

„Oh, das freut mich aber!", sagte Elke.

„Wir wollten es uns nicht nehmen lassen, dich nach all dem persönlich zu begrüßen", sagte Brandt und reichte ihr ein Geschenk. „Das ist vom gesamten Kölner Team."

Sie öffnete die Verpackung und fand darin einen Gutschein für ein Wellnesswochenende in Köln.

„Das hätte doch nicht sein müssen", sagte sie deutlich ergriffen. „Dass ihr hier seid, ist schon mehr, als ich erwarten kann, das ist wunderbar!"

„Das ist das Mindeste", sagte Aydin.

Dann klopfte es erneut und eine Krankenschwester trat ein. „Meine Herren, das ist hier doch kein Bahnhof. Frau Henschel muss sich schonen."

„Nur fünf Minuten", bat Willy.

„Fünf Minuten", sagte die Schwester und schaute auf die Uhr, danach verließ sie den Raum.

„Wir hoffen, dass du schnell wieder gesund wirst", sagte Brandt. „Dann musst du uns in Köln besuchen kommen."

„Den Gutschein dafür habe ich ja", lächelte sie. „Jetzt brauche ich nur noch eine Begleitung."

„Arndt wird diesen Part sicher gerne übernehmen", sagte Brandt mit einem Schmunzeln. Elke schaute verstohlen zu ihrem Kollegen, der ihrem Blick nicht auswich. Brandt spürte, dass die beiden kurz davor waren, einander ihre Gefühle zu gestehen.

„Und die Würstchen gehen auf Walter", lachte Walter.

Jetzt lachten alle.

„Leider hatte ich noch nicht das Vergnügen, aber Arndt und Elke schwärmen von deiner Currywurst", erklärte Willy.

„Und das zu Recht. Wir sind nachher bei den Eltern von Emre, wenn es ihnen nichts ausmacht, bist du herzlich eingeladen. Ich schmeiße in ihrem Garten den Grill an. Die Kälte kann uns nicht stören, solange es trocken ist."

„Ich würde mich sehr freuen", sagte Aydin. „Du bist natürlich auch herzlich eingeladen." Aydin schaute zu Arndt.

„Wie kann ich da Nein sagen?" Willy schmunzelte und fügte hinzu: „Arndt und ich kommen gerne. Ihr müsst uns nur die Anschrift schicken."

„Das sollte kein Problem sein. Ich habe ja Arndts Nummer", bestätigte Aydin.

„Wunderbar. Wir wollen dann auch nicht weiter stören. Wir kommen dich morgen noch mal besuchen", sagte Brandt.

„Danke, sehr lieb von euch, dass ihr hier wart", sagte Elke. Die Kölner Jungs verabschiedeten sich von allen und Willy begleitete sie nach draußen, nachdem er sich ebenfalls von Elke verabschiedet hatte.

„Und wehe, du machst ihr Kummer", sagte er im Hinausgehen zu Arndt. Dann schloss sich die Tür und sie waren wieder allein.

„Ich würde dir niemals Kummer machen", sagte Arndt. Er setzte sich zu ihr auf die Bettkante, um ihr noch näher zu sein. „Ist das dein Ernst, dass du mich dabei haben willst?" Er zeigte auf den Gutschein.

„Mein voller Ernst. Ich wüsste nicht, mit wem ich das Wochenende lieber verbringen möchte."

Bei diesen Worten machte sich wieder dieses wohlig warme Gefühl in ihm breit und ihm war, als könnte er Bäume ausreißen. Für einen kleinen Augenblick waren alle Sorgen und Ängste verschwunden. Vorsichtig griff er nach ihrer Hand und sie zog ihre nicht weg.

Er hielt ihre Hand fest und schaute ihr tief in die Augen, dann beugte er sich ein wenig zu ihr herunter, doch im selben Moment klopfte es an der Tür und die Krankenschwester trat erneut ein.

„Hübscher Mann, genug geschmachtet. Die liebe Elke braucht ihre Ruhe. Sie können morgen weiterturteln."

Elke lachte und hustete kurz dabei. Arndt lachte auch und stand auf. „Wir sehen uns morgen, Süße." Er ließ ihre Hand vorsichtig los.

„Sehr gerne, Süßer", grinste Elke etwas verlegen. Dann verließ Arndt den Raum, mit einem Glücksgefühl, das er so schon lange nicht mehr erlebt hatte. Waren das die berühmt berüchtigten Schmetterlinge?

Er wusste es noch nicht genau, aber bald würde er es wissen.

„Und, hast du sie endlich geküsst?", fragte Brandt, der mit den anderen draußen auf ihn gewartet hatte.

„Der ist doch viel zu blöd dafür. Wenn du das mit dem Gutschein jetzt nicht gerafft hast, kann man dir echt nicht mehr helfen", meckerte Willy.

„Entspannt euch. Ja, Elke und ich werden gemeinsam nach Köln fahren. Und alles andere geht euch nichts an." Arndt schmunzelte und lachte darauf laut los, weil er wusste, dass dies der Beginn einer ganz großen Liebe sein konnte, schließlich fühlte er sich irgendwie angekommen. Und dass Aydin und Brandt hier waren und dem Glück etwas nachgeholfen hatten, freute ihn besonders. Etwas sagte ihm allerdings, dass Willy an der Aktion nicht ganz unbeteiligt war.

„Genug Romantik. Tolga wartet auf mich und meine leckeren Würstchen. Ab nach Hamburg", sagte Walter und alle lachten.

– ENDE –

Anmerkungen des Autors

Ich hoffe, dass Ihnen der zweite Köln-Lübeck-Krimi gefallen hat und Sie einige Stunden aus dem Alltag entführen und unterhalten konnte. Die Polizeiarbeit ist derzeit starken technischen Veränderungen unterworfen. Eine davon habe ich in diesem Buch kurz angesprochen, das *Predictive Policing (PP)*. Mithilfe dieser Methode sollen zukünftige Verbrechen frühzeitig erkannt und verhindert werden. Das PP bedient sich dabei technologischer Mittel wie Software und Datenbanken, um möglichst viele Informationen durch ein Programm auswerten und analysieren zu lassen. Mit den gewonnenen Informationen soll es der Polizei möglich sein, Verbrechen besser und schneller bekämpfen zu können.

Streng genommen steckt nichts anderes als Statistik dahinter. Man geht davon aus, dass, wenn ein bestimmtes Muster sehr oft vorkommt, die Wahrscheinlichkeit, dass sich dieses Muster wiederholt, deutlich erhöht ist. In den USA wird diese Methode bereits erfolgreich eingesetzt, in Deutschland wird sie bisher nur hier und da getestet, zumal hier strengere Datenschutzrichtlinien gelten. Datenschützer bemängeln, dass durch das Verfahren Menschen zu Verdächtigen werden können, ohne dass es dafür einen konkreten Anlass gibt.

Dennoch wird die Technik immer schneller bei der Polizei Einzug halten. Als ich vor einigen Monaten in Hongkong war, fand dort ein sehr interessanter Kongress zu diesem Thema statt. Schon jetzt gibt es Länder, in denen Roboter die tägliche Polizeiarbeit erledigen wie zum Beispiel die Messung von Geschwindigkeitsüberschreitungen oder sie agieren als Beschwerdeeinheit in Fußgängerzonen. Wir dürfen gespannt sein, was da noch passiert.

Ein anderes Thema, das sicher bei vielen Verständnislosigkeit auslöst, sind die sogenannten Snuff-Filme. Gibt es die wirklich? Und wie können Menschen Gefallen an solchen Filmen finden?

Die Existenz dieser Filme ist leider unbestritten. Viele von ihnen sind glücklicherweise nur nachgestellt (meist von Schauspielstudenten oder Hobbyfilmern). Aber es gibt auch echte Snuff-Filme im Darknet. Filme, in denen echte Gewalt dargestellt wird, was die abscheuliche Fantasie der Konsumenten dort befriedigt. Oft sind es gerade solche Filme, die dafür anfällige Menschen dazu verleiten, irgendwann selbst zu Tätern zu werden, weil allein das Anschauen der Filme irgendwann nicht mehr ausreicht.

Damit kommen wir zum Darknet, einem mysteriösen „Internet", das für die meisten nicht greifbar ist, da man Zugang nur über spezielle Browser erhält. Das Darknet ist weitaus größer als das Internet und da dort anonymes Surfen möglich ist, tummeln sich in diesem Netz viele Kriminelle. Die Polizeiarbeit im Darknet ist alles andere als einfach. Obwohl Polizisten auch dort undercover auf Verbrecherjagd gehen, gehören Erfolgsmeldungen wie die vom Juli 2017, als es internationalen Fahndern gelang, die Plattform „Elysium" abzuschalten, zu den Ausnahmen. Fast 90.000 Mitglieder luden anonym

Kinderpornografie auf diese Plattform und schauten sie an – und diese Plattform ist nur eine von vielen. Allein die unglaubliche Zahl von 90.000 Nutzern lässt darauf schließen, wie viele Millionen Menschen (überwiegend Männer) solche abstoßenden Fantasien haben.

Dennoch ist nicht alles schlecht am Darknet, denn auch viele Universitäten und Bibliotheken nutzen das Netz, um Studenten und Wissenschaftlern Zugang zu einem großen Wissenspool zu ermöglichen und Forschungen zu unterstützen.

Aber nun zu der wohl spannendsten Frage, zu der ich schon viele Nachrichten bekommen habe: Wie geht es mit der Lübeck-Reihe weiter?

Vielen von Ihnen, und mir natürlich auch, sind Elke und Arndt sehr ans Herz gewachsen, ebenso Willy. Sie sind Teil meiner Buchfamilie geworden und ich bin froh, dass sie endlich ihre Gefühle füreinander gestanden haben. Ich persönlich denke, dass dies ein guter Anlass ist, um Lebewohl zu sagen, daher wird es aller Voraussicht nach zukünftig keine weiteren Romane der Lübecker Ermittler geben. Allerdings ist es gut möglich, dass es weitere Köln-Lübeck- oder Frankfurt-Lübeck-Krimis geben wird, dass uns die beiden auch in kommenden Büchern wieder begegnen werden.

Aber wie heißt es so schön: Sag niemals nie. Lassen wir uns also einfach überraschen, was die Zukunft für uns bereithält.

In diesem Sinne,

Ihr Salim Güler

Eine Bitte

Sollte Ihnen das Buch gefallen haben, würde ich mich sehr über eine kurze positive Bewertung auf Amazon.de freuen.

Weitere Bücher, bei Amazon als Ebook oder Taschenbuch erhältlich:

Köln Krimi:
Band 1: Die Stillen müsst ihr fürchten – Tatort Köln
Band 2: Fürchte die Nacht – Tatort Köln
Band 3: Dann war Stille – Tatort Köln
Band 4: Wenn Tote nicht schweigen – Tatort Köln
Band 5: Sterben ohne Tod – Ein Köln – Lübeck Krimi
Band 6: Niemand – Tatort Köln
Band 7: Oh du Stille – Tatort Köln
Band 8: Gespalten – Tatort Köln
Band 9: Schmerz – Tatort Köln
Band 10: ELKE – Tatort Köln/Lübeck

Lübeck Krimi:
Band 1: MORD §78 – Ein Lübeck Krimi
Band 2: VERSTUMMT – Ein Lübeck Krimi
Band 3: SEBASTIAN – Ein Lübeck Krimi
Band 4: TOTENBLÄSSE – Ein Lübeck Krimi

Frankfurt Krimi:
Band 1: Das Fenster – Ein Frankfurt Krimi

Die Schuld in uns - Thriller

MORGEN LERNST DU WIE MAN WEINT - Thriller

SNIPER – Kaltes Blut (Mannheim Krimi)

Honigblau

Täuschung

Wüstengrab

Nächstenliebe (Das Jesus Sakrileg)

sowie die Thriller Miniserie: **Peter Walsh**

Gerne können Sie auch direkt mit mir in Kontakt treten, alle Informationen dazu finden Sie auf Facebook:

https://www.facebook.com/salim.gueler

oder auf meiner Homepage:

www.salim-gueler.de

Herzlichen Dank für Ihre Unterstützung

Ihr
Salim Güler

Printed in Great Britain
by Amazon